U0687095

七日涅槃

The seven day Nirvana

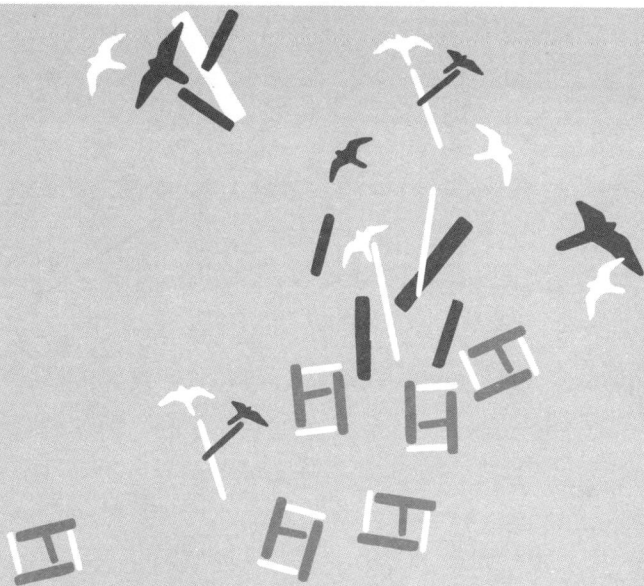

宗昊 —— 著

中国青年出版社

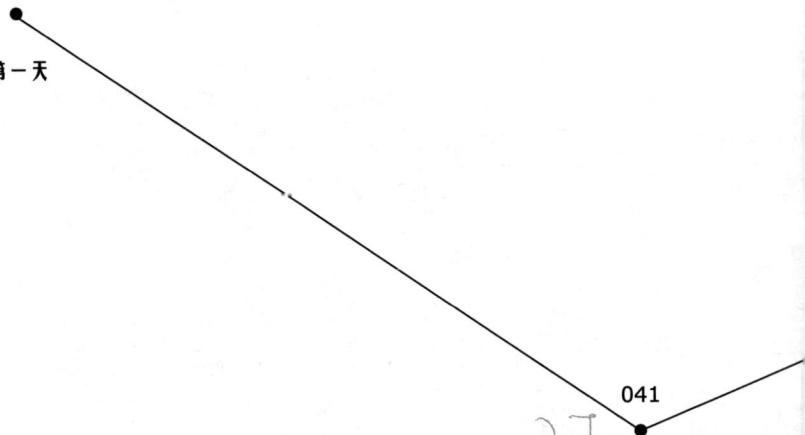

019
day one
第一天

041
day two
第二天

目　录

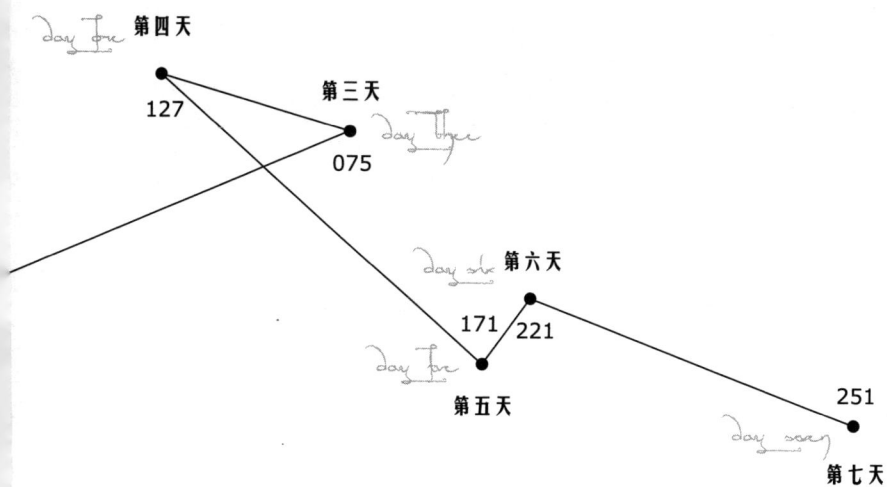

一

　　我一觉醒来，眼睛尚未睁开，就听到了一阵阵的啜泣。那个声音是如此的熟悉，但是我在脑子里拼命回想，就是想不出是谁。另一个声音浑厚有力，但是发出的却是一声叹息。我能确定的是，这两个声音应该来自我身边的人。

　　没有理由再闭着眼睛了。纵然是躺在这里，纵然是头脑混沌，我也必须要知道发生了什么？到底是怎么了？

　　我费力地睁开眼睛，床边刚刚还在啜泣的声音猛然有了惊喜的音色："她醒了！"顿时，两个老人的脸一起聚在我的面前。我知道了，我并没有失忆，只是发生了短暂的大脑短路。眼前的这两个人我认识，认识得刻骨铭心。他们是我的父母。

　　母亲的眼角依然是泪痕累累，眼袋肿着。我记得最后一次见她的时候她还没有这么多的白发啊，怎么？是因为我吗？

　　父亲的脸色灰暗着，怎么也老了这很多，眼睛里面都浑浊了呢？不过是六十岁的人，皱纹就已经像我儿时用刻刀在书桌上留下的恶作剧，一道一道，深入骨髓。

　　我想说话："我……"

　　母亲按住我的胳膊，摇摇头，眼泪却又流下来。我动了动手臂，却觉得整条胳膊都是冰凉的，是那种从里到外的凉。窗外的树枝上摆动的是绿色的叶子，蝉鸣不间断地从外面传进来，骚扰得很。这是夏天啊，父亲的额头上还有汗珠呢，我怎么一点温暖的感觉都没有？

　　母亲掩口埋怨："你这个傻孩子……"

父亲更是强按住眼中的怒火，半是幽怨半是责备地说："不就是一个男人吗？你为他做傻事，值得吗？大不了和他离婚，我们养你……"

我皱着眉头，努力地想、努力地想……我终于想起来了，想起了我为什么会出现在这里。

我的丈夫，我的青梅竹马、两小无猜的爱人，我们从中学到大学都是同学的那个男人，我一度以为如此幸运地让我拥有了爱情的那个男人，他出轨了。

我以为我会愤怒，会歇斯底里，会砸毁家里一切的东西。但是当我看着他和那个女人之间一来一往、卿卿我我、简单露骨的短信的时候，看着他在深更半夜爬起来和她在电话里呢喃的时候，我选择了一个人哭。呵呵，不是在宝马车里哭，是在洗手间里哭、在阳台上哭、在角落里哭。

我鼓起勇气向他摊牌，我当然希望他能忏悔，希望他能说这一切都是逢场作戏，哪怕他说让我给他一点时间也好。可是他说："对不起。我知道你一定会知道。我断不了……"

从发现到摊牌，我经历了梦魇般的一年。这一年里，我失去了睡眠，失去了自己，失去了所有能让我拥有自信的东西。我听到了他的回答，我并不奇怪，更谈不上愤怒。我们之间的相互了解早已经到了血浓于水的程度。我了解他就像了解我自己。我笑了一下，离开了那个生活了很多年的家。

我的第一个反应，其实也是唯一的反应，是结束。我觉得可以结束了。这个世界不再有我的家，不再有我相信的爱情。我试图去恨这个男人，或者，用世界上最难听的脏话骂他。可是，我怎么就骂不出来呢？我受过教育，我每天出现在社会上的时候，我要保持着整洁光鲜的外貌，要露出职业的笑容，要用友善的眼睛去看身边的人与世界。我被打造成了一个白领，我"被白领"了！我不能像菜市场里那些大声吆喝的妇女一样当着外人的面训斥自己的男人，我从小受的教育就是"尊重"。

那就结束吧！也许选择结束是对自己最好的尊重，免得给别人添麻烦。

我好像找到了我医院的中学同学，我实话实说地描述了我一年多的失眠。在三百多个夜晚中，我大多数的时间是瞪着天花板过来的。我的脸色和水肿的眼睛让我的话更加可信，还有，我分居了一年多的身体急不可待地表现出了荷尔蒙异常的样子。我的同学没有犹豫就给我开了安眠药。我对他说，多开点吧，把一年的量都开出来，我不想再来第二次了。

我说的是实话。

于是我拿到了药。然后……然后我就躺在了这里。

我不知道我是怎么被发现的。好像就是给我开药的同学，他说他看到我出去的背影忽然觉得可怕。他在后面叫我，但是我听不到。他给我打电话，我关掉了手机。他的通讯录上还残存着我最初的联系电话，那正是我父母家的。他慌里慌张地给我父母打电话，然后在这个城市的一个角落里找到了不省人事的我。

一切都想起来了。可那又怎么样？我还是想死。哀莫大于心死，无非就是这样子吧。我的母亲开始诅咒那个男人。父母总是聪慧的，他们在这一年多的时间里多多少少发现了一些迹象，但是他们没想到一向自信坚强的我会走上这条路。

我的父亲坚决地劝我离婚。他是男人，他坚信自己的猜测，相信一定是那个男人做了对不起我的事情。他们想的甚至更糟，他们问我是不是当场抓住了什么。这对我来说完全没有意义，反正已经发生，看到与看不到，又有什么区别？

我的同学进来了。我只好把刚刚合上的眼睛再次睁开。他看着我。我以为他会埋怨我，毕竟是我扯他下水的，我死了，想必他也会负罪吧。但是他没有，他的眼睛里全是关心，甚至是长辈对小辈的那种关心。他笑了，对我说："还有什么不舒服吗？"

我不想点头也不想摇头。我对这个世界不想再有反应。

他向我的父母招手，他们出去了。他们就站在门口，说什么我不知道，我也不想知道。我的内心充满愧疚，我不想因为我的选择而让父母难过难堪，可是，如果我苟活于世，我自己会更难过更难堪。

他们进来了。母亲的眼泪似乎更多了。她看着我，叹口气，又背过脸去。父亲强忍着情绪，柔声对我说："孩子，张大夫想跟你说说话。"

我看着我的同学，张大夫！多可笑，初中的时候我们叫他"四眼儿"，高中的时候我们干脆就叫他"眼儿"。他的功课好，脾气更好。我们那个时候可能是嫉妒他的好功课吧，所以才给他起外号。这么多年了，他可能是跟我们班所有人联系最多的一个同学，谁让他是大夫呢！

"四眼儿"戴着一副金属边的水晶眼镜。那副眼镜做工很精致，和他的医生身份很相符。他穿着白大褂，他的肩膀很宽，正好把白大褂撑起来，不像别的大夫那样穿得邋遢。他没有戴医生的白帽子，也没有戴口罩。他坐在我的床边，用手调整了一下我输液管的速度。我看了看他的手，白皙修长，有点像我丈夫的手……我又走神儿了。

他看着我，柔声说："小秋，你生病了，知道吗？"

我看着他，他的头发有点少了，年轻轻的就掉发了。难道跟我一样，心里也有事情吗？

"眼儿"接着说："小秋，你昏迷了一天一宿，如果再晚一点，就危险了。小秋，你失眠一年多了是不是？"

我合上了眼皮，不想说话。确切地说，是不知道说什么。

"眼儿"耐心地继续说，根本不介意我是不是有反应，就像在表演脱口秀："小秋，我和我们医院心理科的同事咨询了一下，你得接受心理治疗。好吗？"

我不需要，我就想死，这是我的权利，我没什么可治疗的。我依然闭着眼睛。

"眼儿"终于叹气了，几乎是恳求地说："小秋，你知道你为什么会这么极端吗？因为你现在是一个病人，你得治病。不然的话，你会在失控的情绪下采取更加极端的行为。小秋，不管你遇到了什么事，死都不是最好的解决办法，你还有那么多事情要做。你还有父母，你走了，他们怎么办？小秋，咱们同学六年，你相信我，我一定能把你治好。一旦病好了，你就会发现，你今天采取的这种行为是多么过激……"

母亲的声音又出现了，带着更严重的哭腔："孩子，你说句话。妈求求你，有什么事情你说出来，别憋在心里。你要是有个三长两短，你、你不是坑人吗？你让我跟你爸怎么办啊？你还年轻啊……"

我的心碎了。

这一年我以为自己已经不知道什么是心碎了，我以为我的心早就碎得连渣子都不剩了。可就在此时此刻，我还是哭了。合着眼睛，眼泪也能流下来，还挺多。

我听见"眼儿"舒了一口气,说:"那就在医院住几天吧。我找我们医院最好的心理医生给你看病。小秋,你一定要配合。"

我不知道,我的眼泪还是止不住地流下来。我以为我会号啕大哭,但是很奇怪,我哭得怎么一点声音都没有?就是流眼泪,但不是开闸的洪水,就是涓涓细流,虽然细小,可是停不住。

我说,我只说了一句:"我想死。"

二

我的胃被彻底清洗了,这几天我不能吃东西。很好,我也正好不想吃。如果能绝食而死,也是一种福气,就是时间太漫长了些。我想过跳楼,既然服药不成,跳楼也是一个很好的选择。这种方式不可逆转,让我没有回旋的余地,一旦迈出那一步,呵呵,想后悔也来不及了。

可是我偏巧住在了一楼。我的门外正对着护士站,我的一举一动都在护士的眼皮底下。还有更要命的,我的胃里空空如也,我想爬上楼顶是一件几乎不可能的事情。我连下床都站不稳。我试图利用上厕所的机会出去,但是还没等我走出门口,就会有一个护士出现在我面前,她会像审贼一样地盯着我,故作殷勤地过来帮我拿着输液瓶,还会叫来另一个护士扶着我。我好像没有什么机会。然后我就被换了房间,一个有单独洗手间的房间。后来我才知道,这笔钱是那个法律上还是我丈夫的人出的。他试图来看看我,但是被我的父母严词拒绝了。

　　我一个人躺在单间病房里，眼睛瞪着天花板，脑子里一片空白。除了时不时地想想用什么方法能死以外，别的什么都没想。什么工作，什么朋友，什么事业，什么娱乐……我身边连手机都不在。我记得把它关掉之后就再也没见过它。将死之人，要它何用？

　　"眼儿"又来了。他还带来了一个人，一个老太太。多可笑，"眼儿"身高一米七八，骨架标准匀称，四肢修长，除了轻微脱发以外，身材基本上是小一号的男模。就是眼睛小点儿，有点像我曾经的偶像濮存昕。但是濮存昕不戴眼镜，那一双眼睛小虽小，但是很有神。"眼儿"尽管戴上了一副价格不菲的镜片，可放大了缺点，让那双小眼睛变得更小。那副镜片，放大了他的视野，却缩小了人们看他的眼光。

　　他身后的这个老太太，我不知道她多大岁数，反正头发全白了。但是面庞不太老，皱纹还没有我父亲脸上多，所以应该不到六十岁吧。关键是，她也戴着眼镜，居然还是一副黑框眼镜，时下最时髦的那种，很多哈韩的小帅哥戴的那种。粗粗的黑框，让她的脸上不可避免地增添了喜感。一个时髦的老太太！可她怎么没穿白大褂呢？一件浅灰的麻布上衣，长袖，看样子是熟麻的，没有褶子；下面穿着一件白色的裤子，裤腿宽大，好像也是麻布的。他们走进来的时候，护士刚刚把我的门窗都打开，夏天的风带着燥热吹进来，把老太太的裤脚忽闪了几下，飘飘的。

　　"眼儿"笑着看我："小秋，好点了吗？明天就可以吃东西了，再忍一忍。"

　　然后他自顾自地介绍身后的老太太，根本不在乎我是不是有反应："我给你介绍，这是赵医生，赵依曼。"

　　赵一曼？我脱口而出："你不是死了吗？"

"四眼儿"一愣，赵老太太呵呵地笑了："你说赵一曼吧？人家牺牲很多年了，那是民族英雄、抗日豪杰。我不是。我中间的也是'依'，不过是'依靠'的'依'。你历史不错，现在的年轻人，很多都已经不知道赵一曼是谁了。"

我的历史不错？笑话！高考的时候，我的历史是全市第二名，是我教历史的班主任至今引以为自豪的事。可那有什么用？学得好不如嫁得好，我的人生注定还是场悲剧。

赵老太太笑着看着我："小秋，你知道自己是什么病吗？"

我不知道，也不想知道。反正不是癌症，要是的话就乐死了，赶紧死了得了，管他什么病！

赵老太太接着说："你得了抑郁症，而且是很严重的那种。轻度的抑郁症患者只是会控制不住情绪，会哭泣，会厌食，会失眠；中度的就会有轻生的念头。而你，已经实施了这种念头，那就很严重了。"

与我无关……

赵老太太继续她的脱口秀："现在有两种办法。第一，我们把你送到安定医院去，强制治疗……"

什么？我他妈又不是神经病，凭什么让我去精神病院？

赵老太太的眼神里充满了狡黠，慢悠悠地说："还有一种方式，就是我们哪儿也不去，就在这里，我给你治疗。你什么也不用做，听我说话就可以了。怎么样？"

我无法再沉默了，我说："我只想死，你能帮我吗？"

"眼儿"的表情已经开始焦急了。赵老太太依然不动声色："我可以帮你。不过要在几天以后。我看了你的病历，你至少还要在病床上躺上七天。

怎么样？我就帮你治疗七天。如果七天之后你还想死，我会给你介绍几种减轻痛苦的死亡方式。"

"不可逆吗？"我问。我最怕的是，万一到了那个时候我胆怯了，死又没死成，还把自己弄成了瘫子傻子……那可真是坑死人了。

赵老太太笑了："你还挺在行！不可逆！让你没有回旋的余地。"

我再次闭上了眼睛。

他们出门了，我听见"眼儿"在急不可待地说："赵老师，您这是……"

赵老太太说了什么我没听见，我也不关心。这个世界上已经没有什么可让我关心的事情了。

我每天都被输液，输的是什么我也不知道。手背上被针管扎得生疼生疼的，护士每天像看贼似的看着我。我不喜欢有人在病房里，包括父母。护士们看我的时候眼神充满了厌恶，裸露在口罩外面的唯一的五官就是眼睛，可是眼睛里只有"讨厌"两个字。她们怕我自杀，怕万一看不到的时候我就上吊割腕。我知道的。但是我不能，这屋里连根鞋带都没有，我拿啥子去死？

唯一的办法就是不食。《红楼梦》的尾声，身败名裂的王熙凤的想法跟我此时一样，"只求速死"。我在没有被通知的情况下就来到了这个世上，为什么不能让我自己了断？为什么？

护士每次进来换药的时候会揶揄："疼吧？你要是肯吃饭，就不用输这个液了。这是钾，给你补充微量元素的，这东西刺激血管，很疼。"

我闭着眼睛，疼就疼吧。我连死都可以，疼有什么忍不了的？

护士们每天用大量安眠药把我弄得昏昏沉沉的。我不知道现在是什么日子，我也不知道那个让我了无生趣的丈夫现在在干什么，应该是和他的新欢双宿双飞吧。我死了，他可以从"离异"变成"丧偶"，在人性的评判上会多加上几个分数。这也算是我为他做的最后贡献吧。

就在我又一次从混沌中睁开眼睛时，"赵依曼"又来了。这次是一个人。我能在半梦半醒的状态下记住这个人，完全归功于她的名字。自从她和"眼儿"走后，我的脑子里始终就是小时候看的一本小人书的封面：女英雄赵一曼傲立在山坡上，她的眼神坚毅勇猛，胸前的衣衫已经破了，短发的发梢在战火中飞扬，后面是用阴影描绘的重重的黑色，似乎是战火中的硝烟。我记着那张脸，一张坚毅又漂亮的脸。

眼前的赵依曼不是。如果我能用平常心去看她，她应该长着一张慈祥的面孔。但是我看不到，我只能看到她的粗框黑边眼镜和满头的银丝。她身后没有别人，"眼儿"没跟着。她这回穿了一件白大褂，双手揣在白大褂的衣兜里。她走近我，一只右手轻轻抚摸了一下我的脸。她的手很柔软，不像这个年纪的人应该有的。我妈那个岁数的老太太，手掌心里不可避免地留下了岁月的痕迹，常年的家务活让她们的手心变得粗糙，被她们抚摸并不是一件愉快的事。但是赵依曼的手很软。

她看着我，问："今天怎么样？脑子里在想什么东西吗？"

我直勾勾地看着她："没有。"

"那我来了，看到我以后，你有想到什么吗？"

"烈士。"我没头没脑地说。她笑了，问："什么烈士？哪一个？"

我说："赵一曼。抗日女英雄。"

她饶有兴趣地问："哦！看来是我的名字让你发生了联想。那么，烈士长什么样？跟我一样吗？"

　　我有点不耐烦："她比你年轻。她很年轻就死了。"

　　眼前这个赵依曼坐下来，就坐在我床边的椅子上，她继续问："你觉得很年轻就死，不遗憾吗？"

　　"死得其所。"我说。人都是要死的，年轻年老又有什么关系？我无权无势，在这个世界上唯一能属于自己的就是情感。现在连这个都没了，活着又为了什么？

　　"好吧。"赵依曼说，"你喜欢这个吗？"她说着从衣兜里拿出一个东西，一个白色的、洁净半透明的圆锥体，很小，大概只有一个橡皮头那么大。椎体的顶端有一个细小的圆洞，一条银色的金属链子在里面串着。她手里拎着这条链子，圆锥体在她无意的抖动下轻轻地晃动着。

　　"这是什么？"我问。

　　赵依曼看看手里的东西，说："水晶。"

　　我蹦出一个词："施华洛世奇。"

　　老太太笑了，说："那是假的，人造水晶，其实就是玻璃。这是真正的水晶。你看，它不清澈是吧，真正的水晶并没有那么透彻，你能看到它里面的气泡吗？很小很小，几乎连成了一条线。能看到吗？"

　　赵依曼把水晶放到了距离我眼睛更近的地方。我看到了，里面有细细的线条，宛如眼前这个老太太头上的白色发丝，它们杂乱地交织在水晶的身体里，剪不断，理还乱。

　　赵依曼像看透了我的想法一样，肯定地说："对，就像头发丝，所以，它叫发晶。从现在开始，它就要帮助我对你开展治疗。"

　　我对水晶不感兴趣，而且这么不透明，不是我喜欢的东西。

赵依曼接着说："你听说过催眠吗？愿不愿意试一试？"

我当然听说过，我还看过日本的一个恐怖片，就是关于催眠的。这里面似乎藏着一个深不可测的魔咒，被催眠的人将无法控制自己的行为，做出杀人或者自杀的行为。

老太太笑了："你害怕了？你连死都不怕啊！"

没错。如果现在外星人侵略地球，我也会第一个去报名入伍。我不确定自己能不能保家卫国，但我肯定能让敌人的子弹把我杀死。

"来吧。"我说。

赵依曼开始了。她拿着这个东西，那个叫"发晶"的半透明圆锥体，问我："你喜欢什么？"

"什么？看电影。"我说。

老太太好像很满意我的答案，说："那么，从现在开始我们就来讲故事演电影。你愿意扮演什么角色？"

我不明白。什么角色？眼下好像没有什么角色适合我。

老太太启发我："角色有很多种。你在日常生活中是一个年轻女性，你可以在咱们的故事情境里变换各种身份。比如宠物，比如一个台灯，比如一张桌子，比如吃饭用的勺子，比如窗帘……"

"做什么？"

"这样你可以用一种完全旁观的眼睛去看别人的生活。你不想试试？"

"猫，我当猫。"我说。从一年前我被丈夫不断煎熬开始，我就渴望自己来世投胎能做一个畜生。有吃有喝就幸福满满，简单纯粹地过日子。最重要的是，它们都活不长。

赵依曼把发晶举在我的眼前。她攥着金属链子和发晶坠，轻轻一撒手，发晶坠不经意地就落在我的眼前，那条金属链还在她手里攥着。她轻轻地摇摆，对我说："想做一只黄色的猫还是黑白的梨花猫呢？哦，不不，还是白色的吧。浑身雪白、眼睛是蓝色的波斯猫，一根杂毛都没有，干净漂亮，只有两岁。你的耳朵是两个等边三角形，但是每一个的角度都是圆润的。你喜欢吃猫粮，还要味佳的，是鳕鱼口味……"

我刚想说"我不要做白猫，浑身白毛跟你似的……"但是我没说出来，我的眼睛已经不由自主地闭上了。

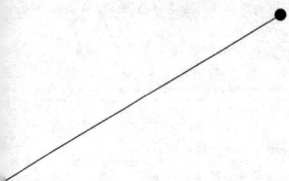

day one

第一天

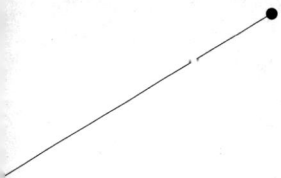

三

我被倾盆大雨惊醒了。我好像从来没有睡得这么沉过。以前每一晚的睡眠都是奢侈的，这次，我连眼皮都懒得抬起来。可是外面太吵了，怎么会有这么大的雨？一颗一颗的雨滴，根本不是水做的，简直就是铁打的，密密麻麻地砸在地面上，声音大得像是渔阳鼙鼓。

我睁开眼，很不情愿。我惊讶地发现自己竟然在窗台上，身体紧紧地挤靠在玻璃窗上。我……我竟然长了毛！真是白色的毛！奶奶的，赵依曼究竟是医生还是巫婆？她对我做了什么？我想用手掐自己一下，可是伸出来的是一只明明白白的爪子！我失去了掐人的功能！

我仔细回想着这一切，想起来的却只有一句话，赵依曼狡黠地对我说："你连死都不怕……"

我顿时坦然了，就这样吧。作为一只猫，应该没有被小三插足的悲哀吧，即便有，我也可以上去光明正大地挠它、抓它、咬它……如果我有足够的能力，我就是把它弄死了也没人会审判我。呵呵。很好，我就是一只猫！

有个人走过来，把我抱起来。我抬头看了看，是一个女孩，长得很好看。短发，眼睛大大的，但是泛着红，怎么像刚哭过呢。我是她养的宠物吗？看样子她很喜欢我，抱我的时候手臂环成一圈，软软的。她的皮肤真白，都赶上我了。我是说，都快跟我长的白毛一样白了。她的胳膊很纤细，我趴在她的胸前，蹭着她白嫩嫩的皮肤，这真是一个充满了青春活力的女孩子。她还用她的鼻子、脸颊蹭我的身体。她的脸也好软啊！

"咪咪，"她叫我，"对不起咪咪，今天晚上咱们不吃饭了。我又失业了。

你陪我再饿一顿吧……"她说着，眼泪扑簌簌地掉在我的毛上。我知道为什么猫都怕洗澡了，水把皮毛打湿的那一瞬间可真够难受的，黏糊糊的。我急切地想把毛抖干。可是她抱我抱得很紧，让我根本施展不开。

紧接着，我干脆就放弃了抖毛的努力。她开始大哭，她的眼泪就像外面的倾盆大雨一样，全砸在我的毛上。作为人，我对眼前这个抱着我大哭的清丽女孩充满了同情，可是作为猫，我真的实在太难受了。在我的毛几乎全湿了的时候，我挣脱了她柔软的手臂。我叫了一声，后腿猛一用力，蹿了出来，准确地蹦到了床上。我听见了自己的声音，很真实："喵！"

女孩一愣，看着我在床上与她对视，她生气地哭喊："连你也不要我！我白养你了！"说完，她抄起手边一本厚厚的书向我没头没脑地砸过来，我准确地躲开了；之后又扔过来第二本，我再躲……终于有一本书我没能躲开，头上重重地挨了一下。我都快疼哭了，顿时哀号起来。我接连叫了三四声，真的不是故意的，实在是这个疼痛已经超出了我作为猫能忍受的极限。

女孩也哭着跑过来，嘴里含混地说着"对不起"，然后再次抱着我大哭。这次哭声更为震撼。这次，我也不跑了。哭吧，我不知道出了什么事，但是哭出来总是好些。不要像我，想哭都没有眼泪了。

女孩的哭声被一阵电话铃响打断了。她起身抹去眼泪接电话，我有机会环顾这个居所。我这才看出来，这里的空间很是狭小，有六平方米吗？地面上是水泥地，没有任何装修的痕迹，还泛着潮。我刚才依靠的窗户只有半扇，光线从上半扇那里一点点挤进来。原来这是一间地下室。女孩的全部家当好像都在这里了，一张折叠床，一张桌子。这是一张名副其实的课桌，是我上中学时班里用的那种：胶合板的桌面，下面有个铁的桌斗，放书包用的。这张桌子上面有几本书，折叠床上也有书。然后就是一个破损了大半的箱子，箱子盖开着，里面凌乱地放着一些衣服。屋里被横拉了一条尼龙绳，上面明晃晃地挂着几个衣架，一件毛衣、一件羽绒服也在上面挂着。这是为了防潮吗？就这么在屋里晾着。

女孩坐在床边接电话，我好奇地听着。她说："哥！我挺好的。你们呢？你去山东了？那嫂子呢？你们俩都去山东了。去山东干什么？什么？做瓦匠？你会做吗？跟了一个工头去的……那嫂子呢，她去了干什么？去工地做饭？也行吧。啊……工钱要一年一结？那你小心啊，别让他们骗了，一年的钱啊……我？我挺好的。是，这边工作不好找，我有工作。我……我现在卖保险呢，对，汽车保险……哥我没事。那你这月也不能往家寄钱了哈？我寄我寄，回头我给咱妈寄。哥你小心点啊。嫂子不是怀孕了吗？你们都小心啊。回头让嫂子回家吧，没人我就回去给你们带孩子……"

女孩放下电话，颓然坐在床上。我看着她，我知道了，她没了工作，可家里还等着她寄钱。

她摸着我的毛，迷茫地跟我对话："咪咪，咱们怎么办啊？我妈怎么办啊？她得糖尿病了，眼睛都瞎了，可我怎么这么笨呐！我怎么连给我妈治病的钱都挣不出来啊！咪咪你说是我不努力吗？我跟我哥都在拼命干活呢！我们没偷懒啊！"她又哭了。我默默地走到桌子边上，看见桌斗里放着几张单据。有几张分明是手写的。歪歪扭扭的都是数字，水费、电费，还有房租。就这间破屋子，潮气满屋，连个干爽的地方都没有，一个月还要五百块。我还看见一堆没有填写的保险单，那些保单的页脚上已经预先签下了名字：徐丽。

我蓦地想起来了，我的脑子里突然拥有了作为属于猫的回忆。没错，徐丽是我的主人，确切地说，她在我漫无目的流浪的时候收养了我。我还记得第一次看见徐丽时，我刚刚摆脱了一条狗的追赶。那条黄白相间的杂种狗，看样子好像是京巴和博美的串种，它继承了博美的敏感和京巴的骄坏，不顾自己肥胖的身躯朝我狂追。我从篱笆角的窟窿里得以脱身，然后我就遇到了徐丽。

她当时拖着一只大编织袋，里面似乎塞满了东西，很重的样子。我站在她面前，篱笆后面那条讨厌的狗还在不停地冲我"汪汪"。徐丽放下那只大编织袋，冲着狗叫了一声："讨厌！快走！"然后就蹲下来摸了我的头。

我当时应该混得很惨。这个小区里不乏爱猫的人，每每会有人把猫粮和干净的水放在大树下、草坪里。可是每次我想吃东西的时候都能遇见狗。小区里那些有人养没人牵的狗个个都是偷吃的高手。它们大摇大摆地蹲在我们的猫粮前贪婪地咀嚼，而它们的主人，一个个都熟视无睹地站在一边，看着，三五成群地聊天，甚至还很欣赏他们宠物的行为。

我总是吃不上。吃不好我的毛就不会好，那几天刚好又在脱毛，营养不良外加风吹日晒，我都嫌自己脏兮兮的。可是徐丽居然用那样一种爱怜的眼光看着我。我记得她还问过我："咪咪，你有家吗？"

我当然没有，当然更无话可说。但是我能确定，眼前这个女孩不会伤害我。闯荡江湖这么久，别的没学会，看人的眼睛算是练出来了。她和那些带着诡异笑容的人完全不一样，她的内心是纯净的。

我没有跑开，这对于猫来说，就是一种亲近了。于是，徐丽把我抱起来，完全不嫌弃我身上的泥巴。她抱着我朝这间地下室走来。她对我说："我刚来北京，你就跟我住吧。"

四

作为一只猫,当然不喜欢老在一个地方待着。流浪的日子固然饥寒交迫,可是自由,活动空间大。不是说,人的成功与他的活动半径成正比吗?猫也如此。走的地方多了,视野开阔,也能做一只不同凡响的猫。

但是在徐丽这里,我不想走了。太久没过安逸的日子,有点乐不思蜀。最重要的是徐丽,她真的很疼我。安顿好了以后,她从包里拿出几个红色的硬皮本,我看了才知道那是她的毕业证学历证什么的。她拿起这些就出门,临走许诺一定会给我带猫粮回来。

下午的时候她回来了,脸色不好,很疲惫,脖子上还有汗水,脚上的鞋也脏兮兮的。她一边掏出猫粮一边对我说:"北京的公交车太挤了,怎么有那么多人?咪咪,给你,吃饭。"

我津津有味地吃着猫粮,吃完了舔舔爪子看着她。她也在吃饭,居然就是一个冷馒头。这东西,我在流浪的时候,除非饿极了才吃。啥味道都没有,还噎人。徐丽她就吃这个?

徐丽见我看着她,误以为我没吃饱,又从手里的馒头上掰了一小块给我。我上去嗅了嗅,没错,就是我很不喜欢吃的馒头。我的嘴巴里还回味着猫粮的余香,才不要吃它。徐丽笑笑,说我:"小馋猫!"

说完,她居然又把那块馒头放进了自己的嘴里。我的胡子都碰到它了,她不嫌脏吗?小区里那些经常喂我们的老太太,尽管会按时送来猫粮和水,但是没有人愿碰我们。徐丽她……在这一瞬间我做出决定,我的下半生就跟着她了。

　　我和徐丽单独住了大概有五六天吧，然后她接了一个电话，就把我一个人留在家里，自己出去了。我们这个倒霉的地下室好像不太容易讲电话，每次她都要把手机和耳朵一起贴在能钻进亮光的那半扇窗户边，才能勉强通话。这个电话对徐丽好像格外重要，她凑在窗户边只说了一句："你等着，我去外面跟你说。"然后就出去了。

　　过了多久我也不知道，反正我的犯困时间到了，正在打盹儿，门开了，徐丽面带笑容地把一个男人引进来。她放下男人的包，热情地向他介绍我："这是咪咪，我租房的第一天捡的，我们有缘分吧！现在和我可好了……"

　　男人皱着眉头甩了我一眼，不高兴地对徐丽说："脏死了。本来住的就破你还养流浪猫！"

　　徐丽笑了一下，小声说："咪咪很干净的。"

　　男人又说："你找到工作了吗？咱们就住这儿？"

　　徐丽笑着坐在床边上，说："我找了一个房地产中介，卖二手房。"

　　男人一撇嘴："好歹也是大学生，就干这个？再说了，干中介是靠提成吃饭的，你行吗？就你，跟别人说话都脸红，还卖房？"

　　我把头埋在了厚厚的毛里。毛已经再次长出来了，厚到可以足够遮住我的耳朵。这个男人我很不喜欢，他说话真难听。

　　但是徐丽喜欢。当天晚上，徐丽很殷勤地给男人做饭，他们一起吃饭，吃完了，男人嚷嚷说屋子里又闷又热，徐丽就把男人推出去，让他到外面去透气。她和我留在屋里，徐丽一个人去楼道的公用水房把碗筷都洗了，还把我也喂饱了。天黑的时候，男人回来了，然后两个人就躺在了一张床上。

　　以我在外面流浪训练出来的眼光看，这个男人完全不值得徐丽去爱。他对于他的女朋友缺少尊重，听他说话就知道了，他认为自己一定会比徐丽混得好，虽然他刚刚从老家来北京。

第二天早上，男人睡到了日上三竿，然后懒洋洋地起床了。徐丽早已经起来，她为我把门开了一条缝。我早上必须要出去，我得到外面的草坪上去方便。我没有猫砂，外面的绿草地就挺好。我这样做，还能让徐丽省心不少，免去了她给我收拾残局的麻烦。

方便完了，我又在小区里晒了晒太阳。连日的阴雨和地下室里的阴暗潮湿的日子让我沮丧，从云头里钻出来的太阳对我来说是那么可爱，我懒洋洋地晒了个满足的日光浴，然后回家。

猫走路当然是没有声音的，这跟我当女人的时候完全不一样，没有了高跟鞋，整个人就都静下来。我依然从门缝里钻进去，然后爪子就被结结实实地踩到了。我"喵"地惨叫起来，声音很惨烈，让踩到我的男人也吓了一跳。他肯定不是故意的，可是我的前爪几乎骨折。他被吓得撤走了自己的脚，幸亏是软底的拖鞋，如果是他昨天穿的那双皮鞋，我就彻底残废了。

作为猫，我没有理智。我被疼痛折磨得产生了条件反射。就在他抬脚的那一刻，我向他身上蹿去。我准确地把爪子挂在他的短裤上，然后稳准狠地用另一只前爪在他的大腿上挠了一把。在他腿毛林立的皮肤上，我很用力地留下了三道血痕。

他疼得也产生了条件反射，大声咒骂着我这只"死猫"，然后用手死命地往下薅我。我怒吼着，用我的利爪狠狠挂在他的裤子上，就是不下来。

六平方米的地下室里展开了一场人猫大战。我身上挨了好几下，但是我很高兴，我终于有机会做一个泼妇，让我在不爽的时候可以为所欲为。这时候，徐丽回来了，她手里端着油条豆浆。看见我们这样，她赶紧把早饭放在课桌上，双手按住我的肩膀。我被她从男人身上抱了下来。

男人气疯了，冲着徐丽狂喊："你赶紧把它给我扔了！再让我看见它我就扒了它的皮！"

徐丽着急地问："怎么了？它从来不抓人的……"

男人指着自己的大腿嚷嚷："这是什么？这是什么？"

徐丽不甘心地问："为什么呀？它为什么抓你啊？"

男人嚷："谁让它进来的时候没声音，像鬼一样。我踩了它一下，就把我抓成这样子！"

徐丽没再说什么，把我放到了地上。我一溜烟地从门缝里溜出去了。徐丽对男人说："好了，别生气了，赶紧吃早饭吧。你不是说联系了单位吗？早点过去吧。我今天请了假，陪你。"

男人嘟嘟嚷嚷地不知道又说了什么。我就蜷在楼道里，听着、看着。

他们上午出去的，下午天没黑就回来了。男人嘟着脸，徐丽一路都在说话。我识趣地躲在楼道里，没跟着他们进屋。

天太热了，桑拿天，他们没办法关着门。我听到男人说："什么破工作，我不去！"

徐丽好像在劝他："刚到北京，咱们就别挑挑拣拣了。一个月一千五也是钱啊，总比我这靠拿提成的好。是你说老家没前途，所以咱们才来北京的呀……"

男人说："怎么说你我也是上了四年大学的，人家出来都是白领，凭什么我就得去打这个零工？你看见那公司了，说是公司，一共有五个人吗？什么哥们儿，还好意思说，就给我找了这么一个破地儿！"

徐丽又劝："咱们那大学，在全国也数不上。在北京，清华北大的多得是，还有那么多海归呢！咱们先干着，然后再找更好的工作……"

男人固执地说："都是学计算机的，凭什么我就不能去微软？我就不信这个邪！你看看你，现在混的，比我早来了一个多月，就混成了个卖二手房的！"

我听见徐丽在低低地哭泣，还有，她在说："我妈和我哥辛辛苦苦把我供出来，我得赶快给家里挣钱……我妈那身体，你知道的……"

男人不耐烦地说："你现在连自己都没混出来呢，还管这么多？你哥不是还在家吗？养老妈是男人的事，你瞎操什么心？"

徐丽继续啜泣，小声问："我妈给我打电话，问咱们是不是先把结婚证扯了？"

男人更加焦躁："结婚？结个屁啊！就住这儿？等我混出来再说吧……"

我在阴暗的楼道里听得义愤填膺。这是什么男人？徐丽你上辈子欠他的吗？凭什么这么低三下四的？没了他你过不下去吗？这样的男人留在身边还不如一个人过呢！

我真想冲进去狠狠骂这个男人几句，可我没有这个功能啊！也真是奇怪了，做人的时候，即便看见了身边这样的不平事，我也从来没有这么激动过。那是别人的事，我管不了，也管不着。怎么做了猫倒还做出正义感了！呵呵，我舔了舔自己身上雪玉一样的毛，翘翘胡子，只能心里去笑了。

五

徐丽的男人叫李加。他自己说，他只比李嘉诚少一个字，可是在我看来，他和卖了杜十娘的李甲只有"一声之别"。

他和徐丽是大学同学，同级不同系。徐丽是学中文的，他是学计算机的。他们的家世也很不一样。徐丽从小在单亲家庭长大，父亲早逝，母亲含辛茹苦地把她和哥哥带大了。他们一家都是农民，哥哥为了让妹妹上学，初中以后就没再读书，给村里的木匠做了学徒。后来，打家具的人越来越少，他又跟着瓦匠、电工学，反正什么挣钱就学什么。妹妹读书，哥哥打工，养活老妈和妹妹。

徐丽在一家子巴巴的盼望里总算把大学念完了。可是，她还交了男朋友，就是李加。李加的家里比徐丽好些，好像自己的老爸在老家县城还能说上点话。据说他给儿子寻了个县供电局的差事，可李加根本不爱干。徐丽找不到工作，他有铁饭碗又懒得端，老觉得自己有经天纬地之才，在县城里是活活耽误了。于是，他就怂恿徐丽先来北京找机会。徐丽刚一说自己找到了份工作，他就辞职也来了。

我知道徐丽不会扔了我。头几天李加还生气，一看见徐丽喂我就叫唤，可后几天也懒得叫了。他天天出去，天天碰壁。徐丽开始还跟他说，哪个保险公司在招业务员、哪个中介在招人什么的，不说还好，说了李加更嚷嚷。徐丽就闭嘴了。

可能因为曾经做过人吧，或者作为一只猫，骨子里还是蛮有骨气的，我识趣地经常出去。我会徜徉在小区的树荫之下、草坪之上。徐丽跟我之间很有默契，她每天会把我的食盒放在楼道口的拐角处，那里不会有狗出没，别的流浪猫也发现不到这里。这是属于我和徐丽之间的秘密。

徐丽会在一早一晚的时候把食盒填满。我早上起来得早，身上带着草坪里的露水很不爽，我会耐心地等待着太阳，在阳光下把自己的身体晒干，然后从容地来到楼道口吃我的早餐。通常这个时候，李加还没有醒，而徐丽，已经要出门上班了。

但是这一天，李加好像醒了；或者，是他干脆清早才回来。我走进楼道就听到了两个人在争吵。这是非常少见的，徐丽，那个白皙清丽的女子，平常说话带着隐隐约约的南方口音，她的声音从来没有高过，但是我听到她在大声质问，问李加连续几个晚上都去了哪里。

李加圈圈说了句什么，我好像听见了他说他在和客户应酬之类的话。我在心里微微一笑，他的每个工作都坚持不了多久，他能有什么客户！以为我们这些生活在大城市的猫没见过世面吗？

很显然，徐丽也不相信。我清清楚楚地听到她说："你撒谎！我给你打电话，是一个女的接的，她说你睡着了！你干什么去了？那个女的是谁？"

我有点不怀好意地蜷在了他们的门口。当一个人生活拮据，并且温饱都成问题的时候，他们就不会那么顾及所谓面子了。他们的门并没有关死，这实在是为了屋里能有点流动的空气，但这也解决了周围邻居的娱乐——大家都希望能在别人的生活中看到一些波澜。

李加的理直气壮出乎我的意料。他大声说："我跟客户去 KTV 了，怎么了？我们喝多了，我就躺在沙发上睡了，怎么了？你查我？你查得着我吗？我为了什么？我是出去挣钱去了，你还好意思查我？"

徐丽的声音明显带出了哭腔："你骗人！你的手机上有短信，我看到了。是一个女人给你发的，我看到过好几次了。你说……你怎么能这样对我？"

李加不耐烦地说："你好烦啊！我在外面应酬，有几个朋友怎么了？你少见多怪！你们农村出来的就是这么多事！小家子气！"

徐丽开始哭了，说了句什么。李加的声音更加不耐烦："你还好意思说我？我问你，这个月你是不是又偷着给你哥寄钱了？你吃里爬外，我的钱挣得容易吗？"

徐丽高声为自己辩解："我妈住院了，要看病，我做女儿的给家里寄钱怎么了？"

李加怒气冲冲地说："怎么了？那钱是你挣的吗？是你一个人挣的吗？再说了，你妈住院，你给你哥寄什么钱？"

徐丽大喊："你不讲理！我妈住院了，能去邮局收钱吗？我哥在家照顾她，我……"

李加打断徐丽："谁不讲理？你说谁不讲理？我现在就告诉你，我跟你说了不止一回，你妈怎么样，有你哥呢！养家糊口是他的责任，你跟着起什么哄？从今以后，所有的钱你都不许动，你再动一个试试……"

我听见了撕扯的声音，听见了徐丽的哭喊。我想冲进去，但是我蹿到门缝边往里看，看到的却是四条不断错乱的腿和四只互相倾踩的脚。我忽视了一个问题，自从做了一只猫，我的视线就基本上和地平线持平了。我要想看清楚到底发生了什么，必须要找到一个合适的角度才行。

我狂跑到外面，在那个半扇在地下、半扇在地上的窗户前使劲去张望，我看到了李加正在打徐丽，他结结实实地给了徐丽一记耳光，徐丽被猛然推倒在潮湿的水泥地上。然后李加从抽屉里翻出了什么，扬长而去了。

我匍匐在楼道的出口处，我很想在李加出来的时候、趁他不备，狠狠地再给他来一下子。我要找好姿势、做足准备，这一次我要跳得更高。我不仅要挂在他的衣服上，我还要给他的脸狠挠一下。我要让他破相！我要让天下负心的男人都遭到报应……

他出来了，气哼哼的。我弓起身子，铆足劲，狠命朝他蹿过去。这次和上次的袭击不一样，这次我站得高，我在楼道通向外面的高点，他从里面出来、自下而上，正在上楼梯。呵呵！我准确地抓到了他的头发。他的头发油乎乎的，抓在爪子里直犯滑，头上还有好几天没洗的汗臭味。我一个劲儿地恶心，但是我顾不上了。我的突袭显然吓到了他，他一点防备都没有，鬼号一般叫了起来，跟刚才推打女人的时候判若两人。

他可能意识到了是我，但是他已经发狂。他双手抓住了在头上的我，身体在原地转圈儿。他扔了手里的东西，似乎有还没来得及揣进衣兜的钱包和手机。他用最脏的话咒骂着我和徐丽，中间很多话我听不懂，好像是他们家乡的方言吧。不管他怎么狠命揪我，我都不下来。我身上的毛被他拽下来好几缕，我的皮被他抓得生疼……我就是不放手，而且，我还瞅准空隙，抽出一只爪子，在他的脖子和右脸颊上狠狠挠了一把。

哈！他鬼哭狼嚎的声音可太震撼了。他没有手再能按我抓我了。疼痛感一上来，他立刻条件反射地松开手去捂住自己的脸。我趁机从他的头上跳了下来。他的身高、外加所在的楼梯台阶，这个高度让我有点眩晕，但我还是勇敢地跳了下来。我准确地落在了楼道口的平台上，也就是我刚刚埋伏的位置。外面的阳光开始刺眼了，我眯起眼睛一溜烟地跑到了草坪上。我躲在斑驳的树荫之下，静静地看着。我等了很久，还不见他出来。我不甘心地又跑到地下室的玻璃窗边，我看见他再一次冲进了徐丽的屋子，残暴地拉扯徐丽的箱子。他指着自己的伤口冲着徐丽张牙舞爪地在说什么，隔着那扇窗，我什么也听不见。我看见了徐丽漠视的眼睛，看见徐丽就由着他在屋里翻腾、破坏，然后他胡乱地拎起一只箱子——似乎就是他自己带来的那一只，出来了。

我看着他把屋门重重地关上。我听不见声音，但是看着那扇薄薄的木头门在门框里的颤抖。我急忙跑开了，我可不希望他在这个时候看到我，我不愿意被报复。我看见了头上的大树，我是猫啊！我一使劲就爬到了树冠上，在枝叶的掩护下，看着他狼狈地走出了小区。

这路男人，走得越远越好！

我又夫看徐丽。这回我可以进屋了。屋门被李加震得过度了，关上之后又反弹开，恰好给我留了一道缝。我小心翼翼地钻进来，从我的角度来看，屋里的情况好像更糟。徐丽的衣物被粗暴地扔得满地都是。徐丽默默抽泣着，一件一件地在捡自己的东西。徐丽唯一的一面小镜子也被砸碎了，满地都是亮晶晶的玻璃碴儿。看见我，徐丽立刻喝止："咪咪别进来！扎！"

我顿时停下来，已经抬起的前爪又听话地放回了原地。徐丽已经习惯了和我之间的默契，她对我能听懂她的话并不感到奇怪。但是这一次，她还是很激动地跑过来抱起了我，放声大哭。

如果我能保留作为人说话的功能，我会用几百句、几千句话来劝慰她，告诉她这个男人有多么的龌龊、多么的不值得她爱。他的离去简直就是一个幸事！放炮还来不及，何必要哭？他今天肯动手打你，明天就能踢你、踩你，这种垃圾，随他去吧……

但是我不能。我说不出话来。看着她哭，我只能把自己柔软的毛贡献出来给徐丽抱、让她在我的体温中感到一点温暖。

六

李加走了。我又能回到徐丽的地下室享受屋檐下的生活了。但是我看得出来，徐丽很难过。更要命的是，徐丽的工作也丢了。

从我跟徐丽同住的经验来看，这是一个内向的女子。无论是卖房还是她刚刚做的这份卖保险的工作，其实真的都很不适合她。我见她也去应聘过办公室文员一类的工作，可是现在大学文凭实在是不怎么值钱了。她回来跟我念叨："咪咪，这次又没戏了。好多姑娘都来面试，人家都是重点大学的，还有北大的呢。我这个破大学，人家公司都没听说过……"

她去卖保险，那个不要学历文凭，可是一个星期了，她好像一张单子也没做成。她抱着我说："咪咪，你说我为什么这么笨？我为什么见了生人说不出话来？"

我能说什么？这样的女子就应该找个知疼知热的老公，把自己养起来就完了。外面的风雨就不应该浇着她。

然后，然后就是现在这样子了。徐丽的老妈似乎病得很严重，而她们家里好像也没有什么积蓄能为老太太治病了。徐丽的哥哥没办法，只好让老太太先出院住在了亲戚家，自己带着已经怀孕的媳妇跟着包工头去外地打工。徐丽很困顿。

我又开始了独自外出觅食的生活。这没什么，本来生活就是一个圆圈，走来走去，还是会回到原点。外面也有食物，老天爷饿不死流浪猫。而且我比别的流浪猫幸运多了，晚上希望能睡个安稳觉的时候，我就能回来。在地下室的楼道里，还有一扇门能为我而开。

但是徐丽过得越来越不好。她的脸色很差，连续一个多星期都饥一顿饱一顿，就算吃饭也只是吃个干馒头或者白水面，这种日子能舒心吗？她好像还生病了。她的肚子和腰好像都出了问题，我看见她好几个早上都在水房里干呕，她的样子很痛苦，焦黄的脸色已经完全没了刚刚收养我时的红润。我很担心她的健康。

猫是没有心事的，也不可能数着天、计划着过日子。但是我真的很担心徐丽，她每天早上还是会出去找工作，后来好像也找到了一个什么工作，但是好像距离领薪水的日子还远。她早出晚归，不敢怠慢。她的脸色也跟着憔悴下去。

很出乎我意料，这一天，李加居然又回来了！我惊讶地看着他们进来，第一个反应是逃跑。我像老鼠一样"哧溜"一声钻进水房，悄悄地看着他们。两个人的神色并不亲密，这让我多少放下点儿心。他们进门后徐丽就关上了门，我必须知道发生了什么，难道是徐丽又想他了？还是李加反过来求徐丽？

我静静地趴在门口听着。我听见徐丽轻声说："李加，我怀孕了。"

我被雷焦了！这个该死的李加，真他妈造孽！徐丽瞎了眼，找了这么一个男人！

徐丽说完就没有声了。我想她应该是在等吧，等着李加的回应。我也在等，我要听听这个男人有什么打算。

李加说话了："你什么意思？"

徐丽还是柔声细语地说："我怀孕了，我想听你的意见。"

李加居然在冷笑："我有什么意见？跟我有什么关系？"

他奶奶的！我真想再冲进去挠他一把，这回让他彻底破相！最好再叫来两条流浪狗，狠狠咬他一顿，让他得狂犬病，让他自己把自己给吓死！

徐丽依然冷静地说："你是孩子的爸爸，我当然要跟你说。"

李加开始狂笑："你别不要脸了！我走了这么长时间，我知道你又跟谁睡了？你当我是傻子吗？蒙着我给你的野种负责！你省省吧，该找谁找谁去！"

徐丽居然不说话！她居然不说话！她居然就那么平静地看着李加再次摔门而去，还由着他在临走之前羞辱她："我真是瞎了眼！上大学那会儿跟你谈什么恋爱！我爸说让我我们当户对的，我今天算是明白了！你一个农村丫头，要什么没什么，我劝你赶紧回老家吧！你肚子里的孩子甭管是谁的也做了吧，要不，在这里当鸡都不好使！"

我已经快疯了，可是徐丽还是没有动静。我听到了李加出来的脚步声，我慌里慌张地又跑回了水房。

李加走了，一去不回头。其实谁也没指望他回头，但是，他不能如此的无情无义吧！他把一个女人搞成了孕妇，他应该担负起码的责任吧！就算是做流产，也应该陪着女孩去手术台挨那一刀吧！可世界上的事就是这样，一个善良懦弱的女人往往找的就是一个至贱无敌的男人。没有最贱，只有更贱！

徐丽没有出来。我确认李加不会再回来以后就回到了徐丽的屋子。徐丽看见我把门拱开了，她居然朝我笑了，笑得很温暖。她抱起我，柔声说："走！

咪咪，好几天没喂你了，给你买好吃的去！"

她从桌上拿起钱包，那是一个小布袋。我看着觉得它扁扁的。徐丽紧紧地抱着我，从来没有这么用力过。她把钱袋就放在我的背上，把我和钱袋一起拥着。我觉得她走路的速度一下子变得好快，我耳朵边上都有风声了，她自己也觉得走快了，气喘吁吁的，我都能感觉到她的心跳。速度越来越快，像打鼓一样在我的耳朵边上，动静太大了。

徐丽带着我径直走到小区门口的小超市。她以前也抱着我来买过猫粮的。每次来，她都会换不同的口味，她发工资的时候会给我买贵些的，没钱的时候就买便宜的。不过，我们已经很久没来过了。

她抱着我和小店的老板娘打了招呼，冲着鱼罐头那里就走过去。她根本没犹豫，直接伸手拿了一盒罐头。我们猫之所以被人昵称为"馋猫"，就是因为我们的口味极容易被引诱。一旦吃了好的，就很难再咽下不好吃的。这……徐丽，你不怕把我养刁了吗？

徐丽不管这些，直接付钱，走人。她打开钱包的时候我看得很清楚，里面的钞票少得可怜，而且已经没有红色的大票了。再给我买了罐头，我看她下顿饭都成问题。可是她很开心，拿着罐头对怀里的我说："咪咪，打牙祭喽！"

我们又以更快速的步伐走了回来，我听见徐丽这一次喘得更厉害了。我不知道，她现在是一个孕妇，这样和我零距离的亲密对她好不好？还有，她走得这样快，到底行不行？

徐丽根本不管这些，她进屋以后放下我就开始大张旗鼓地找工具给我开罐头。她好像没有什么利器钳子之类的东西，为此她专门跑到地下室隔壁的地下自行车棚，跟看车的大爷借来了锤子、改锥和一把小刀片。

　　我蜷在地下室的一角，看着徐丽笨手笨脚地用刀片划着罐头上的铁皮，看她又用改锥使劲撬动着罐头，最后又用钳子夹起铁皮使劲地掀……费了九牛二虎之力，她终于把罐头打开，一股脑地把里面的鱼肉倒在我的食盒里。她没有把食盒放在我的面前，而是拿到了楼梯口，她回头叫我："咪咪……咪咪……"

　　我当然禁不起鱼肉的诱惑。我不顾形象地把头埋进食盒，大吃！

　　我风卷残云地把一盒鱼肉吞下肚子。我回头去找徐丽，她已经在我吃饭的时候回屋了。我过去拱了拱房门，居然锁上了。我打了个哈欠，算了，出去睡吧。我摇摇摆摆地走出地下室，走到阳光下，环顾四周，想给自己找个阴凉。看了看，还是徐丽的那扇窗比较好，上面正好有一个挡板，正好能挡住正午的太阳。我蜷在玻璃窗边上，还能看见徐丽。

　　我爬过来，准备好了姿势。我无意中看了看徐丽。她在屋里，坐在床边上，她给地上铺上了一张白色的布单，那好像是她的床单！她不怕潮吗？为什么要铺在地上？她还躺了下来！她就那么直挺挺地躺在地上、躺在铺好的白床单上。她右手拿着一个东西，我看不清楚是什么，但是我看清了她的动作。她用右手在左手的手腕上划了一下！是刀片！她在用刀片割自己的手腕！我看见了鲜血！天哪！不是电影里演的那样，汩汩地流出来，而是慢慢地、一点一点地流出来的。可是，即便是这样，她身下的白布单也已经开始泛红！

　　我使劲地叫着，我听到自己发出的"喵喵"的惨叫；我使劲挠着玻璃窗，我希望徐丽能听见、能结束自己的行为！当我发现一切努力都不奏效的时候，我想到了求助。我跑到她的门前，使劲地挠门，没有用；我又跑到别人家，再使劲地挠门、使劲地叫，没有人；我又想到了看车的大爷，我又跑过去，我挠着正在听广播的大爷的裤腿，狂叫，挠他的腿，我被不明所以的老人怒骂着、踹着，依然不放手……

……

"小秋！小秋！"我被一个声音唤醒了。我睁开眼，都能感觉到自己的腋下和脖项析出了汗水。看着眼前的这个空间，我伸出自己的手。是手，不是爪子，我又能说话了。我大喊："快去！徐丽在割腕！你们快去！"

眼前出现的是"眼儿"的眼睛，他藏在玻璃镜框后面的眼睛闪着焦灼的目光。他按住我正奋力张扬的双臂，急切切地向身边的白发老太太求助："赵老师！她怎么了？她没事吧？"

那个老太太，银发，戴着黑色的粗框眼镜，我认得她。她有一个和烈士一样的名字。她严肃地看着我，问："小秋，你看到了什么？"

我呼哧带喘地说："徐丽，女孩，她要自杀！她在割腕！谁帮帮她……"

赵老太太冷冷地说："生或死，是她的自由，也是她自己的选择。"

我筋疲力尽地躺在床上，被"眼儿"死死按着。我说："是我的选择，不是她的……"

day two

第二天

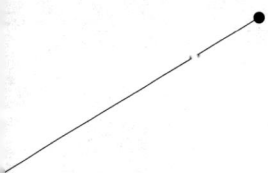

七

我不相信，我的"猫生"只有一天，甚至连一天都不到。赵依曼坐在我的床前，我已经能半坐起来，护士帮我把床摇到了一个还算舒服的位置，我靠在厚厚的枕头上，看着赵依曼。我满脑子糨糊，完全不知道该如何回忆。我的脑子里只有残存的记忆的碎片，而且随着时钟一点一点地摆动，我能抓住的碎片也越来越少。

"我做了一只猫？你让我当了一只猫？"我问赵依曼。

老太太笑笑，又给我看了看她手里的发晶吊坠，银色的金属链在下午阳光斜射的时候居然还有点刺眼，这个东西让我深信了我残存的记忆。她收起了发晶吊坠，还用手摸了一下自己的银发，笑着问我："还记得什么吗？"

我深吸了一口气，我已经不记得什么了。除了记得自己是一只猫以外，我印象最为深刻的就是一个女孩子躺在雪白的布单上，她手腕中流出来的汩汩的鲜血正在一点点地把布单染红，很快，她的整个身下全都红了。她为什么要这样做，做了之后的结果怎么样，我已经都不记得了。

看着赵老太太不动声色的脸，我感觉到自己有点愤怒。这样的情绪已经很久没有出现在我身上了。一年多以来，我经历过恐惧、焦虑；我看到陌生的环境和人会紧张，会出汗，甚至会发抖；我还会突然之间放声大哭……但是我没有愤慨，我以为自己失去了生气的功能。曾经以为不会生气的人会过得有多么幸福呢！现在才知道，不会生气和不会微笑、不会哭泣的人一样，就是一具行尸走肉。

"你生气了？"赵老太太依然不动声色地问我。想必是我脸上出现了变化，没有逃过她那还没昏花的眼睛。

我说："是，有点。"

"为什么？"

"你让我更无助。"

"你看到了死亡，看到了自杀，这不是你想看到的吗？"

"可是，我想看到的是我自己自杀，不是别人自杀！"我的声音有点高，门外经过的护士显然被惊扰了，忍不住在门口探头看了看我们。

赵依曼不慌不忙地说："我只是想让你近距离、客观地感受一下死亡。你知道吗？那么多人在亲属的追悼会上哭得死去活来，那并不是在作秀，而是因为死亡对于自己来说并不痛苦，但是对于活着的人，尤其是爱你的人，会是一个巨大的打击。"

我的意识慢慢恢复了常态，我又想闭上眼睛了："我不是为别人活着的。"

赵依曼垂了一下眼皮，然后又抬起来，在那副黑色粗框的眼镜后面含着些笑意看着我，说："好吧。我不再劝你了。回过来说说我们的催眠，你还想继续吗？"

我忍不住嘟囔："你不是医生，是巫师……"

她笑笑，并不介意我给她的称谓，说道："没关系，以前也有我的病人这么叫过我。你愿意叫我什么都行。我想知道，你愿意明天继续看到我吗？只有七天，今天已经过去了，接下来还有六天的时间，你……"

我始终记得一句话，她说的，要么躺在这里看着她拿着不透明的发晶吊坠给我"作法"，要么就去安定医院"被治疗"。我不是疯子，我和小时候在胡同口看到的那些破衣烂衫、到处捡拾食物、生气了就会手不择物向过路人乱砍的疯子不一样。我当然不能去安定医院。可是，我真的就不能回家吗？

我问："我父母呢？我想回家。"

赵依曼似乎早就料到我会有这样的问题。她从身后拿出一个硬纸板的大夹子，里面应该有几页纸，而那些纸，似乎跟我有关。

她认真地看了看里面的内容，还扶了扶镜框，让眼睛和眼镜框之间留出一道缝隙。她凑近那个夹子，使劲用眼睛在缝隙中看这上面的字。她的动作有点滑稽，跟她一贯的温文尔雅不太相称。她看过之后很确定地告诉我："从医院给你出具的诊断证明上看，你目前的行为能力受限，不能出院。而且为了治疗，医院也建议你的父母暂时不要高频次地来看望你，这样也许会让你受到来自外界的莫名刺激。所以，你哪儿也不能去。你的父母昨天刚刚来过，我想，按照医院的规定，他们最早也应该后天才能出现。"

我想我有权利生气，但是，真奇怪，我刚刚萌生的愤怒感又消失了。说不上愤怒，也说不上无奈，我闭上眼睛，说："随你。"

赵依曼走了。她出去的时候好像把护士叫了进来。她们给我测了血压心跳。我的身体里没有病，是我的心病了。她们这么做真是浪费时间。但是她们好像发现了什么，检查完之后又出去叫了医生。今天值班的男医生好像很年轻，年轻得连胡子都没长，他的手伸出来比"眼儿"还要白皙绵软。他用听诊器按在我心房上认真地听了听心跳，然后对护士说："用药吧。"

护士进来给我打了一针，我的眼睛一直是闭着的。但是这针之后，我的心和脑也跟着闭上了。昏沉中有人帮我摇下了床，放成了平摊的样子。我脑子里空无一物，渐渐地坠入了一个黑洞，不再有意识了。

等我再睁开眼，已经是第二天的早晨。奇怪！以前失眠的日子虽然整夜无眠，但是每天早上并不情愿睁开眼睛，心里总有不甘心的情结，不信自己就不能入睡。现在脑子虽然在药物的作用下依旧昏沉，但是很坚决地能睁开眼睛。

我睁开眼睛就用余光看见了自己床头柜上放着一盒酸奶，是草莓味的，自己曾经很喜欢喝的那种。谁来过了？

我看着那盒酸奶发呆。护士走进来，说："张大夫早上来看过你，这是他留下的。大夫建议你吃一点东西，总不吃，会得厌食症的。"

我看看自己的胳膊，全身只有这个肢体裸露在外面能让我看到。我看见那上面的皮肤松散，好像已经垂垂老矣。其实，所谓的水米不沾，也不过只是这几天的事情，哪里就饿死了？那盒酸奶，我宁愿就这么看着它，也不想喝了它。

等着护士出去，我挣扎着起来，扶着床边去了一次卫生间。这好像是我第一次自己行动，我的动作迟缓，脱裤子、坐马桶、穿裤子、冲水、洗手，这一系列动作做出来并不连贯。我在镜子里能看到自己在干什么，感觉自己就是一个老妇人。

我慢慢地从洗手间走出来，一开门就看见了赵依曼。她好像是看见了洗手间里的灯，所以就站在洗手间门口等着我。可能是我刚才冲水的声音太大了，以至于我根本就没听见她走进来。

她伸手扶了我一下，帮助我把自己弄到了床上。我看见她皱了皱眉头，对我说："你不能再用安眠药了，这对你很不好。"

我没什么反应。我又不是医生，根本不知道这几天他们都对我用了什么药。不过说真的，我对昨晚的睡眠很满意，对自己慢慢陷入黑洞的感觉很留恋，没有梦，没有意识，这一切都很好。

赵依曼把我弄到床上，又转身出去，然后再进来，手里拿着一张纸。她又重复了昨天那个滑稽的动作，这回，她把眼镜抬得更高，把眼睛从镜片后面都露出来，然后斩钉截铁地对我说："我回去跟你的主治医生谈，把你的药量减少。太多了，你已经吃了太多的安定药物，这样不行……"

我慢慢地说："可是我睡着了，这样能让我睡着。之前我睡不着，我的睡眠被谋杀了。"

赵依曼笑笑："麦克白的睡眠被上帝剥夺，那是因为他做了伤天害理的坏事。你做了什么？相信我，我能帮你找回睡眠。你要做的就是放松、再放松。告诉我，今天，你想做个什么样的游戏？"

游戏？别逗了。

她接着说："这次还想做一只猫吗？"

我摇头。

"很好。你现在恢复了肢体的语言。"她笑着看着我说，"那么，在昨天有没有什么遗憾的地方？也许我们今天可以弥补。"

遗憾？我有。第一，我还是想做人；第二，我不想再看着无辜的人受死。为什么坏人不去死，却要好人死？

赵依曼又露出了诡异的笑容，问："你怕死吗？"

当然不怕！这个问题我早就回答过了。

"那你敢杀人吗？"

什么？！

八

这一次，我是被孩子摇醒的。"妈妈"，他叫着，摇着我的胳膊。那是一张并不特别的小脸儿，眼睛并不大，但是睫毛很长。小脸儿有点脏，脸上黑一道白一道的，长睫毛上还挂着泪珠儿，看着可怜巴巴的。他很明显是一个小男孩儿，六七岁，或者七八岁，他叫我妈妈，是我儿子？他长得有点黑，不是我梦想中孩子的样子。但是他在叫我，那我就要答应。

我想说："孩子……"可是我张不开嘴，我使劲动了动我的下巴，有些疼。我嘴角好像被什么凝固住了，我下意识地舔了一下嘴唇，有点腥甜。我伸手又在嘴角上抹了一把，半干的血迹蹭在了我的手背上。我流血了？

儿子瘦弱的小胳膊还搭在我的胳膊上。我发现他双膝跪在地上，穿着短裤。他跪在地上摇晃着我。我看清楚了，我自己也躺在地上。又是躺在地上，我的脑子里一点一点恢复着目前这个角色所应该有的记忆，以前的，通通忘掉了。但是这个冰冷的地面，让我似曾相识。

我挣扎着坐起来，但是身上好疼。我努力开口说话："儿子，别跪在地上，凉！"

儿子弱弱地问我："妈妈，你疼不疼？"

我撑着一只胳膊坐起来，低头看看我裸露在地面上的小腿，怎么也是青一块紫一块的，难怪我觉得浑身都疼。我摸了摸自己的脸，左边很热，甚至有点烫手，那是一个绝对高于我手掌心的温度，脸颊还高着，摸上去那种感觉很不真实。手是有感觉的，但是脸颊却像被藏在了另一个空间里，被自己胡乱抚摸，并没有直接地接触似的。我一抬头看见了离我不远的桌子上有一面立着的玻璃镜子。我伸手指着那镜子，说："儿子，给妈妈拿镜子用用。"

儿子赶紧从地上爬起来，跑过去抓来了镜子。他没有递给我，而是直直地把镜子放在我面前，让我的脸正好对准了镜面。我看见了自己的脸，肿胀得好高，嘴角留存着血迹，口唇之处，血迹都凝结成痂了。我这是怎么了？

我问儿子："妈妈怎么了？"

儿子哭了："爸爸打你了！"

我平静地问："那你爸爸呢？"

儿子哭着说："走了。"

我很认命地接受了，很淡定。我知道，我的梦魇又开始了。尽管在那一时刻我并不知道自己的来世今生，但是冥冥中我还是很平静地接受了现在的"角色"。我就是这样的，遭遇了家庭暴力，还有一个不太坚强的儿子，很小的儿子。

我爬起来，一眼瞟见了墙上的挂钟，十二点。外面的阳光很灿烂，这一定是中午的十二点了。我没头没脑地问儿子："你饿了吧？妈妈去给你做饭。"

儿子不知所措地想扶着我，他矮小的身躯还不能帮我分担分量。我扶着家里的家什，亦步亦趋地走到厨房。我打开冰箱，里面没什么可以迅速煮成食物的食材。我翻找了一下，在冷冻室里找到了一袋速冻饺子。

我问儿子："咱们吃饺子行吗？"

儿子点点头，眼睛里还有恐惧。我不知道刚才发生了什么，但是一定把儿子吓坏了。把饺子煮好，端到饭桌上。我从橱柜里拿出碗筷，甚至还给儿子倒了点醋。我做这一系列动作的时候流畅顺利，这让我坚信，我就是这个家庭的一员。但是我不确定自己是不是一个合格的妈妈，我在把碗筷递给儿子之前，还是拿到水龙头前又冲刷了一下。在做这些的时候，儿子的眼睛始终都看着我，他不离我左右，很乖的样子。

我看着儿子一个一个地吃着饺子，吃一口就抬头看看我，一副生怕我跑了的样子。我心如止水，一点应该有的悲伤、气愤都没有。我忽然想起来，好像儿子是不爱吃饺子的，我的脑子里并不混乱，但是比较空，记忆需要恢复，恢复需要时间。此时此刻，看着儿子近乎狼吞虎咽的吃相，我忽然想起来，儿子好像就是不爱吃饺子。

"你爱吃吗？好像以前你不喜欢吃饺子的。我记得春节的时候你看见饺子都跑，每次都要给你做蛋炒饭。"我问儿子，语气平静，没有责怪的意思。

可是，就是这么一句问话，居然把儿子问哭了。他嘴巴里还含着小半个饺子，张开嘴就哭了，哭着给我认错："妈妈，我以后再也不挑食了！"

我完全是条件反射地搂过他："妈妈没有怪你，妈妈就是问你吃得下吗？"

儿子把头埋在我的胳膊里，小嘴巴上的油水蹭了我一身。他含混着说："我不挑食……妈妈，你别走……"

我纳闷地问："妈妈为什么要走？妈妈去哪里？"

儿子哽咽着说："爸爸说你再不走，他就走。他把你推倒了，他说他不要我，他说我不是他的孩子……妈妈你要我吧！你不要也走了……"

我的记忆碎片在脑子里一片一片地拼接着。儿子不是他爸的？这怎么可能！我想起来了，我结婚两年以后生的孩子。我的儿子来路是正的，我恪守妇道，我没做过任何对不起家庭的事。儿子出生以后我好像还做了专职的家庭妇女，我应该盘算的是儿子上了小学之后就重新出去找份工作的。为什么会是这样？

我不得不重新审视我和儿子的家。坦白地说，家还是不错的。三室一厅的房子，住着一家三口，应该蛮宽敞的。地面上虽然冰冷，但是铺着大方砖，是大理石的，光脚走在上面当然会凉，但是穿着拖鞋走在上面，就会有另一番感受。看来我还算勤快，方砖地面被我擦得很干净，都能照见人影。桌子上、椅子上也一尘不染，所有的家居用品都摆在它们应该待的位置。书柜里摞着整整齐齐的书，有一部分我爱看，是文学方面的；有一部分我不爱看，是经济社科类的，这应该就是我丈夫的书吧。

我们的卧室干净整洁，一张宽大的双人床摆在屋里，床头上还挂着我们的婚纱照。婚纱照的质地很好，质量很过关，这么多年过去了，居然没有掉色泛黄，比我们的婚姻保鲜期还长。那上面的我，风华正茂，穿着抹胸的白色婚纱，眼睛下垂，白色的纱裙围成了一个堡垒，那个被称作我丈夫的男人，被我的婚纱堡垒围着，笑盈盈地搂着我、看着我，很幸福的样子。我掐指一算，不过才过去了八年。八年，中国人民用八年的时间完成了艰苦卓绝的抗战，打跑了日本帝国主义；而我的八年，好像是把鬼子招进了门。

我看着儿子吃完了午饭。外面的知了开始比赛一样地鸣叫，入伏了，这个时候的中午孩子是一定要午休的。我给儿子铺好了床，让他上床睡觉。儿子警觉地看着我，我明白，他刚刚目睹了一个最亲的人决绝地离他而去，他担心我也走掉。我摸着他的头，向他保证，我哪也不去，就这样陪着他。血缘的直觉让他相信了我的话。其实我还有一句话没说，就算走，我也一定会把儿子带在身边。

他放心地在他的小床上昏昏睡去。他要求我躺在他的身边。我做了。我看看他的床头，顺手拿起一本《伊索寓言》，准备给他讲个故事。但是他实在太累了，也可能是在目睹了爸爸向妈妈施暴之后，心灵受到了太大的惊恐。他拉着我的胳膊。我觉得大夏天的，两个人紧挨在一起有些热。但是他不依，坚持靠在我的身上，把头埋在我的胸口，让我的胳膊搭在他的后背上。我照做。

他很满意我给他营造的姿势，甚至等不到我给他讲故事，就昏昏地睡着了。我看见他的额头上析出了细小的汗珠，我挪了挪身子，可是发现他的小手还拽着我，没有撒手的意思。我顺手拿起了床边的一个玩具熊，轻轻掰开他的手掌，把小熊塞到了他的手里。他梦里扭动了一下身体，抓住了小熊的肚子。

我闻到了儿子头上的汗味儿。那个味道让我浑身一激灵，它就像一副药引子，把散落在我脑海里的所有碎片，一点 点地连接了起来。这个味道，来自于他的父亲、我的丈夫。他们父子俩身上散发出来的味道一模一样，我能闻得出来。

九

我不是个好学生。上辈子不是，今生也不是。

大学四年，念了一个"中文"全无用处，最大的好处就是有大把的时间可以荒废。四年大学，谈恋爱用了三年。我的丈夫，就是我大学的同学。一个年级，但是他学经济。

我从江南水乡考到北方上大学，认识了一个本地的北方男人，我渐渐地忘却了南方的水土。我来北方的第一年，脸上莫名其妙地长满了痘痘，每天都油腻腻的，而且来势汹涌，让我在班里很是显眼。本来中文系的男生就少得可怜，我拜这一脸痘痘所赐，理所当然地就剩下了。

但是我一点也不痛苦。一个人的生活可以有很多享受，大学里的社团、组织多如牛毛，我唯独喜欢游泳。小时候就是在河里泡大的，失去了水就浑身不舒服。北方的食物我没问题，馒头烙饼吃得我很开胃。可就是没有水这一条，很郁闷。

幸好我们学校有游泳队，有一个还算是敞亮的游泳池。据说这个游泳馆是从这个学校毕业的一个富豪捐赠的。他上学的时候并非好学生，经常旷课挂科，但是那个时候的大学还好混，他的班主任经常手指尖一松就把他放过去了。他为了感恩，大富大贵之后就回到母校捐钱。据说他很诚心地问了当年他的班主任、现在的系主任，问学校缺点啥。老师也很认真地想了想，说："缺地儿，没钱买地。"

然后富豪就动用关系，花了不少钱，把学校旁边一个停车场、一个小饭店都给买下来了，收拾干净，把地送给了母校。据说校长接到这块地皮热泪盈眶，既而拉住富豪师兄的手说："没钱盖啊……"

然后，师兄又给盖了一个游泳馆。一层是游泳馆，二层是篮球馆，三层是舞蹈教室。我每天下了课就泡在游泳馆里。本来不想加入游泳队的，可是每天买票也挺贵的，加入了游泳队，就不用花那么多钱了。

我游泳并不快，姿势也说不上标准，但我就是喜欢在水上漂着的感觉。每天下了水，肯定是要把定量游玩的，这样才对得起教练。然后我就漂在水面上，闭着眼睛待着。

漂着的时候，周围的声音都不在了，我习惯了在自我世界中的沉浸。可就在这时候偏偏有人要把我从另一个空间里拽出来："你脸上的痘痘好多了……"

我并不喜欢这种没话找话，而且还专拣我不爱听的说。"是好多了，不过还有。"我换了一个"水上漂"的姿势，接着说。

他是一个男生，因为也泡在水里，所以看不见身高胖瘦，一张脸水淋淋的，戴着一顶黄黑相间的泳帽。他跟我说话的时候把泳镜顶在了头顶上，那个造型像极了钻到水里的大黄蜂。

"大黄蜂"看着我说："你是中文系的吧。每次训练都能看见你，怎么不游了？"

我闭着眼说："累了。"

"大黄蜂"就像看透了我的想法似的说："你来训练，就是为了蹭门票吧！"

他笑得有点坏，这让我多少有点恼怒。关你什么事呢？我闭上眼，懒得搭理他。可是他没有游开的意思，还自说自话地不停下来："我觉得游泳对你真的有帮助，你看，你的皮肤好多了。呃……也更漂亮了……"

没有一个女生不喜欢男人夸自己漂亮，尤其是我在被脸上的痘痘打击得丧失了信心以后。这句话听起来就是久旱逢甘露。我睁开眼看了看眼前的男生，给了他一个笑容。然后他的脸红了！一个游过来主动跟我搭讪的男生，在看到我的微笑之后，居然脸红了！

我的游泳时间已经差不多了。我翻身往回游，然后爬上池边。这个时候应该洗个热水澡，然后吃点东西去图书馆。差点忘了，游泳的另一大好处是可以免费洗澡。

我在食堂胡乱吃了点东西，然后准时坐在了图书馆里。那一阵子我很"文青"，因为学的是中文，所以免不了就要补一补西文的劣势。那会儿正爱看"尤金·奥尼尔"，看得很专注。

我没察觉，身边不知道什么时候又坐了人。他的心思好像不在书上，时不时地就要站起来，走动、换书，然后再坐下，真的扰得我很烦。我没办法不对他怒目而视。本来对于一个女人来说，"涵养"这种东西就是可有可无的。

他好像很期待我能察觉到他，却根本不管我的眼神是厌恶还是喜欢。他张着嘴、咧着嘴角，轻轻地冲我"嗨"。因为图书馆里寂静一片，他的声音像是在哈气。

我皱着眉头，不认识！

他看我没有反应，有点沮丧，凑过来低低地说："我们……刚在游泳馆……见过。"

原来是"大黄蜂"！刚才在水里，湿漉漉的，又没穿什么衣服；现在从水里出来了，大家都坐着，他穿戴整齐，一件很干净的 POLO 衫穿在身上还蛮合体。肩膀很宽，五官很正，有着很北方的一双粗眉毛。但是眉毛并不长，小时候读《三国演义》，老想着关羽的"卧蚕眉、丹凤眼"是个什么样子？想必就是眼前这双眉毛吧。粗重，但是像是没长完，长到三分之二的地方就被截断了。关羽是山西人，难道长着这样眉毛的都是北方人？

他冲我笑笑，我也冲他笑笑。然后我想继续看书，他看上去并不想，而是没话找话地问我："你……渴吗？"

还真有点。晚上在食堂吃得有点咸。我还没做什么反应呢，他就站起来，指着门外说:"我刚才买了两瓶水,放在服务台上了,一起来喝吧!"

图书馆里不能带食物饮料,我们来读书上自习,都要把食物放在外面的服务台上。服务台是一个半圆的柜台,弧形的,里面总是一个戴着老花镜的慈眉善目的老太太为我们服务。每天晚上,到了图书馆的旺季,她的服务台上面就都被堆满了。

我看了一眼,合上书,把笔袋放在原地,以免回来没了位子,然后跟着"大黄蜂"走出来。走到门口,我们都能正常发声的时候,"大黄蜂"从柜台里踅摸出了两瓶冰镇后的雪碧,因为放久了,瓶子上带着冰霜融化的冰水。他递给我,顿时把我的手也弄得湿答答的。

我接过来,说了一声:"多谢。"

他看着我,有点不好意思地说:"我看着你在食堂吃了饭,然后就到图书馆来了……"

我玩笑地打断他:"你跟踪我?"

他慌忙解释:"没有没有……我碰上了,很巧……"

我自作聪明地问:"那你干吗买两瓶水?"

他脸又红了:"我有点渴……"

我笑着说:"是啊!那买一瓶就好了,干吗买两瓶?"

他的脸更红了,答非所问、语无伦次地说:"我是经济系大二的,我叫林游。我知道你是中文系的,也是大二的……"

"怎样?"我问。

他鼓了鼓勇气对我说:"没有……我就是、就是在哲学课上见过你。"

我知道了,那是一堂大课,在能容纳很多人的二百人大教室上的,是公共课。那个课上有很多都是外系的，我不知道"大黄蜂"是在哪疙瘩看见我的。这门课我并不喜欢听，所以每次上课都是到后面的角落里坐着，看别的书。

他看我没有什么反应，接着说："上学期我就老看见你，你老坐在左后角。我也经常坐那儿，这学期你变漂亮了！"

我哭笑不得，不就是因为脸上的痘痘正在逐渐褪去，五官得以清晰地显露出来了吗？看来这一脸的痘痘真是耽误了不少前程啊！

他继续磨磨叽叽地说："你看，我们能不能……认识一下？"

经济系，林游。我知道了。傻子也知道，他跟我，并不想只是"认识"那么简单。老实说我对眼前这个"大黄蜂"并没有一见钟情的感觉，但是我也不排斥，至少不讨厌。这个男生有着将近一米八的身高，这让我站在他身边有点压抑。在我熟悉的故乡城市，那里男性平均身高也就一米七左右，上中学的时候，同班的男生甚至还更矮。这个高度让我有点不习惯。但是我曾经幻想过，如果我以后找男朋友，一定要找一个高的，我不喜欢平视自己的男人。可如今身边站着一个高的，还真有些不适应呢！

他静静地等着我的反应，空气一度变得很凝重。我迅速在脑子里面过一下我平时最不喜欢的男人类型：长得像欧阳震华的，不行；长得像吴彦祖的，不行；长得像齐秦的，也不行。反正就是不喜欢这几个样子。眼前的这个"大黄蜂"，哪个都不像，那就……试试吧。

我把湿答答的雪碧递给他，他的脸上很难过的样子，这让我有点恶作剧的窃喜。我故作严肃地说："我打不开。"

他的脸上瞬间呈现了喜悦。他接过来，笑着看着我，用手顺势一拧，"咻"的一下，丰富的泡沫涌出了瓶口。我看到了，他用的是左手。他是个左撇子。

✝

　　我跟林游，谈了两年的恋爱。坦白说，林游的家世不错。在这个北方城市里有自己的势力。他不是黑社会，但是他们家也确实不是一般人家。

　　这个城市里有很多平房、胡同，以及建造得比较老的楼。林游家不住在这些地方，他的父母拥有好几套房子。他们全家住在一个光鲜的小区里，门口进出的大多是外国人。他的父母还拥有一套郊区的别墅，说是度周末用的。林游大四的时候已经有了自己的车，虽然只是一辆十几万元的车，但是毕竟是四个轮子的，这让我一度在中文系的女生中很有面子——小时候胖不算胖，长大了胖才是真的胖！

　　我欣然接受了身边的女生递过来的富含五味的眼神，在快要毕业的时候，林游很正式地领着我去见他的父母。他的意图很明确，他希望我能在这个城市留下来，而这对于他父母来说，是非常容易就能办到的。

　　我骨子里有南方女孩的柔弱和矜持，这种东西表现出来，很容易被人理解为楚楚可怜和低眉顺眼。因为长年在游泳池泡着，我保持着还算消瘦的身材。这一切都让林游的父母对我的外貌和气质还算满意。用林游的话说，我脸上的痘痘一消失，我就可以算个清秀女子了。

　　但是当他们盘问起我的家庭时，我很敏锐地就看到了他们的不屑。林游的父亲是这个城市中一个重要衙门里的处长，不对，是副局调。我后来才搞明白，全称是"副局级调研员"，虽然当着处长，但是享受的却是副局级的待遇，关键是，他手里还有着比处级要高、比局级略少的权力。这个权力，足以让他们全家在这个城市里过得富足潇洒，足以让他们的儿子找到一个更加优秀的女朋友。

但是当时林游并不这么想。他觉得我已经足够优秀，关键是，那时候他爱我。

他的父母并不情愿他们的儿子找了一个外来妹。虽然也是大学生，但是我的父母跟他们没有可比性。我的妈妈不过是个小学教师，爸爸在当地的邮局里做个普通的科长，还马上就要退休了。他们一辈子没有享受过一天特权，我也是。我们过的每一天都很平实、很踏实。

从林游家里出来，我落寞的表情让林游一目了然。他攥住我的手狠狠地鼓励我，说："你放心，我爸妈就是担心我会跟你去你们家。只要你愿意留在这儿，我妈不会反对的。再说，就算他们不愿，我也要跟你在一起……"

当时的我如果按照规定情景，一定是热泪盈眶，然后我们两个人当街相拥。但是我却死活也记不起那天的具体情景了。可以肯定的是我没有哭，肯定没有，甚至连感动都没有。我好像没说什么、没做什么，因为我的内心饱含着不平。我很看不惯林游父母盘问我家底时候的语气，我知道他们有理由居高临下，但是我不接受。

在我毕业的时候，林游的父母还是很正式地跟我提亲了。我知道这后面林游一定做了不少努力，作为他们家的独子，林游的所有表现也确实是很不容易。我当然珍惜和林游的感情，整整两年，几乎是形影不离。林游的父母还给我找了一份工作，是当地一个很不错的中学的语文老师。

我在电话里对父母描述了林游家里给予的安排。妈妈当然希望我回到她身边，但是听说了我将要做的工作，她犹豫了一下，认可了我的选择。我知道，她和爸爸都非常希望我也能做个老师，他们认为这是女孩子最好的职业，神圣、稳定、受人尊重，这是他们的视力范围内所能看到的最好的工作了。

我带着林游回家，他们也很快认可了这个男孩。那时候的林游，眼睛里流露出来的是纯真的光芒，看我的每一眼，哪怕是余光，都饱含爱意。他们也询问了林游的家庭情况，但是他们更多的是问"家里有兄弟姐妹吗？爸爸妈妈身体怎么样？"之类的。林游父母的工作、家庭背景，还是我主动告诉他们的。看得出，我的父母也很为我的选择高兴。

我去学校报到之后，林游就提出了结婚的请求。

他被他父母安排在了这个城市的海关，是一个人人羡慕的地方。上班一个月，清闲的生活让他觉得比在大学里还要滋润，所以他说："咱们结婚吧！"

其实，从搬出宿舍的那一刻起，我就已经伴讲了他的家。他的父母早早为他准备好了一套三居室，南北通透，宽敞明亮。只要我们结婚，就可以住进那套新房。他的父母似乎在等着他一声令下，只要他点头说结婚，那套房子就立刻会进入精装修进行时，然后，迎进我们这对新主人。

说实话我那阵子反倒是有些犹豫了。虽然在大学里谈恋爱整日都腻腻呼呼，但是毕竟不住在一起。那段时间，我们是真正地同居着，那种感觉让我有些紧张。我不确认自己是否能应付得了婚后的琐碎生活，虽然林游经常夸我饭做得好吃、房间收拾得干净。

可是，就在我犹豫不决的时候，我猛然发现自己怀孕了！我急急地不知如何是好。当然要告诉林游，林游迟疑了两秒钟之后，决定：结婚！现在！马上！我没有任何再迟疑的权利了。

我在毕业半年之内，结婚、住进了新房子、出入有车、有体面工作；一年之内，做了母亲，然后就开始了长期休假。我的婆婆告诉我，找再好的保姆，不如自己带孩子！我同意！反正我对于我的事业也是胸无大志、毫无野心，看着我的儿子在怀里一天天长大，我当然愿意不惜一切地来陪伴他。

我就在不知不觉中做了一个家庭妇女，在不知不觉中失去了社会角色。但那个时候，我哪里明白？

其实本来一切都还好。可是，林游是不甘心这样闲适下去的。海关开始联合做企业，他跃跃欲试，在他父母的跑动下终于努力成功。他去公司里做了一名经理，我的生活就全部变了。

不想很烂俗地做祥林嫂，但是我清晰地记得，在这个城市里举目无亲的我，抱着孩子想去婆家寻求一个公道的时候，我看见了婆婆冷冷的眼神。他们平静地坐在沙发上，那么淡定地等着我把眼泪流完。然后，两个已经退休的老人毫不掩饰地袒护着他们的儿子。婆婆说："其实一开始，我们就觉得你们两个人不合适。家庭背景太不一样了，这两年林游眼界打开了，难免会遇到更合适的人……"

这说的是人话吗？

公公说："你现在好在还有工作，我跟你阿姨商量一下，如果林游执意想离婚呢……我们觉得，强扭的瓜不甜，你还是配合一下吧。孩子，你不愿意要，可以给我们。以后不管林游娶了谁，首先都要接受孩子，这个你放心，有我们在，不会让我们的孙子受委屈……"

看来，我的恩爱老公早在和我摊牌之前就打通了他父母的关节，这个家，早就没有我说话的份了。

后来，我了解了真相就不奇怪了。林游爱上的，是他们认为非常门当户对的一个女子，据说还有海归的背景，家世很好。林游家有的，人家女子家都有。难得的是，该女子还对林游一往情深，把在海外习来的开放风格趁着热乎劲一股脑儿地都使在了林游身上。林游回到家看着穿着围裙陪儿子摆积木的我，总是忍不住地鄙夷："你身上一股子油烟味！"

我身上不仅有油烟味儿，还有洗衣粉味儿，还有清洁剂味儿，还有洁厕灵味儿……就是没有华美女人的香水味儿。我整整六年没有进入职场，我用二十二岁的年轻身体孕育了强壮聪明的儿子，虽然我还没有长出皱纹，但是我身上已经落伍的衣衫足以让我的经理丈夫懒得带我出门。

我没有保姆，没有请远在南方的母亲来帮我，更没有求助过我的婆婆。我用一己之力带大了我的孩子，就在他即将步入小学、我想重新回到社会的时候，我的至亲丈夫给了我一记狠狠的耳光。

他在用鄙夷的行为告诉我："奉献有什么了不起？牺牲有什么了不起？你现在连最起码的女人的姿色都没有了，还跟我说什么白头到老？"

眼前的这个男人，已经再也不是看着我褪去了青春痘就对我一见钟情的男人；更不是肯在大街上捏着我的手，说无论如何都要和我在一起的男人。

他爱的是女人的容颜和身体。他说，那个女子让他感受到了做男人的快乐，她的野性已经融入了他的血液，让他沉迷到无法自拔。相比之下，整日蓬头的我，对他简直就是一碗隔夜的馊饭——他只想把我扔进垃圾桶，越快越好。

六年，改变一个人，足够了。

我想过抱起孩子回娘家，但是，我的婆婆公公坚持让我留下孩子！怎么可能！我凭什么要把孩子留给你们？你们给予过他什么？就算你们有豪宅汽车，你们能给他母爱吗？

我想过去他公司闹！他好歹也是个经理了，就不怕社会影响吗？但是很快，我就开始了自我的嘲笑，这是我能做出来的吗？我想骂人，就能骂出口吗？

我和他谈，但是很快就谈崩了。我被他重重赏了一巴掌，不是心灵上的，是肉体上的。他当着孩子的面把我打倒，我被重重地摔在地板上，儿子吓得大哭，伸手去拉他，但是也被推开了。

看着儿子在小床上蜷缩的睡姿，我的脑子里只有一句话："你不仁，休怪我不义！"

十一

我把孩子送回了老家。我什么也没说，只跟母亲说，想让孩子在我原来读书的地方上学。我告诉妈妈，我想出来工作了，所以……可能……照顾不了孩子。

父母很高兴我的想法，他们认为我早就应该出来工作了。他们高兴地接纳了我的儿子，但是我的儿子看着我离去哭得撕心裂肺。他从小没怎么和外公外婆在一起生活过，他将要面对的就是两个陌生人。这让他如何能接受？

然后我回到这个城市，找了一个律师，很贵的律师，我告诉他，我要把孩子的抚养权要到手，我不会放弃。他去运作了，他说，如果掌握了林游出轨的证据，他就有把握帮我打赢官司。

让他去做吧！我已经管不了了。我坐火车回来的时候，在家乡的小镇上买了两大包毒鼠强。这种在国内已经明令禁止的鼠药在我的家乡依然长盛不衰。没办法，水乡的老鼠是很多的，不用猛药是不管用的。

我把家里布置好，给他打电话，对他说，回家一趟吧，我们来谈谈离婚的事。我没有太多的要求，只希望咱们能吃最后一顿饭，把问题解决好。我对他说："毕竟咱们夫妻了一场，我真的不想和你当仇人。我还记得你见我第一次，请我喝的第一瓶雪碧，你用你的左手给我打开瓶盖儿……从那以后我们每天晚上都在校园里散步；我还记得，我同意跟你交往的第八天，你偷偷吻了我一下；我记得我们一起在食堂吃饭，我耍赖不肯吃馒头，是你掰下来一口一口地喂到我嘴里……我还记得你有了第一辆车，拉着我在环路上兜风，你的车技那会儿还真不怎么样，一脚刹车一脚油门，下车的时候 T 恤都湿透了，可即便那样你换挡的时候还不忘去拉一拉我的手……"

他看着我，眼神从鄙夷到冷淡，从冷淡到平和，从平和到缓和。我说得很慢，一点点地掏着我脑海中的记忆，把多年来攒在脑子里的碎片一片一片拼接下来。我没有任何表情地叙述，我只想说，为了说而说，但是不知不觉，我已经泪流满面。

他也被触动了。我看见他的左手在裤兜里踅摸，然后他摸出一包纸巾。我看见了那包纸巾，那显然不是林游自己购置的，当然也不是我给他准备的。那上面有精致的花纹，一拿出来，就散发出呛人的香水味。

本来，我的心已经软了。我看见林游鼻头上方析出了水珠儿，我以为自己可以放弃了。何必呢，我试图用自己的话说服自己："一日夫妻百日恩！何必非要伤害到对方呢？"

但是那包纸巾结结实实地刺激了我！我停止了自己的独角戏。不说了！

我转身走进厨房，把做好的菜一盘一盘地端上来。我开了一瓶红酒，拿出两个杯子。

他坐在饭桌前有点紧张，有些尴尬。我拿出了那张纸，那张请律师写好的离婚协议。上面的内容非常简单，我什么都不要，就要孩子的抚养权，鉴于我现在的情况，孩子暂时跟我父母一起生活。只要同意这个要求，我就答应离婚。

林游有点惊讶地看着我，在他的离婚计划里，应该筹划了更复杂的条件。他们全家都可能在设想我的要求，也许林游的底线是给我一套房子，因为他知道我对财产的掌握程度。恐怕他也想过车。但是，他应该没想到过我现在的要求。

他犹豫了一下，说："我们家就我一个孩子……"

我打断他，有点粗暴："可我也只有一个孩子！离了婚，我会以最快的速度从你的家里消失。你可以投入你的新生活，你还可以再生……但是我……我并不想再嫁人了。我会和儿子相依为命，把他抚养大。我不会要你的抚养费，从今以后，我们母子两个也不会打扰你的生活。你可以对我无情，但是你不能对孩子无义。我知道你的父母很喜欢他们的孙子，可是，他们代替不了父母。你的新妻子对孩子再好，也不可能替代我。更何况，我们的孩子已经六岁了，他是否能接受一个新妈妈，你为他想过吗？

"所以，我希望你能早做打算。我离了婚就会离开这个城市。我带着儿子会回我自己的家，我们会与世无争地过自己的日子。我不要求你的探望，不要求你的爱，我什么都不会要求……"

林游没再犹豫。他坐下来，把手里的公文包放在身边的椅子上，从最外侧的拉链里拿出一支笔，用他的左手，在他的一栏"乙方"下面签上了名字。从现在开始，我们两个人的关系，就是"甲方乙方"了。

他签完就看着我，文件就在桌子上放着，那几张 A4 纸的旁边就是我刚刚做好的饭菜。我没说什么，把文件放在准备好的快递袋里。我知道，几个小时以后，我的律师就会接到这份文件，他拿了我的钱，就会让这份文件具有法律效力。他在起草这份文件的时候，我特意让他加上了"无条件执行"的字样。我的意思是，不管出现了什么不可抗拒的因素，比如地震、战争、自然灾害、死人……这份文件都要执行下去。我还特意让他加上了，如果我有了什么意外，比如说犯罪或者死亡，那么我儿子的监护权则属于我的父母。

律师在加上这些内容的时候很是诧异。我向他解释，只是想让我的孩子和他们家从此断绝关系。当然，必要的探视权是可以的，否则法律不会支持。但是，我只注明了探视权属于"父亲"，他的爷爷奶奶没有。我知道，这份文件，林游根本不会细看，他内心的急切已经迫不及待地显现出来。他心有所属，不会在意我对孩子的安排。我只要表明不会给他添麻烦就可以了。

他签字之前会考虑，但在签字的那一刻，他是那么痛快。我们之间长达八年的感情，我们的孩子，都在他的笔下不堪一击。那个时候我就明确了，对于他的新欢来说，我们都是轻描淡写不值一提的。

我平静地坐下来，说："吃饭吧，这是我们之间最后一顿饭了。"

他如释重负地拿起筷子，我给他斟了半杯红酒。酒瓶里还有我放了药物之后泛起的沉渣，但是被酒瓶外面的纸包装给挡住了。我把透明的部分对准我自己，把酒瓶握在手里。他丝毫没有察觉，居然还向我端起了酒杯，说："我那天推倒你，不是故意的。对不起，我希望，咱们以后再见还能是朋友……"

　　我笑了一下，很坦然。也许吧，到了那个世界，我们也许能再成为朋友，但是前提是，你已不认识我，我也不在乎你。

　　我举起酒杯，轻抿了一口。我本来没想咽下去，我想看着他倒下，然后再潇洒地离开。但是就在我把酒含在口腔里的一刹那，我突然改变了主意。作为一个受过高等教育的人，我当然知道他倒下去之后我的后果。算了，既然他说"希望我们还能做朋友"，那就来世见吧。我释然地笑了，这下，他也不必记恨我，我陪着他上路。

　　我有意识地把酒斟得很勤，林游犹豫了一下说："我一会儿还要开车……"但是看见我执意的动作，他又闭口了。半瓶红酒下肚，我的胃里开始做烧，我想吐，我肚子疼，我的眼前开始出现了重影儿，桌子对面的林游开始还对我说："你喝多了吧！我记得你不能喝酒的……"然后他也开始扭曲着脸、捂着肚子、强忍着对我说："你的菜……"

　　我觉得自己正在顺着椅子倒下去，嘴角边开始溢出东西。林游比我好不了多少，他还没有我安静，他一边往下倒，一边指着我，眼睛因为惊恐和愤怒都快要瞪裂开了。他的嘴角也开始挂沫，他想喊，可是说不出来。他跌跌撞撞地去公文包里拿手机，我知道，他想求救、想报警。我笑了一下，眼睛不知不觉地闭上了。

　　我觉得自己的身体正在慢慢变轻，像一个氢气球一样慢慢地飘向了天花板。我俯视着他。他蹬着脚，艰难地按着手机键。我又笑了。

　　可是，我忽然间头重脚轻，身体不再轻盈，我开始下坠，开始以自由落体的速度拼命往下掉。我甚至穿过了地板、穿过了地面，我们家住在十层，我不知砸穿了多少层楼板，我觉得自己被一种强大的吸引力牵引着，无休止地向地心坠落。这就是传说中的地狱吗？我要被上天惩罚，要让我的身体在熊熊的地狱之火中燃烧、粉身碎骨、熔化成浆吗？

我不怕死，但是，这种肉身坠落的急速感让我不能不害怕！我想嚷、想叫，想把自己内心的恐惧释放出来……

我叫出了声……我终于叫了起来，我自己都听见了！

然后我听见了回应，听见了有人对我说："把眼睛睁开！小秋！把眼睛睁开！"

我没有睁开，确切地说是睁不开！我是否沉醉在黑暗的恐惧之中，不得而知。但是在那一刻，我真的无法睁开眼睛！

十二

"你为什么要改变主意？"赵依曼老太太站在床边俯视着我，很像我刚刚在天花板上俯视着一个男人垂死挣扎一样。

我看见她表情严肃，很严肃，几乎是有点愤怒的那种。我不明白我做了什么事让她生气。我睁开眼看看周围，觉得自己身上湿答答、黏糊糊的，屋里的冷气开着，虽然声音不大但是还是能听到蜜蜂蜂鸣一样的"嗡嗡"声。空调的折扇上下摆动，很清楚地告诉我，它正在卖力地工作。

那我为什么会出汗？为什么还要在这么不舒服的情况下接受她的审问？

"你还记得吗？"她问我，"还记得什么？讲给我听！"

我老实地想了想，没有什么可以提供的情节，唯一还记得的就是我在天花板上的感受，俯视，地面上有个躯体，在挣扎。没了。

即便是这么一点点记忆，也好像一条柔滑的丝线，正在我汗津津的手里一点点地滑走，想抓都抓不住。

赵依曼叹了一口气，坐下来，这样看我的视角好了很多，让我摆脱了她居高临下的压迫感。她恢复了平静的面孔，问我："咱们不是说好了，你不许自杀吗？"

我有吗？没有吧！

"你怎么到的天花板上面？那是你的灵魂脱离了你的躯体，你的身体正在一点点死去！你觉得这种感觉很好吗？"

哦！真的吗？那么我必须承认，这种感觉不错……但是，好像不仅仅是这些。我可能是无意之间皱了眉头，被她发现了。她狠咬住不放地问我："你还感受到了什么？"

此刻，我脑子里的那股强大的恐惧感被激活了。我恢复了那个片断的记忆。我有点语无伦次地说："我不是一直都在天上。后来我就掉下来了，我穿过了很多层像楼板一样的东西，我以为自己会被重重地摔在地面上……但是没有，我还在掉！一直地往下掉！我觉得自己要掉在地心里，我觉得身边很热，而且是越来越热，我好像要被地狱之火给吞噬了……我觉得自己快化了……"

赵依曼好像很满意我的讲述，她点点头，眼睛里有了一丝笑意。她说："那种感觉……就是坠入深渊的感觉和被烈焰烤的感觉，真实吗？"

我几乎不用怎么回想，就能重温到那种感觉。那种感觉让我在恒温二十六摄氏度的屋子里还是能感受到火烧火燎。我点点头，说："是，很真实，现在还有。我觉得好热！"

　　赵依曼也看见了我身上的汗珠。她抬手把盖在我身上的白色薄被拉开了，说："那么，你为什么要改变主意？如果你按照初衷执行你的计划，你不会死，你的那种感受只有在死亡时才会有，你现在感受到了，还会去跳楼吗？"

　　老实说，我听她的这些话基本上无动于衷。因为，我已经全然忘记了事情的前因后果。我为什么会有那种坠入深谷的感觉，我为什么会待在天花板上，我为什么会看到一团扭曲挣扎的身体……我都不记得了。赵依曼说得没错，那种深渊的坠落真的很可怕，那种恐惧感大于我目前所经受的一切可怕的东西。我有勇气吞下若干瓶安眠药，有勇气在自己的手腕上划上一刀，但是没有勇气面对深谷纵身跳下去。

　　那又怎样？那也只能说明，这种从高处往下跳的死法不适合我而已。我不想向谁挑衅，但是连续多天的镇静药物和赵依曼老太太对我实施的催眠疗法，让我已经丧失了撒谎和敷衍的功能。我完全不会让自己的语言在大脑里绕一个弯，我成了直肠子。

　　我诚恳地说："我不会跳楼，这种死法不适合我。但是我不后悔，虽然我不知道我刚才为什么要死，还有，我到底是怎么死的？我用了什么方法？"

　　我没想诱导谁，我只是想把自己在被催眠状态中所做的一切回想起来。但是很快我就知道我的询问是无效的，赵依曼不会告诉我。在她看来，她对我所做的一切都只有她自己才能掌握，她拒绝跟我分享她的感受和收获。她很快岔开了话题，一点过渡都没有。她说："今天天气不错，我推你出去走走吧！"

　　是啊！我好像已经很多天没出过这间病房了。我连这家医院的外面是什么样子都不知道。我每天目力所及的就是窗口的绿树叶子和枝丫，那应该是一棵不大的树。我知道自己住在一楼，如果是高大的杨树槐树什么的，它的枝叶不会如此之低，不会恰如其分地遮挡着射向窗子的夏天的阳光。

我对这个提议不反感，但是我的腿脚好像有点软。我怀疑护士一定私下里给我用了什么"软骨散"之类的下三烂的药物，她们就喜欢让我动弹不得。

赵依曼出去了一分钟，再进来的时候推着一辆轮椅。轮椅的轮毂很干净，好像还是新的，那上面镀的那层铬没有丝毫磨损，还闪着光哩！她身后还有两名护士，她们面无表情地跟着赵依曼进来，一言不发地把我从床上架起来，然后放在轮椅上。其中一个护士问赵依曼："要不，我们跟着您去一个人吧！"

赵依曼明确地拒绝了，她说她一个人就可以了。说完，她就推着我往楼道里走，临出门的时候，还固执地把护士刚刚披在我身上的一件病号服扔到了病床上。

我感觉她很有力量的双手，用力地握在轮椅的手柄上。这让我有点惊讶，我感觉她的手应该是软绵绵的，她抚摸过我，不能说柔若无骨，但至少也是软的，像戴着一双塞满了棉花的大手套。她握住手柄，丝毫不用我再伸出胳膊转动轮椅。我以前在电视里看到过坐轮椅的人，有时候也会恶作剧地想坐上去试试。现在我坐上来了，却不用我为此费力。我有点不满，微弱地抗议："我自己能走……"

赵依曼根本不理我，她推着我走到护士站前，对我说："一会出了病房，你可以自己走。现在不行，你不认识路。"

因为说话，她要俯下身来冲着我，所以我们停住了。这个时候有人叫她。她回过身看了一眼，对我说："等着我，不要动。"她好像对我并不放心，还结实地弄一个声响出来，让我的轮椅牢牢地停在了护士站的柜台跟前。

其实她根本不用担心什么。我就在值班护士的眼皮底下，而她，就在距离我三步远的地方,和另一个白衣大夫说着什么。过道里来来往往的人并不多,大多是陪床的护工家属什么的。他们手里拿着塑料盆、毛巾,还有打饭的饭盒,经过的时候都会看我一眼。我在一阵消毒水的味道中嗅到了别的气味,那是一种芳香的味道,很宜人,清新、不腻。我抬头顺着香味找去,原来就在我的头顶上方,在护士站的台面上,一大束香水百合怒放着,花蕊、花瓣上都还有水滴,像是勤快的护士刚刚撒上去的。

我好久没有闻到过花香了。我第一次近距离地闻到百合香味还是在我十六岁生日的时候,我的老公——那个时候还是我青梅竹马的中学同学——克扣了自己一个多月的中午饭钱,省下来给我买了一束百合花。我记得他当时还不敢把花放在家里,更不敢带到学校来,他央求了花店老板,替他保养着这一束百合。他耐心地等着我放学,然后他从理科班跑到我的文科班,要和我一道回家。

当时我们两个的家并不在一个方向,但是他执意要陪着我走。我们推着自行车,当走到那个花店门口的时候,他谎称书落在了学校,让我等着他。我很不解,站在原地,还骂他丢三落四,根本没注意他偷偷跑到了花店。他在后背叫我,我转过身,眼前就是那一束粉嫩的百合。

他就在那浓浓的香味里对我说:"我希望我们能在一起……"

我记得自己当时的心跳得有多厉害!我甚至抬手打在了他的肩膀上。那个时候他多瘦啊,肩膀上的骨头硌得我还怪疼的。想不出什么话可以接着他的话说,我环顾左右地拉扯:"我喜欢的是黄玫瑰……"

他傻呵呵地笑着说:"人家婚礼上都拿百合……"

我做怒状:"你这就要我嫁给你了吗?"

他笑着求饶："等我娶你的时候，再拿黄玫瑰好了！"

现在，话音犹在，斯人已去。果真如那句话：情义千斤抵不过胸脯四两。不知道他会给他的新情人送什么花儿，不知道如今的女孩子用一束百合是不是就能被打动。现在的他已经不是什么穷小子了，不要说克扣一个多月的午饭，就是送颗钻石，想必也不会伤筋动骨。他已然有了这个实力。或许，当他为那个 90 后美少女奉上钻石的时候，那女孩的心也能狂跳吧！如此说来，我的心也太贱了，就因为一束花，一束百合就轻易地决定了自己的归属……

"你喜欢百合花？"赵依曼已经回到了我身边，柔声问我。

我漠然，不带语气地回答："以前喜欢，现在不。"

"我也不喜欢。"赵依曼轻描淡写地说，"它的香味太冲了！有点腻人！我喜欢茉莉花的香气，淡淡的。随风潜入夜，润物细无声。百合的香味是生怕别人不知道似的。它的花朵也太大了，开得越大的花越不禁看，你看那些细小的花朵，越是小，长得越是精致，层次越丰富。"

我没兴趣跟她讨论花花朵朵，这对我，没什么实质的意义。

赵依曼不顾这些，依然跟我絮叨着："你知道这些花是哪来的吗？"

我实在懒得去想，只能应和："小护士的男友送的……"

"哈哈！"她笑了，说，"回答错误！扣十分！这是有人探望病人的时候送来的。但是病房里搁不下这种花，四人间的病房，有了它，就会甜香腻人，还会有病人出现过敏症状。所以，你别看它好看，闻着香，没什么好处。病人一般只摆上一天，就拿到这儿来了。这里空气流通，人多，还能释放释放……"

这倒是，看着好的，不一定是好东西。所以，我这么多年都瞎了眼！可是，我已然是看进了骨子，无法自拔了。

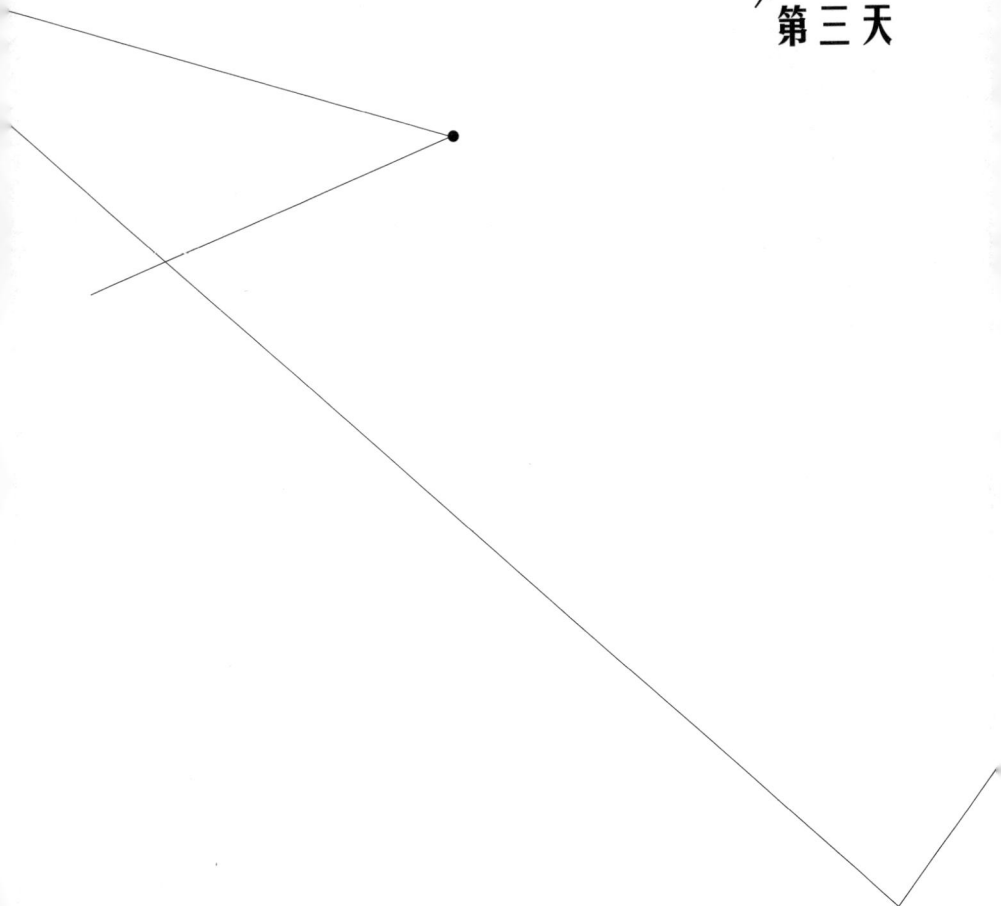

day three

第三天

十三

一大早，我就跟护士吵了起来。很激烈。

这是我第一次在医院里大声嚷嚷。起床的时候我进了些豆浆和酸奶，这让我的身子骨平白增添了些底气。

其实也没什么太复杂的原因，我就是不想让护士再给我打什么镇静剂了。我不喜欢整日浑浑噩噩的，每次被赵依曼催眠之后，我的脑子里就成了一锅糨糊。我总是希望能回忆起什么，我知道自己在那一段时间里经历了另一种人生，但是却什么也想不起来。我越是想回忆，就越是回忆不出东西。这种感受让我非常沮丧。但是很奇怪，尽管所有的细节都消失殆尽了，可是在上一段催眠中的感受却能长时间地留存在我的脑子里。

比如，第一天，我的感受是"不要"！我不知道"不要"什么，但是却有一种总是想抓住什么却又无法挽回的颓败。第二天，我的感受是"释然"，有一种小小的轻松和快感，那种快感仿佛来自于某种复仇。

我每天一闭上眼睛，就进入另一个世界，开始另一段生活；可等我睁开眼，就重新陷入混沌。我觉得自己快要人格分裂了。

我不能拒绝催眠带入的另一种人生体验，我必须承认，我现在对赵依曼在我身上施展的魔法有点沉迷。虽然我把所有的细节都忘却了，但是我还是沉迷。所以，我只能拒绝镇静剂，希望每天都能在一种清醒的状态下被催眠。我固执地认为，这样也许能帮助我记下一些东西。

但是护士不肯，她们说："你住院就要接受治疗，就必须遵守医嘱。医生给你开了药，你就要服用。你不配合治疗，怎么能痊愈出院？"

我用积累的底气跟她们抗议:"我知道,赵医生已经给我停掉了安眠药,是你们私自给我加的!你们就是想让我睡过去,永远不要醒!"

护士长亲自过来跟我谈:"赵医生和你的主治医生商量过了,是酌量减少了药量,但是并没有停。如果你不相信,我可以把赵医生和主治医生都找来,让他们跟你谈。"

我的床边上站着三四个小护士,她们都虎视眈眈地盯着我,眼睛里的厌恶不言而喻。我知道自己抵抗不过这么多的人,我也害怕她们会把我送到精神病院去。听说那里的病人都是要被绑在床上的,那太可怕了。

护士长转身出去了。过了二十分钟吧,主治医生和赵依曼都没有来,"眼儿"却来了。看见他进来,病房里被指定在我床前职守的护士才出去了。

"眼儿"的神情有点紧张,他坐在我床前与我对视,说:"小秋!你不能这样,所有医生护士给你用的药我都是知道的,你的父母也是知道的,你相信我,没人害你!"

我皱着眉头,说:"她们就是想让我天天都睡,我不要!"

"眼儿"耐心地给我解释:"你的睡眠质量很差,一旦停药,你又会进入以前那种整夜失眠的状态,这会让你的精神更加糟糕,那赵老师对你所做的辅助治疗也会前功尽弃。小秋,你相信我,这些药物都是临时的,只是在你生病期间才用,一旦你的情况好转,就不会再用这些药物了。"

我没有热情去跟"眼儿"讨论我的用药,刚才跟护士们嚷嚷以及和她们的眼神对视,已经损耗了我太多的底气。"眼儿"那些情真意切的话根本没进我的耳朵。我奇怪的是,我都这么激烈地反抗了,赵依曼为什么没有来?

我问:"赵依曼呢?"

　　"眼儿"看了一下墙上的时钟，说："赵老师今天会晚一些到。她让我陪你先去花园坐坐，她说你昨天在花园的气色就很好。现在咱们去吗？"

　　我无视"眼儿"的提议，继续问："她干什么去了？还有别的病人吗？"

　　"眼儿"已经把床边的轮椅推了过来，一副要架着我上轮椅的架势。我挣扎："我不坐……"

　　"眼儿"固执的神情居然跟赵依曼有几分相似。他说："不行，出去透透气对你有好处。"

　　我被"眼儿"的一双白皙的双手拽着，又被他按在轮椅里。看不出，他看似柔软的白皙的双手，会有这么大的力量！还是我真的已经软弱得手无缚鸡之力？

　　"眼儿"在我的腿上盖了一条薄薄的毛巾被，然后就飞快地把我推出病房。那个速度足以让我窒息，好像要把我从医院里抢走一样。我抗议："太快了！"

　　他根本不理我，一路上也不管别人对我们俩如何侧目，就连有人跟他打招呼他也没心情敷衍。他把我一口气推到了花坛旁边的大树下，我坐在轮椅上都能听到他的呼吸。他从白大褂的口袋里掏出一包纸巾，抽出一张给自己的额头擦了擦汗。然后坐在花坛的水泥池子边，看着我，很严肃地说："小秋，你要振作！必须振作！"

　　我不明白他在说什么。

　　他更加重了语气对我说："赵老师，她为了你的病下了很大功夫……你的父母，为了能让你不受干扰地治疗，听从了我们的建议，强忍住不来看你；负责你的护士，她们每天生怕你出什么意外……小秋，你能理解我们这些人的苦心吗？我知道你现在很痛苦，但是你睁开眼睛看看，看看你周围的生活，看看这一草一木，生活没有对不起你，你身边的人更没有对不起你！"

我淡然地说："我也没有对不起别人……"

"眼儿"的情绪有点激动，他提高了声音说："你怎么没有！你就有！你为什么总是想死？你没有权利了结自己的生命，你的生命是你的父母赋予的，你问过他们吗？"

我闭上眼睛，有点烦了。

可能是看到了我的抵触，"眼儿"把自己的话头停止了。大概过了几分钟吧，头顶的树叶在夏日微风的吹拂下沙沙作响，知了的鸣叫又开始了，跟着树叶的声音做着和弦，听得我心烦气躁。

"眼儿"把手放在了我肩膀上，那双手又恢复了柔软。他说："你觉得自己是全世界最不幸的人吗？"

我闭着眼睛回答："不是。我就是个想死的人。既然我活着给太多人当了障碍，我愿意离开。"说到这儿，我又想起了现在不知所踪的我的法律上的丈夫，自从入院以来，我就再也没得到他的消息。每次想到这个人，我都有一种报复的冲动。但是如何去报复呢？也许，我的死就是一种最好的武器吧。

"眼儿"叹口气，说："小秋，我告诉你，你不是。你既不是最不幸的，也不是最渴望死亡的那个人。在我知道的人中，有一个人求死的过程比你更加执着，并且他成功了。但是，如果他在天有灵，一定会后悔当时自己所做的选择。"

我感觉自己的嘴角撇了一下："在天有灵？他不会了！如果有，他也只会庆幸。死亡是迟早的事，他不过选择了早一些逃离。"

　　"眼儿"又叹了一口气。我知道，他此刻对着我的感觉一定是对牛弹琴，或者鸡同鸭讲。他慢慢地说："我给你讲个故事，就是我知道的这个人。他是一个男人，四十多岁，是大学里生物化学的教授。因为他在这个领域中成绩卓著，所以，他在四十多岁的时候就已经是博导了。

　　"他工作勤奋、治学严谨，但是，因为他身上集中了太多的光环，所以他不知道自己也受到了太多人的嫉恨。这种嫉恨，在平常的时候不会爆发出来，但是一旦得到机会，就会落井下石。

　　"这个教授，他带的一个博士生，在一个学术杂志上发表了一篇论文，这篇论文后来被人揭发有剽窃的嫌疑。这对于一个导师来说，已经算得上侮辱了。更可怕的是，这个博士生，为了适应学术界的潜规则，在这篇论文的前面还署上了他的名字。也就是说，这篇有剽窃嫌疑的论文，是他这个导师和博士生合著的。

　　"他无论怎样澄清都不能说清楚了。他甚至拿出自己的护照，那上面有他出国访问的进出境记录，在博士生写那篇论文以及发表的时候，他根本不在国内……但是，没人愿意听他解释。他开始还去系里、学校里找各层领导，后来也不找了，最后干脆就沉默了。

　　"然后他就失眠、焦虑。他的妻子和儿子经常能看见他对着天花板上的空气讲话。他们问他在跟谁说话，他说是'中纪委'。他说中纪委的领导已经知道了他的冤情，正在着手给他平反。他有时候又说家里来了客人，是中南海派来了解情况的……

　　"他的儿子当时正在上中学，他的妻子是一个优秀的心血管病医生。他们知道他出状况了，但是不知道他到底怎么了。那个时候，大概是二十年前吧，咱们国家对于抑郁症和焦虑症的认知还很少。他的妻子带着他去看精神科的大夫，大夫说要么去安定，要么在家里休养。

"谁也不想让这样一个教授从此就进了精神病院。他的妻子只好把他锁在了家里。他的情况时好时坏，终于有一天，儿子高考结束后的第一天兴高采烈地回到家里的时候，在楼下看见了爸爸的尸体……"

我慢慢睁开眼，说："他终于解脱了。"

"眼儿"的声音里开始夹杂鼻音："是，如果你这么认为的话。可是他的儿子在半年之内几乎失语，他的妻子从此改变了自己的从医道路，中断了已经如日中天的业务，转而开始学习她完全不了解的心理学。现在，他的妻子已经是我们医院治疗抑郁症方面的绝对权威。你知道她付出了多少努力吗？她说她一切的动力都来源于愧疚，如果她早一点开展抑郁症方面的临床研究，她的丈夫就不会死。但是，她仍然欣慰，她说幸好开展了这项工作，不然，她无法干预这件事带给儿子的负面影响。幸好她做了，不然，下一个发生不幸的也许就会是自己的儿子。

"小秋，你知道我说的是谁了吧？她说，她看见你第一眼，就想起了当天她听到噩耗后赶回来看到的自己的儿子。那张脸惨白没有血丝，眼睛里已经没有了生气。她的儿子当时是受到了惊吓，而你，干脆就是充满了绝望。

"小秋，赵依曼老师本来都已经退休了，是我把她请来。我知道她说过，她希望可以穷尽一生来帮助那些想结束生命的人。她来帮你了，小秋！你能想象吗？这样一个失去了挚爱的女人，她的选择是怎样的？我不求你也能一下子坚强，但是，请你睁开眼睛看看，看看周围的人为你做出的努力……你不感动吗？"

十四

赵依曼到的时候，我和"眼儿"还在花坛边上坐着。

今天上午好像不是规定的探视日，医院里也没有那么多人。室外没有了刺鼻的消毒水味道，让我的心情稍稍有了一些好转。

赵依曼来了，我的耳朵里还灌满了刚才"眼儿"对我的谆谆教诲。但是它们都在耳朵里，根本没走进它们应该去的大脑。

赵依曼的脸色有点疲倦，似乎是刚刚从什么地方赶过来，她的身上还有夏天地铁公交里人肉的味道。她的脸上潮红，刚刚擦去了汗水，白大褂好像也是刚刚换上的，衣扣都还没有扣上，露出了里面的一件淡黄色麻布衬衫。

她笑着对"眼儿"说："我刚才去了病房，护士说你们出来好一阵子了。怎么，不热吗？"

"眼儿"笑笑，说："您不是说让小秋多晒晒太阳吗？"

赵依曼摸摸我的手，说："可以了。一会儿我怕小秋热了。小秋，咱们回病房吧！我们今天的治疗可以开始了。"

我愣愣地问："你去哪了？"

赵依曼和"眼儿"都被我问愣了。赵依曼马上笑着说："你很想知道？我的儿媳妇怀孕了，今天第一次做产前检查，我陪她一起去了医院。"

"眼儿"适时地向他的赵老师表示了祝贺。

我接着问："你儿子为什么不去？"

赵依曼和"眼儿"对视了一眼，说："他前天被派到广州出差去了，要后天才回来。第一次孕检很重要，是提前预约好的，不能改期，所以，我就陪着她去了。"

我不想自己跟审犯人似的，但是不知道从哪儿冒出了这么多好奇心，我还想问。赵依曼笑着看看我，说："我猜，你还想知道，我儿媳妇的父母为什么不陪她去，对不对？他们不在这个城市，我儿媳妇现在刚刚怀孕，还没有什么反应，她自己也在坚持上班。我们打算等她快生的时候，就把她的父母接过来，陪着她坐月子。你还有问题吗？"

没有了。我被赵依曼看穿了心思，不好意思再去和她对视，躲开了她的视线。赵依曼推着我的轮椅说："咱们回去吧！"

"等一等！"我冷不防地喊了一下，吓了这两个人一跳。我有点抱歉，但还是说："今天咱们就在这里开始行吗？我害怕回去看见护士看我的样子……"

"眼儿"为难地看了看赵依曼，刚想对我说话，就被赵依曼按住了。老太太把鼻子上架着的黑色粗框眼镜摘下来，又从兜里拿出一块眼镜布，仔细地擦了擦。她摘下眼镜以后，眼睛周围的皱纹暴露无遗，今天她的眼袋似乎也有点大。在她左边眉毛的下面，还有几颗灰褐色的斑点，如果我没看错的话，这些就应该是传说中的老年斑了。这些元素和她的满头白发集合在一起，就清楚地表明了她的年纪。很显然，那副黑色的粗框眼镜，帮助赵依曼把年龄打了折扣。

赵依曼在我和"眼儿"的注视中重新戴好了眼镜。她笑着对我说："好吧，今天就在这里。但是小秋，在轮椅上可没有在病床上舒服啊！"

我不要舒服。对于我，死是最舒服的。你们又不让！

"眼儿"悄悄退下去了。但是他并没有真正地离去。赵依曼在他走开后并没有开始我今天应该开始的体验，而是漫无边际地跟我扯起了天气。她说："今天天气有点热，觉得吗？"

我摇摇头。山中只一日，世上已千年。我已经失去了对气候、温度的判别，我觉得都一样。在树荫下、在太阳底下，我的感受都是一样的，不温暖，一点也不。

赵依曼自顾自地给我讲她在地铁里的偶遇。她说她看到两个打扮入时的小姑娘，应该有二十多岁吧，一切都很好，就是穿得有些暴露。其中一个女孩子穿着低腰的短裤，腰已经低到了耻骨，让她这个老太太实在觉得有点无法接受。关键是，地铁里人挨人、人挤人，她看到小姑娘并没有丝毫的尴尬，倒是身边那些男士，眼睛实在没处放，又落到了小姑娘白花花的腰腿的时候，都会做出各种小动作来掩饰自己的尴尬。

赵依曼老太太得意地说："我是搞心理的，一看就能知道他们都在想什么！哈哈！"

我有点好奇："你会读心术？"

她转过脸来对着我，脸上的笑容又变得诡异了。她说："你觉得呢？"

我不知道。我看见"眼儿"又回来了，他双手搬着一把椅子，平平地端着。椅子面上还有一个乐扣的水杯，里面似乎泡了菊花一类的东西，白乎乎的、发作一团，彼此拥挤在一起漂浮在水面上，像是一大团棉花。

赵依曼谢了"眼儿"的服务。她自己把椅子摆在了树荫之下，把水杯放在了花坛的水泥池子边上。"眼儿"很配合地把我的轮椅也往树荫下推了推。

于是，我和赵依曼就都被大树冠笼罩住了。阳光从我们头上细碎的树叶中洒落下来，在赵依曼的白大褂上打出了一片一片的亮色斑点，其实就是阳光的碎片。它们甚至还出现在赵依曼的脸上，让她的皱纹在阳光中闪亮，她的白发还被打出了一轮光晕。我看着看着，不觉眯上了眼睛。眼前的这个老太太，好像不是凡间的俗物，倒像是从另外一个世界中走来的，是来串门的神仙。

我有点迷惑了。

赵依曼悄然坐在了我后面，但没有拿出那个不太透彻的发晶吊坠。她用双手轻轻地揉捏着我的头，把她的手指缓缓地伸进了我头发里。她的手指绵软却又柔韧，像是在发廊里给我做按摩一样轻轻地为我服务着。这种感觉让我很陶醉。自从我的家庭、情感出了问题以来，我已经一年多没有做过头发、没有进过美容院、没有这样犒劳过自己了。

她轻轻地揉捏着，还悄悄地问我："能想起昨天的梦境吗？"

我只要在她面前一闭上眼睛，就会被她俘虏心灵。对于这一点，我已经很清楚了。我老实地说："不记得了……"

"那么，还记得有什么遗憾吗？咱们今天就可以弥补。"

我的脑子已经停摆，但是嘴巴还是下意识地蹦出了两个字："报复！"

这个回答并没有让赵依曼意外，她手上的动作没有停止，而是渐渐加大了力度。她问我："你想报复谁？"

我说："我不知道，不记得了。我就是想报复。"

"好吧！中国有句古话叫作'以其人之道，还治其人之身'；还有一句话，叫作'以牙还牙，以眼还眼'。你觉得这种报复方式怎么样？"

"我能成功吗？"

"那要看你给'成功'制定的标准是什么。"

"我有多难过，他就要更难过……"

"嗯！那要看你自己了……"

十五

我闭着眼睛躺在床上，但是总觉得眼睛的位置上有暖洋洋的光晕，黑暗里还泛着红。我还不想睁开眼睛，翻了个身，从侧卧换成了趴在床上的姿势，还夸张地伸了一个懒腰。

我的胳膊碰到了另一个皮肤，这显然不是我自己的，这回不睁眼都不行了。我不情愿地转过身来，看见了旁边的人。我们共同躺在一张床上，共同躲在一床被子下面，他是个男人，头发短、胳膊粗，肩膀和前胸还有后背都裸露在被子外面，看来是没穿衣服。下面穿没穿我不知道。我睡眼惺忪地看了看自己，一件真丝的吊带睡裙在身上完好地穿着。

我的胳膊显然是把他碰醒了。他用同样的惺忪睡眼看着我，含混地说："老婆，早……"

我没回应，而是莫名其妙地问了一句："你怎么在这儿？"

他对我的问题并不感到奇怪，揉了揉眼睛，瞟了一下我们的大床对面、白色墙壁上的挂钟。然后，他不情愿地坐起来，把一整张后背留给我，说："昨天回来太晚了，你已经睡了，我就悄悄进来了。"

"哦……"我回忆了一下，好像是这么回事，昨天晚上我好像知道一些动静，可是，"你不是说昨天晚上不回来吗？"我想起来了，昨天中午我接过他的电话，他说晚上不回家的，要请几个客户去郊区的度假村过夜。

他揉揉脑袋，做出了下床的姿势，还是用后背对着我说："活动取消了。他们都说不去了，我请他们吃了饭、喝了酒就散了。"

说完，他已经坐在了床沿上，穿上了拖鞋。他的下半身穿着纯棉的睡裤，本来宽松的腰身箍在他的腰上已经有点不合适了，他胖了。

他起身去了洗手间洗漱，哗啦啦的水声让我不能再在床上赖下去。我也坐了起来。墙上的挂钟把指针暂时定格在了八点钟，窗外已经大亮，我卧室的厚重的窗帘没有拉严，深色的胡桃木地板上出现了一条细长的光线，像是犀利的阳光在屋里划下的一笔刀痕，有点像《星球大战》里的光剑。

我也起身下床，走到玻璃窗前，双手在胸前交叠，一只手扯住一边的窗帘。这个窗帘用料极厚，我不喜欢睡觉中被光线和声音打扰，这副厚重的窗帘有效地帮我营造了安静的环境，但是每次拉合都让我着实费力气。这次也不例外，我双臂用力，使劲把窗帘从中间向两边拉开去。

窗帘是褐色的，厚重的布料上还有凸起的粒绒，正是它们，帮我把刺眼的阳光阻隔在了外面。窗帘打开，我立刻被夏日暖阳照满了全身。因为卧室里有空调，这样的阳光还让我觉得暖洋洋的。我的玻璃窗是落地的，前面五米开外就是郁郁葱葱的绿树。碧绿的草地一直延伸到我的玻璃窗下，应该是刚刚浇过水吧，草坪上还有很多水珠在阳光下闪烁。

"你今天干吗？还做瑜伽吗？"我的丈夫已经洗漱完毕，正在卧室门口的大衣帽间里给自己挑衣服。他拿出一件淡黄色的衬衫，在自己胸前比了比，又放回去，又拿出一件米白色的。

　　我想了想，好像自己今天的确有个瑜伽的安排，不过好像还有别的，我有点健忘。我也走进洗漱间，在搪瓷浴缸里放上了水，想先泡个澡。他听见水声走了过来，那件米白色的衬衫已经穿在了身上，还算合身。他看了看浴缸，对我说："别空腹泡澡！跟你说多少回了，先去吃早饭！"

　　我听话地把水龙头重新关上，洗了洗手，走出卧室。穿过客厅，我走到房子的另一头，一个开放式的大厨房就在那儿摆着。我径直走到冰箱跟前，打开冰箱门，拿出一盒酸奶，又把两片面包片塞进面包机里。这个时候，他已经打扮好了，穿着整齐地走到玄关。我问他："你不吃早饭吗？"

　　他干脆地回答："不吃了，公司还有事。"

　　我目送着他出门，总是感觉今天我应该干点什么，可是就是想不起来。不过我可以肯定的是，这件事一定比瑜伽重要。

　　我的电话响了，是一条短信，上面的发件人写的是"老妈"。短信内容是："怎么样？"

　　我有点糊涂了，什么怎么样？我拿起手机回拨过去，老妈的声音从很遥远的地方传了进来："姑娘！怎么样啊？"

　　我迷糊地问："什么？"

　　老妈显然有些着急，说："你是不是气糊涂了？还是昨天晚上又吃安定了吧？脑子又不好使了？"

　　我想了想，好像还真有吃药这回事。我记得睡觉前喝了半杯白水，吃了一片药，吃的是什么已经没有印象了，好像就是一片白色的药片，是安定？我说这一夜怎么睡得这么沉。

　　我对老妈说："好像是吃药了。您提醒我一下，有什么事来着？"

老妈埋怨地说："别老吃药了，看把脑子都吃坏了。"老妈是东北人啊，"别"念的是四声，我有点想笑。

老妈肯定是看不见我的表情，依然很焦急地说："你不是说你要和立国摊牌吗？谈了没有？我怕你的牛脾气一上来，把脸撕破了，那可就真没法过了。"

我还没完全想起来，只能含混地说："没有，我昨天先睡了，他回来得晚……"

"你们睡一个屋了？"

我有点奇怪这个问题，说："是啊。"

老妈舒了一口气，说："这就好！姑娘啊，甭管遇到什么事，你们现在还是夫妻，只要还是两口子，就不能闹分居，听见没？"

我好像又明白点。面包机里的面包片已经加热完成，两片面包齐刷刷地从里面蹦出来。我顿时闻到了一股焦焦的麦香。我夹着手机，用最快的速度把面包片拿出来扔在盘子里，我的手指头还是被热浪灼了一下，我赶紧把右手几个手指肚按在了耳垂上。这是很小的时候我妈教给我的办法，耳垂的温度低，立刻让手指舒服下来。

电话里老妈还在喋喋不休："姑娘啊！我跟你说男人到了这个岁数都这样，你们家立国如今也算是有钱有势了，自己当着老板、开着好车、住着大房……你想想，现在的小妖精这么多，贱女人也多，有几个往上靠的也不稀奇。你别太往心里去，不能动不动就闹！妈跟你说，姑娘，这男人心里再花花，只要他还承认你是他老婆，只要他把钱往回拿、不提分家的事，咱就装不知道！姑娘啊！妈这是为你好，你说来也三十多了，你说你，这要是离了，你可咋整啊……"

我想起来了，好像就在昨天，就是这个时间，我应该是给远在东北的父母打了一个电话，原因嘛……我在立国的书房里发现了一瓶包装好、还没送出去的香水。那显然不是给我的，我从来不用什么香奈尔COCO，甭管是"小姐"还是"女士"。那上面的卡片就是立国的笔迹，写得巨肉麻，什么"最爱"，什么"亲你"。我呸！

我当然又采取了一些别的行动，我仔细翻了他书房的每一个角落，同一个女人的照片被我从不同的地方找了出来。只有一张是夹在本子里的，其他的，都是电子版，在他电脑的文件夹里藏着。

坦白说这个女人很年轻、很漂亮，但是肯定不是他公司里的职员。他公司里的人我几乎都认识，没有这个人。让我更发疯的是，我还翻出了他们的合影，而且不是在国内的合影，是在一个碧蓝的海边、银白色的沙滩上的合影。女人打扮妖艳，穿着不能再性感的比基尼，半卧在沙滩上。他跟她腻味在一起，两个人不顾似火骄阳，肌肤相亲。照片的右下角是有日期的，我看了一下，这个日子让我顿时从发疯转到抓狂。去年的十一月二十日，那明明是他说自己要出差的一个日子。最重要的是，当时留守在家的我突然腹痛不止，下身流血。我连惊带怕，身边连一个可以求助的人都没有。

无奈之下我打通的是物业的电话，物业经理从花园的篱笆外面翻进来，我几乎是爬着给他们开的门。保安拨打的120，我被送到医院的时候已经疼得要死要活。医生诊断是宫外孕。医生打他的手机打不通，打给我的父母又远在东北。我用了一点仅存的清醒跟大夫商量，能不能我自己签字做手术……

妈的！老娘那会儿疼得差点连命都丢了，你却在马尔代夫搂着骚货玩鸳鸳戏水！

我当时定是崩溃了！我还记得在我手术第二天才打通了他的电话，他知道我因为宫外孕大出血的时候，说话都结巴了。现在想起来，他本来就是做贼心虚，一看见我的电话先就紧张了。可我当时哪知道他的猫腻啊！

第二天他就赶了回来，风尘仆仆地坐在我床边嘘寒问暖。在我住院的那些日子里，天天床头都摆着鲜花，他还花大钱给我安排进了单间儿，亲自挑了一个护工来伺候我……

我还天真地以为我自己嫁对了人呢！我还傻呵呵美滋滋地听着医生护士们对我的羡慕、对他的夸奖……

原来都是些屁！

十六

我妈说着，我吃着。两片面包下肚，我问老妈："你是说我还装不知道？让他继续糊弄我！当我是二傻子吗？"

老妈苦口婆心："不是啊姑娘！那你想咋整？你跟他闹，就撕破了脸！现在你连个工作都没有，你吃他的、喝他的，你们家的钱就算都是你管着，可你想想，这要是撕破了脸说离婚，你能得着什么？你现在住的那房子你都保不住！"

"那您让我怎么办？把自己当傻子，就这么混下去？"

"姑娘，那叫睁一只眼闭一只眼。我跟你说，男的都这德行！他现在三十啷当岁，马上就四十了，就这个时候最能作！二十多岁的时候没那么多钱，闹也闹不到哪去；现在有钱有车有房，男人就容易学坏！你再让他闹几年试试！你看等五十了他还闹不闹！

"姑娘，听你妈的，这都是实话！你爸年轻的时候，我们俩也老咧咧！他那阵子老在厂里加班，那会儿人都傻，就觉得他爱岗敬业呗！结果，有一次我晚上心疼他，想着家里煮了饺子，给他送点去呗！呵！去了我就看见他和一个骚货妖精，在那又打又闹的！我当时就火儿了！我把一饭盒饺子全砸那女的脸上了……"

我插嘴说："你这不是也闹了吗？"

老妈急急地说："我那会儿就是傻嘛！再说那会儿跟现在能一样吗？那会儿我这一闹，什么工会、妇联、党组织就都找我来了，都说为我做主！你爸他敢跟我翻脸吗？让不让他回家，那得我说了算！那个女的，单位第二个月就给她开除了！敢当第三者，破坏人家家庭，她还反了天呢！

"你爸的师傅、车间主任、副厂长、妇联主席……挨着个找他谈话。我跟你说，这男人都是怂瓜蛋子。这么一谈话你爸立马就软了。他还敢跟我离婚？我借他八个胆子！

"本来我还想接着闹来着，是你姥姥和你大姨，都说差不多就成了，还想过，就得给他留个脸！这些亲戚作好作歹，中间给说合，他又当着你奶奶爷爷的面给我认了错，我这才给他递了台阶。后来就有你了，这事就没人提了，你爸这一辈子才算是老实了！

"后来我还见过那个女的，原本也是有家有业的，这被厂子一开除，家里老爷们也跟她离了，本来就是农村出来的，没辙又回村里去了。活该！当第三者的都没有好下场！

"姑娘，我说这么多，就是告诉你一条儿，咱说什么也不离婚！凭什么呀！你一走，你这大产业全都不要了，给人家腾地儿了！你这可是傻到家了……"

我的手机已经热了，夹在我的肩膀和耳朵之间，让我的耳垂都有点发烫了。我不想跟老妈争论现在由于年代的不同，斗争方法是否也应该有所改变的问题，我只是想尽快挂掉电话。昨天晚上服用的安定让我短暂地失去了痛苦和狂躁，但是现在，大清早起老妈的这一个电话，把这些令人不快的感觉又唤回来了。

我跟老妈含混地支应着。老实说，我也不知道应该怎么办，接下来该做点什么。在发现情况的那一瞬间，我的脑子里是一片空白！但是我很奇怪我自己的反应，一没有哭二没有闹，我以为我会把家里能摔能砸的东西都毁了，给他一个党国撤退前夕的南京政府。我以为自己会抓起电话就打给他勒令他立即回家，否则就"再也别想见到我"！

可是，这些想法在我的脑子里只是一闪即逝。砸东西？我下不了这个手！这个家是我一草一木布置起来的。桌子上所有看似不经意的摆件，都是我从这个城市的犄角旮旯不辞辛苦地淘来的！那个青花瓷的观音像，因为缺少了一只左手，被邻居贱卖给了收废品的小贩。我出门去卖报纸，一眼看见了他们在讨价还价。我听见小贩给了邻居老太太五十块钱，我跟着小贩绕出了大门，才叫住他，从他手里用七十块钱买回了这尊观音。

一个缺手的观音，但是青花的质地依然很好，华亮的瓷胎看上去能映出人的脸色。观音的眉眼低垂，似笑非笑，一脸佛相，看着就和我有缘似的。

还有那只泥塑的鸭子，是我和他第一次出国旅行，在澳洲买的。一只带着草帽的憨态可掬的肥大鸭子，眉眼之间充满了喜感。我买的时候还被他笑话，说是"中国制造"。那有什么关系？我和它都漂洋过海地来到这里，这也是缘分啊！

还有那只台灯，是我从旧货市场淘来的；那个锡做的蜡烛台，是他带着我去河南谈生意时，从街上的小店里扫的；那个马赛克的蜥蜴，是他第一次出国、去巴塞罗那给我带回来的礼物，那个时候我们还没结婚……

我下不去手！我也不想这样做！我是受过教育的人，我不是一哭二闹三上吊的怨妇。我也不会给他打电话，或者跟踪他去他情妇的窝点，给他们拍上几张艳照、用来给自己的后半生敲诈些什么……

我只是觉得绝望，对这个我曾经信任甚至崇拜的男人绝望。

还有，是自卑。我用了一个下午来研究自己的感受。这件事，我当然是最大的受害者，但是除了感情，还有什么是我"受害"的地方呢？我想了又想，是我的自信心和自尊心。男人出轨，原来对女人最大的打击在这里！它让老婆的自信心在瞬间降到了最低。我几乎顾不上愤怒，而是不可救药地开始了自我怀疑和自我否定。

我神经质地拿出了几张纸，一一列举着自己的劣势。三十五岁，不年轻了。还没有孩子，不是不想生，是我能生的时候条件不允许，现在条件好了，可我们一年里也同不了两次房。

钱？我不能算多。三年前我就不怎么工作了。原因很简单，在外面受尽脸色，每个月挣的还不如他给我的零花钱多。但是这些钱，我清楚地明白，它们在法律上的归属。如果现在离婚，家里的一草一木一针一线，都是他挣下的。就算我能掐着他的错，让他做一回法律上承认的"过错方"，那又怎样？我自己就是学法律的，我知道这种离婚官司打起来简直没有希望。他的公司名义上是合股的，我不可能分到一分钱；这份家业，房子车子都在他名下，就算能分给我，又有多少？

况且三年来，我过着自己欺骗自己的小日子，根本不知道他在外面还干了什么。是不是买了房子，买了车；是不是还有什么产业；这个女的是现在进行时还是常态时态……

我做不到我妈说的那样大度，"你就只当他出门找了个鸡"。我也做不到让自己装傻，有吃有喝，我可以什么都不管什么都不问。我更不会演戏。这种事对我这个喜怒都能形于色的人来说，太难了！

我妈完成了在中国另一端的对我的教导。我的手机显示，这个电话足足打了一个半小时。手机电池被消耗了两格。她说的我全懂，并且我也比谁都清楚。就像我妈说的，一旦我提出离婚，一旦我咄咄逼人地告诉他我全都知道了，那么，只有一个结果，就是我离开这个家。

我把发烫的手机扔在桌子上，坐在我们家的楼梯上。我看着一层挑空的大厅，仰望二层的书房、客房、儿童房，我看见大理石的地面被每天都来的小时工打扫得干净照人，明媚的阳光穿过落地大窗给我的房子送来了温暖。楼上的卧室是我最喜欢的淡紫色，我们的婚纱照是他挣到了第一桶金之后补偿给我的礼物。我们结婚时没有酒席、没有钻戒、没有婚纱。他拿到第一笔生意所得，直接带我走进了影楼，拍了一套超过一万元的精美照片。现在，巨大的婚纱海报就在房间里最醒目的地方挂着，照片中的我眼睛晶亮。我记得在影楼的一整天，我都噙着感动的泪水……

那些记忆还在，都还属于我。只是记忆中的那个人已经变了。他的变化让我措手不及，但是好像，我心里又隐隐地觉得并不奇怪。这么多年，身边同类的男人们大都如此，绝大多数在外面有了年轻貌美的小情人，跟自己的糟糠之妻又都这么不咸不淡地过着。有孩子的，固定的时间还能有些固定的项目；没孩子的，就都各自怀着各自的鬼胎，干着各自的私事。

也许，这也会是我的生活吧。我也要这样下去，在没滋没味的日子里等着自己和他都慢慢变老，等着他死心，等着我心死。

就这样吧！我对自己说："反正不能给别人腾地儿！坚决不能！"

十七

我照常出门练瑜伽。

老实说，立国在钱上对我还好。虽然我整天在家待着，他还是给我买了车。不太好也不太坏，是辆宝马320。他说跑车、吉普都太二奶了，我现在才明白他是什么意思。不知道他给小蜜买的是什么。

我是瑜伽俱乐部的长期会员。不是出于无聊，而是在宫外孕手术以后身体伤了元气，也就是从那个时候立国建议我回家休息的。他说我要是愿意可以在网上开个店什么的，就别太辛苦去坐班了。我知道自己不是做生意的料，就那么一直闲待着，不知不觉就待了三年。瑜伽也是他建议练的。手术以后很长时间身体都很软，游泳打球都坚持不住，干脆就练起了瑜伽。

练瑜伽的地方很清静，就在离我们家不远的一个会所里。因为收费比较贵，所以人并不多。每次练都觉得空间足够大，空气也还好。

今天的动作并不难。我在瑜伽垫上跟着音乐和教练的指令一呼一吸，臆想着我的身体能无限延展。我其实很不喜欢出汗，不管什么季节，出了汗身上总归是难受，黏糊糊的。可是练瑜伽出的汗水是在不知不觉中淌下来的，那种无声的效果很好，就好像看着自己的脂肪也正在悄无声息地跑掉，很有成就感。

但是今天我的感觉不好。做了几个动作以后我就觉得自己头重脚轻。仔细想了想，我是下午出来的，中午没吃午饭。来之前肚子里所有的粮食就是早上接老妈电话时塞进嘴里的两片面包。

我只好偷偷耍赖，别人做动作的时候我就在原地躺着。教练很有磁性的声音加上缥缈的音乐伴奏，让我很快就有了困意。空调教室里的冷气很得当，我每次来练又都喜欢在角落里，所以，轻轻地睡去并没有人发现。

我不知道是因为经历了连续几天的失眠，还是昨天晚上的安定还在发挥作用，我刚一想到"睡"，眼皮居然就抬不起来了。我控制不住，也不想控制，难得地放纵一下，不就是不择地点地睡一觉吗？我又没干什么见不得人的事。

人在不熟悉的环境中入睡，大概只能进入浅层睡眠。若不是前面的瑜伽让我觉得劳累，我可能还要睡得更轻一些。我隐隐觉得音乐停止了，隐隐觉察出身边有人在谈话和走动，我好像听到了身边的脚步声，但是我就是睁不开眼睛，直到我觉得有人在我身上为我加盖了一层东西。这让我在冷气适度的空间里感到了一些温暖。

我还是不想睁眼，不知道过了多久，我才自然醒了。睁开眼看去，空旷的瑜伽教室里只有我一个人了。我依旧躺在角落里，身上盖着一件宽大的卡帕运动衣，颜色鲜明，嫩黄嫩黄的。

我坐起来，运动上衣在我的胸前滑落，我伸手绾了绾头发，刚才的发髻因为枕着不舒服已经被自己胡乱扒掉了，现在还要重新束起来。我对着身边宽大的练功镜看自己，一副蓬头垢面的样子，睡眠不足的直接表现就是肿胀的眼袋和厚重的眼皮，这副模样不要说让别人看，自己见了都不舒心。

我赶紧爬起来，卷好瑜伽垫。这个时候我听到玻璃门开了，我的瑜伽教练走进来，对我说："你醒了？"

这是我第一次和瑜伽教练近距离接触。以前我每次来都是默默地走到一个角落，基本上离他好几米远。而且我的时间观念很差，经常迟到，看不到他正常坐在那里，更听不到他跟学员们聊天讲要领。每次我进来，基本上他都已经在做各种姿势了，躺着、弯着、扭着……很少见过他的脸。

现在我看清楚了，有点不好意思。他长得很精神，头发比板寸略长，上半身的肌肉很合适，并不像那些健身教练、器械教练那样夸张。他光着脚，穿着宽松的瑜伽裤，裤脚和裤腿都很肥，几乎垂到地面，裤脚下面露出了很干净的脚趾。

我真心实意地说："真不好意思，我睡着了。"

他笑着看着我。他很年轻，那种年轻已经离我很遥远了，至少要小我八岁以上，甚至更多。他的笑容纯净阳光，没有太多杂质，这让我在一瞬间想起了年轻时候的立国。我们刚谈恋爱那会儿，他也是经常这样对我笑的。

教练走过来对我说："您是不是累了？睡了好久哦。"

我更加不好意思了，说："真是抱歉，耽误您下班了吧？课早就结束了……"

他还是笑着安慰我："没事！还好接下来没有课，我都洗了澡回来，看见您才醒。"他说完，看了看我拿在手里的运动服。我顿时明白了，赶紧把衣服双手奉上，说："这是您的衣服吧！谢谢！我都不知道。"

他接过来，说："这里空调冷，我怕你着凉了。"

他把"您"换成了"你"，顿时让我也觉得年轻了，跟他的距离感也小了。我看了一眼墙上的挂钟，已经六点多了，我居然睡了一个小时。我心血来潮，对年轻的瑜伽教练发出邀请："你晚上有约会吗？如果没有，我请你吃晚饭吧！耽误你下班等我，不好意思呢！"

他的笑容顿时变得腼腆了，笑着推辞："不用不用。真的没什么，您都是老会员了，等会儿您不耽误我什么。"

他把"你"又换成了"您"，让我觉得不太舒服。我的霸道被激发了出来，我固执地说："不行！一定要去！咱们现在就走！你想吃什么？"

这不是邀请，分明是命令。我说完就后悔了，觉得自己太唐突、太失礼。果然，教练有点局促，低了一下头，然后说："好吧！咱们就在楼下简单吃点吧……"

我笑了一下。他过来帮我拿起瑜伽垫，到柜子那里放好。我拿东西要出门的时候，他忽然叫住我，说："你先去洗个澡吧！我在这里等你。"

他一提醒，我才想起来刚才身上还出过汗。虽然现在没有了，但是毕竟身上不好过。我说："那又要你等了。"

他指指旁边动感单车上面的电视屏幕，说："我看电视等你，不用着急的。"

我以最快的速度洗完了澡，头发湿漉漉的，根本没来得及吹干。我的头发太厚，平时就那么随意地披在肩上或者扎着马尾，现在潮乎乎的就只能散落下来。实在不好意思让人家再等，就这样吧。

我出来，他就在门口等我，果真很专心地在看着电视。健身房里来了又一拨人群，晚上的健身热潮又来袭了。

我们两人逆流而动，跟进来的人不断地打着照面。我是无视的，他在我身边却要和不同的人打着招呼。我不由得笑："你是不是这里最有名的教练啊？怎么这么多人都认识你？"

他又不好意思地笑笑，说："没有！就是一直带瑜伽班，很多老会员都上过我的课。"我们走到了一楼大厅，我看见了墙上有他们所有教练的照片和介绍。我来这里一年多了，从来没有关注过这面墙，如今真人就在身边，就有了探寻的乐趣。我仔细看了看，他的名字赫然在列，原来他叫"赵彦"，曾经是国家级运动健将，是这里私教课比较贵的教练。

我指着照片冲他笑："这照片没有你本人帅啊！"

他呵呵一笑，那感觉，好像是被我调戏了。然后，他提议我们就去会所的大食堂，被我严词拒绝。我知道这附近有一家西餐馆还不错，我原来经常独自一人去那里坐着。不一定是吃正餐，就是事儿事儿地去喝个下午茶什么的。一块 cheese 蛋糕，一杯卡布奇诺，一本书，让我能待上两个小时。我喜欢吃他们家的甜品。

我强行要去西餐馆，他弱弱地阻拦："不用这么破费吧！"

我霸道地说："什么呀！我自己想吃，你就客随主便吧！"我说着就要去开车，他又拦住我说："要是不远的话，就开我的车吧，一会儿我把你送回来，省得开两辆车不好停。"

那个地方紧邻路边，好像是不太好停车。我听从了他的建议，坐在了他的菲亚特里。自己开惯了车，乍一坐在副驾驶的位置上还真有点不习惯。我有点紧张地抓住拉门上方的拉手。这个动作让他笑了，说："我慢慢开，你要是紧张可以坐在后面；要不，系上安全带？"

我听话地把安全带系好，研究自己为什么这么没出息。原来，我已经很久没坐过这个位置了。我和立国一人一辆车，我们近一年都是各自行动。我没坐过他的车，他也没坐过我的。我没办法不联想，他现在那辆奔驰的副驾驶位置，应该是那个女人的专座了吧！说不定哪天，我就能在座椅上发现点什么，头发、口红，甚至内衣都不一定。立国的车足够大，他们会不会在车上……

"到了，是这儿吧？"

我把自己龌龊的想法赶紧拽回来，但是又很快骂自己："他们做了都不嫌丢人，我想想怎么了？"我抬头看见西餐馆的门脸儿，转头看着专心停车的赵彦，说："是这儿！"他的侧面很好看。一年多了，我怎么就没发现他是个帅哥呢？

十八

我觉得自己就是在故意放纵自己，从跟赵彦说第一句话开始，我心里就是这么想的。

我要干什么？我不知道。反正从一落座，我就能听出自己对赵彦说的每一句话都有弦外之音。男追女，隔层山；女追男，隔层纱。我比赵彦大了那么多，勾引小男生的本事我会不知道？我突然很兴奋，当年谈恋爱的时候，我多被动啊！我被立国追求，被他很傻很天真的定位打动，然后就决定跟他厮守终生。这么多年了，我陪着他打拼，陪着他白手起家，陪着他一步一个脚印，换来的是我的身心俱疲和他偷偷摸摸的那一份"真爱"。

其实，如果我只是发现了身边这个男人的一夜情，我可能会一笑了之。不是我自夸，是这么多年，一个女人全身心地付出给一个男人的时候，这对男女之间的关系就变了。不是单纯的爱情，也不是单纯的亲情，看着一个男人犯错，愤怒过后会觉得好笑，就像是看着自家的儿子打烂了别人家的玻璃。

可是，立国和她的邮件聊天短信中不断地提到了"真爱""纯爱"，这些词汇对于我的打击远远大过当场捉奸。很显然，我已经不再是那个男人的爱人了。我对于他，可能就是一个道义上的负担而已，总会有一天，他们之间的"真爱"能够超越道德和法律的时候，我这个负担就能在他的心头解除。

我一想到这些，心里就疼。比我在宫外孕的手术台上还要疼。这种疼，让我绝望。

老妈说了，谁提出离婚，谁就是二傻子。这话当然是只给我听的。立国要是提出来，才不傻！只不过，他有他的忌惮罢了。

那我怎么办？以其人之道还治其人之身？妈的！凭什么你的床上可以有别的女人，我的床上就不能有别的男人？从此以后，咱们各玩各的，谁也别管谁！我到时要看看，戴上几顶绿帽子，你的感觉如何？你的头够不够大？

我笑盈盈地端起红酒杯，对赵彦说："今天多谢你关照我，教练！"

赵彦稍微犹豫了一下，说："我开车……"我知道我今天要的这瓶红酒对喝酒的人来说有多大的吸引力，赵彦的犹豫只维持了几秒钟，还是喝了高脚杯中的红酒。他沉迷地细品了一下，由衷地说："这酒真好！"

我暧昧地冲他笑笑："那就多喝一点，我可以帮你找代驾。"

然后，我们就在牛排、鹅肝、三文鱼的气氛中慢慢地聊天。我知道自己不年轻了，故作的天真和无知只能让人恶心反感。但是我也知道自己的优势，我的富裕生活给我带来的自信和优越不是青涩的柴火妞可以比拟的。我受过教育，有谈吐；我见过世面，有眼界。我身上没有俗气的珠光宝气，没有山寨的首饰，但是我在细节中用的任何一个物件都透着精细。比如我的内衣、我的发卡……

第一天，第一顿晚饭，我不想做什么出格的事，只要能相互认识，就可以了，就足够了。我在西餐厅的温暖灯光中留下了我的笑容，还有一个动作。他起身去了一次洗手间，在这个时间中我结了账，等他回来的时候，他的下巴上多了一丝纸巾留下的纸屑。我知道，他应该是简单地清洗了一下下巴，然后用纸巾擦去了水渍。纸巾溶水，就把印记留在了脸上。

看着他坐在桌子对面，我掏出自己的纸巾，很自然地帮他擦拭了一下下巴。因为之前已经有了很融洽的谈话，他已经答应做我的私人教练，并且还给我建议了很多项目。我们的关系已经迅速从"偶遇"升温到了"熟稔"，这个动作在这些前提下并不显得突兀，反而让他笑了，说自己："有点邋遢。"

我有点坏坏地说："你已经是我见过的最整洁的男人了。"

他的话匣子已经被我成功打开，说："没办法，在体院上大学的时候，我们的教练有洁癖。如果训练的衣服当天没洗，第二天穿来了，他就能罚我们做俯卧撑，嫌我们身上味道重！后来，我们几个男生没辙，不仅洗衣服，还恨不得给身上喷点香水什么的，搞得我们班的女同学都问我们是不是变态！"

我笑了，可以露齿，但是没有出声。我问他："你们体院的男生是不是都很帅？身材都好吧？"

他认真地想了想，说："也要看是练什么的。练田径的人身材一般都不错，比如刘翔。女孩子也好，腿都很长，身上还不能有太多脂肪。"

我露出羡慕的目光："真不错！很羡慕。"

他自然地摇摇头："不过练体育还是太苦了，还不一定能练出来。像我这样的，就什么都没练出来。我倒是后悔，当初还是应该好好读书，有个更好的专业。"

我安慰他："你现在不是很好吗？谁说健身教练就不是好工作？"

他摇摇头，眼睛里有一丝没有设防的伤感："这个工作就是一碗青春饭，我老在想，等我年纪大了怎么办。很快的。"

我很自然地拍了拍他的手背，他并没有表现出不自在或者抗拒的行为。我对他说："你还年轻，还可以慢慢想。"

他笑着说："现在还好，一个人吃饱了全家不饿。我父母都还年轻，也不用我管。就是想着，哪天结婚有孩子了，这些就不得不做打算了。"

我觉得他心事还挺重。我说："你可以试试去当体育老师。我觉得现在无论是中学还是小学，都很缺体育老师。还有体育的私人教师，你知道我有很多朋友，家里的孩子什么都好，就是体育不行，从小就不爱动。他们都希望能有个私人的体育家教，给孩子制定一些量身定做的训练科目。你要是有兴趣，我可以帮你问问。"

我说得很真诚，因为是实话。我身边确实有很多家境好的可以称得上是大款的朋友，他们的孩子都希望能找个贴身的体育教师，不差钱，能帮助孩子练出个好身体就行。

赵彦显然被打动了。他可能一直没发现这也是一条发展的捷径，有点惊喜地问我："真的吗？你认识这样的家长？"

我笑着点头。

他又问我："孩子都多大啊？小学还是中学？"

我仔细在脑子里搜索了一下，大概有三四个这样的孩子，小的六七岁，最大的那个，应该已经十三岁了，是个小胖墩儿，每年寒暑假都被他爸妈送到减肥夏令营去，很急人的。我跟他妈关系不错，我们经常一起喝下午茶。

赵彦有点小兴奋，他说："其实锻炼这种事情就是贵在坚持。有些孩子喜欢游泳，就陪他多游泳；有些喜欢打球，就打球。只要制定一些必需的项目，比如慢跑、力量什么的，就可以见到效果。"

我夸他："很专业嘛！"

他笑："我就是学这个的，体育教育。我还真是挺喜欢孩子的，尤其是小男孩，我觉得跟他们在一起挺开心的。大学四年级实习的时候，我就在一个小学里教六年级的体育，那阵子过得特高兴。"

我说："那就说定了！我今天回去就去问我那几个朋友。关键是，你有时间吗？"

他想了想，说："没问题。我现在固定的就是一周两个下午的瑜伽课，然后就都是私教课了。我可以跟我的学员们商量上课时间，他们一般都能理解。"

我故意说："那你可要保证我的时间啊！不能给你介绍了别的生意，就把我这个学生甩了！"

他满含情意地说："怎么会！"

半瓶红酒让我有些微醺。平常我是滴酒不沾的。我认识很多老板的老婆，年龄跟我相仿的，不是叼着烟就是喝着酒。我一直不理解，就算是寂寞苦闷，也不用这么糟践自己的身体吧。甭管是多高级的烟、多昂贵的酒，灌进自己的身体，总还是弊大于利。不过今天的红酒喝得我很舒心，我在起身之后，去了一下洗手间，就是想给自己的脸颊降降温。我觉得两腮有些微微做烧，让我有点热热的感觉。

出来的时候，他已经贴心地把车开到了餐厅门口。我刚才还担心他喝了酒能否开车，还特意多坐了些时候。坐着的时候，他很节制地喝了一杯冰水，而我，倒是很不节制地又喝了两杯红酒。

我觉得自己走路还算稳，可在门口还是被门童和他搀扶着上了车。坐在副驾驶位子上，我自嘲："这回不会紧张了，反正已经晕了。"

赵彦笑了一下，把右胳膊伸过来，又往我这边探了半个身子。我心跳加速了，他倒是完全没有察觉。原来，人家是伸右手打开了副驾驶这里的抽屉，从里面拿了一包纸巾给我——是湿纸巾，有香味的那种，说："擦擦太阳穴，能降温的。"

我在心里骂自己龌龊，但是对于他的绅士举动还是很中意。他说："你明天就来上私教课吗？"

我又开始狂喜，调戏地问："你希望呢？"

他并没有太在意，因为我错会了他，他也没明白我。他说："我是说，要是明天就来的话，我就给你送回去吧，你今天别开车了，车就停会所吧！"

原来如此！我有点失望，看来半老徐娘就是不比青春美少女了，泡个男生都不容易上钩的。我含混地说："来吧。"

赵彦发动了车："你住哪呢？我把你送回去。"

我又窃喜了。好啊，带你认认门儿也不错。

十九

我的那几个准富婆朋友很认可赵彦对他们儿子的贴身私教。那几个宝贝儿大多在贵族学校寄宿，只有周末才回来。赵彦周末两天里就都长在了体育馆里。他跟他们体院的老师都很熟，可以用那里的场馆。这几个妈都不差钱，看见专业的训练场所当然满意，直接都掏钱办卡。两个孩子半天游泳，两个孩子半天篮球，还有一个宝贝儿，就是最胖的那个，单练、器械、慢跑加游泳。几个妈跟着上了第一节课以后，颇为满意，干脆就把孩子扔在赵彦这里，练完了，赵彦带着他们在体院的食堂里吃中午饭。孩子大人都很开心。

赵彦的费用是我帮他谈的，一个孩子一个月四千。这点钱对于这几个妈真是不算什么，但是对于赵彦，这真是好大一笔钱了。他对我的感激溢于言表。

我反倒是淡定了。在他上课挣钱的第一个月里，我再也没有对他言语挑逗。我不想把我们的关系弄得错位，不想让他觉得欠我什么，是因为感激我才对我好。我知道自己难免自欺欺人。这把年纪了，吸引个老头子可能还能让他们眼睛亮一下，想吸引赵彦这种看上去心地还算单纯的帅哥，就不那么容易了。他看我的第一眼，除了客气，就没别的。

　　我提醒自己，慢慢来。这一个月，我已经享受到了一些乐趣。我开始由衷地不关心立国到底回来不回来、他在哪、跟谁在一起。他说加班，那就加吧；他说应酬，那就去吧。立国一心在他的"真爱"身上，即便回家，也会躲在书房里打手机。有几次，我甚至在门口都听到了他们在谈情。我真的淡定了，随他去吧。当我的心里也有了秘密的时候，我就不可能再关注他了。

　　男人就是这样自作聪明，他们以为他们所做的一切都能瞒住老婆的眼睛。其实，所有的老婆都能依靠嗅觉抓住老公的把柄。她哭啊闹啊的时候，还至少证明了她在意你；她不哭不闹的时候，只说明，她没心思理你了。

　　我也在房间里聊天。我本来不用QQ这种幼稚的东西，我也没什么可以有空在网上跟我闲聊的朋友。真有能聊到一块儿、又有时间的，干脆见面聊不好吗？但是自从有了赵彦，我就习惯了每天晚上跟他说话的生活方式。

　　我告诉过他我是网络白痴。他就帮我注册了QQ和开心网。我在虚拟的世界里认识了一群网友，我跟着他们一起种菜偷菜。我和赵彦在网络上的聊天变得自在开放，网络这东西让人很容易卸下伪装。赵彦在我调戏他之后会用各种有趣的图标作为回应。他每用一个，我就问他我怎么才能也拥有一个这样的笑脸或者哭脸。我问得很白痴，没多久，这样的问题就问出了一大堆，他干脆在网上叫我"阿笨"。我听得很甜蜜，就用"阿笨"做了自己的网名。

　　赵彦挣到了第一个月的薪水。都是现金，不用扣税，没有会所抽头。他高兴极了，非要请我吃饭。我没拒绝，地方是我选的。我说我长这么大还没去过KTV。他很惊讶，很爷们儿地说："我带你去！"

　　他带我来的这家，比我想象的好。我还是老了，好奇归好奇，但是骨子里还是怕闹。以前那些朋友一说出去唱歌我就头大，自己既不喜欢唱也不喜欢听，去了干吗？但是这次我也不知道怎么了，就是突然间对这种年轻人挚爱的场所动了好奇心。赵彦也很奇怪，他不是奇怪我为什么要去 KTV，而是奇怪我说我从来没去过。

连我自己都奇怪。跟立国谈恋爱的时候，这种地方是断断舍不得去的，多贵啊！结婚了，就更不去了。我们两个要为买房共同奋斗，省吃俭用地在出租房里过着清苦的生活，哪还有心思娱乐？等他有了钱，就更不用去了。他几乎天天都在类似的地方徜徉，天上人间都去了多少回了，哪还稀得跟我去 K 歌！

我被赵彦带进了 KTV 包房，我以为这里会满是小姐，结果发现如今的 KTV 都蛮正规。就是里面的灯光人暗了，我那大穿着一双普拉达的高跟鞋，鞋跟超过了十厘米。没办法，我再不垫高点，站在一米八七的赵彦身边，就显得更为瘦小枯干了。

那双高跟鞋上脚时间不长，在黑暗中我跟跄了一下，习惯和涵养让我只是浅浅地小叫了一声，赵彦顿时用他练过的身体迅速扶住了我。他的胳膊很强壮，拉我的时候掏住了我的腰，我像一只小猫一样几乎被他拦腰抱起，都快双脚离地了。崴的一下没怎么样，赵彦夸张的动作把我吓住了，我的叫声不由得提高了。赵彦赶紧慌慌张张又搂紧了我，以为我还是害怕自己会摔倒。

我也不叫了，轻轻地说："我都被你抱起来了……"

这种昏暗的灯光下，这样一种暧昧的动作，让我们俩都不由得尴尬了。我虽然希望发生什么，但是事到临头，我的心里又在打鼓，就像跟立国谈恋爱时一样。我还记得我们俩第一次走进属于我们的出租房的时候，我们彼此的那份紧张。我不能忘怀的是，第一晚立国对我表现出来的那种怜惜，他不断地安抚紧张的我。其实他自己也很紧张，但是他还是对我用尽了这个世界最柔情的语言，那一刻他让我感受到了实实在在的幸福。

现在，他应该不用这么费事了，他的那个"真爱"应该早就和他心神合一。我真想有朝一日问问立国：你们俩的第一次你还紧张吗？你也用了当初对我说过的话来安抚她吗？

我们坐在KTV的沙发上，气氛有点尴尬。我这次明白，K歌确实应该是个集体活动，只有两个人是不适合来这里的。赵彦问我想唱什么，我惭愧地说我什么都不会唱，来这里就是想听他唱给我听。

赵彦跟我已经很熟，已经熟悉了我对他的说话方式。当男人和女人之间不用再虚伪地客套之后，他们的关系就好办了。

赵彦大方地点了几首歌，然后开始认真地唱。不夸张地说，他唱得真的很好听。这一代男孩子，都是听着最前卫的歌曲长大的，他们有太多唱歌的机会和舞台，个个练就了一副好歌喉。他们用歌声和身体就可以完成泡妞大业。我舒服地靠在沙发里，听着一个帅帅的男人给我唱歌，很受用。

什么也没发生。"歌神"表演完毕，我就提议离开了。我不想把只有两个人的包房弄得很尴尬。我的确心怀着自己的鬼胎，但是也没饥渴到可以不顾一切、投怀送抱的地步。主动脱了自己的衣服，再去脱男人的衣服，我做不来。

赵彦在包间里也点了酒，还有果盘。这回我只吃了水果，离开时，我开着车——是我自己的车。

这次，微醺的是赵彦。我看得出来，赵彦是真高兴。他在走出包房的一路都在试图对我说着感激的话，被我佯怒制止了。我说："你就把我当作朋友，或者你的一个姐姐，就没什么可感谢的了。"

我本来没想提"姐姐"这事，但是不知道为什么就脱口而出了。这个词一出口，我就知道我自己是什么想法了，看来也不能再对赵彦有什么想法了。

坐上车，赵彦对我刚才的"姐姐"很不解，追着问我："你比我大吗？"

我有点气他，这简直是打趣我嘛。我认真地说："你的那些学生家长，都是我的朋友，我们是一拨儿人，你说我大不大？"

赵彦没说话。我把车钥匙塞进去，正准备打火，赵彦忽然说："我今天是第一次这么近地看你的侧面，真好看……"

我说："你喝多了吧？上了那么多节课，你都没看我？"

他不好意思地说："我每次……都不好意思。"

我一笑，气消了些。可没想到他又提："你真的比我大吗？我一点都没看出来。你的那些朋友，每次来的时候都浓妆艳抹的，我还说，你怎么会有这么老的一堆朋友……"

我哭笑不得："我自己就这么老了。"

赵彦借着酒劲把脸凑到了我的面前，仔细地盯着我，说："你真的很年轻，别老说自己老。你是我教过的最漂亮的女学员……"

我突然心里涌过一丝悲哀，鼻子都酸了。我说："我早就不年轻了……"

赵彦忽然用手背抚摸了一下我的脸颊，那个动作就像我第一次给他擦去下巴上的纸屑一样，纯熟自然。他说："你的皮肤还这么好，身材也好，你身上的气质很不一样。你第一次来上课我就发现了，可是我从来没想过还能跟你成为朋友……"

　　我第一次如此近距离地和立国以外的男人对视，我们两个人的脸颊几乎就要靠在一起了。我实在无法自持。这世间好色的不仅仅是男人，对付像我这样的中年女人，赵彦这样的帅哥根本就是糖衣炮弹。有本事吃，没本事再推回去。在那一刻我根本没有动摇，根本连最起码的思想斗争都没有，我连立国的名字都没想。我只是清清楚楚地感受到了赵彦的气息，感觉到了他的胳膊很有意识地碰到了我的后背。我的安全带没有系上，我很自然地倒在了他的胸前。我听着他雄壮的心跳，看着他的脸一点一点地凑过来。我干脆就闭上了眼睛。

　　……

　　那一夜过后，我可以很认真地说，身体好的男人就是不一样；我也理解了王菲的那句话："男人都是花心的，与其如此，不如找个帅的！"

　　我也可以更认真地说，其实我并没有主动做什么。赵彦在车里借着酒劲拉我入怀，我顶多也就算是半推半就而已。我的抗拒并不显得虚伪，这个岁数的女人就别装什么黄花闺女了。但是我也没有一味俯就，那跟我平时留下的印象不符。但是我可以自豪地回忆，我给了赵彦不同以往的体验。

　　身体上的交流，如果男人和女人都还青涩，那就是共同体会、交互进步；如果是男人成熟、女人青涩，那痴迷、沉醉的必然是女人；但是如果反过来，这个男人的感受就大不同了。

　　我只知道，仅此一夜，赵彦就爱上了我。我有这个自信。如果说之前还是感激、挑逗外加点闲得没事干的因素的话，那么从这儿以后，这个男人就真正把我当作了他的情人。我们在车里没办法做什么，但是回到我的车库的时候，当卷帘门放下来的时候，宝马车里就被塞满了欲望的气息。我恶作剧地不想换地方，就是要在立国给我买的车里做最能侮辱他的事。我承认，在那一刻，我满脑子里想的都是"报复"。复仇的欲望大于我身体面临的刺激和诱惑，但是这种复仇的情绪被表达出来的时候，我惊讶地发现它让我的身体更好地配合了车里的这个男人。

赵彦呢喃地说："我爱死你了……"是啊，我一定是给了他完全不同的感受，这种感受让他狂野刺激。我从没对他说过我的婚姻，但是他一定知道我是有妇之夫。这种"偷人"的刺激一定让他更癫狂吧！

我想，立国于他的"真爱"大概也是这个路子吧。偷偷摸摸的行为一定让他觉得新奇刺激，让他全然忘却了跟我四平八稳谈恋爱时的平淡无奇。那个女人也一定是在身体上给了他全新的体验，让他痴迷沉醉，让他飘飘欲仙，让他完全有理由厌弃我。

没关系，既然我不能达到你的要求，你就找别人去解决吧。不过，其实我一直没告诉你，自从有了赵彦，我才知道，原来你也一直没能达到我的要求。我们就这样，都各自去谋求解决问题的途径吧。

二十

赵彦比我想象的要成熟得多，他的内心和他的面孔应该是分别属于两个人的。

但是没关系，反正我没打算把他当成老公，也就对他没有要求。我们一周固定见几次面，生活的轨迹只是在这几天中做一个交集，其他的时间，我还是我。

立国回来的时间越来越晚，一周之内不回来的次数也越来越多。我的无视和漠然一开始并没有让他觉得异样，他还在窃喜自己做得有多聪明呢！每次我看着他都不敢跟我对视的眼睛就觉得好笑，男人啊，真正做了亏心事的时候胆子也就芝麻那么大。

有时候我甚至有点可怜立国，这个社会给了男人权力和野心，可也给了他们巨大的包袱。他们可以乱搞，但是有几个男人能忍受戴绿帽子？不过他们也真的很傻。如果他们自己偷情，用不了多久，自家老婆就能发现蛛丝马迹；可要是老婆有了外遇，十个男人会有十个都是傻子。

立国和赵彦，这两个男人本不应该在我的生命中有交汇的那一天。

这个周末，立国破天荒地回来了，而且还是早上。我还在卧室的大床上赖着，昨天晚上跟赵彦缠绵了太久，天快亮了才回来，实在是有些累了。

立国进大门的时候我听到了隐隐约约的声音，但是没有起床。他换了鞋，先去了楼下的卧室找我，不在，又"噔噔噔"地走上楼，推开了我的房门。

我仔细回忆了一下，我们大概有多半年的时间没躺在一个卧室里了。自从有了赵彦，我就果断地睡到了楼上的卧室。立国没有问过，他大概也很赞成我的行动。有时候他突然回来，一般都是直接进入他的书房或者卧室，第二天我们在客厅、厨房等地碰面时他才会跟我打个招呼，礼貌地编造一个晚归或者不归的理由。他说瞎话的时候面不改色，就是总不肯看我的眼睛。我知道他这是可怜我。那些谎言，不过是为了给我一个安慰自己的理由罢了。

我装作无所谓，接受。

可是今天，他干吗要来我的房间？他就那么进来了，连敲门都没有，连一句招呼都没打，就那么进来了，甚至还穿着在外面的衣服。

我闻到了一股味道，是酒精和化妆品混合在一起的味道，这种味道在灯红酒绿的夜店里应该很适宜，但是出现在我的家就只能刺激我。我没办法再闭着眼睛，那味道无异于进来一个浓妆艳抹的女人面对面地挑衅。我翻个身看着立国，说："你身上是什么味儿？"

立国的眼睛有点红，胡楂露着，脸色发青。他这个样子让我有点害怕，就赶紧坐起来，拥着被子问："你怎么了？喝酒了？"

他什么都不说，直接就趴到我身边。我对这个身体已经从陌生到了厌恶，下意识地把自己往床边挪了挪。这个动作刺激到了他，他抬头问我："为什么要躲我？"

我没有掩饰："你身上太味儿了。"我还建议，"先去洗个澡吧。"

我不觉得这句话有什么不妥，完全是为了屋里的空气和我的鼻子着想。但是立国完全错会了我的意思，他听见这句话就猛地爬起来脱衣服，但是之后他并没有进浴室，而是直接钻进了我的被子。

从心底忘掉一个人可能会用上一辈子；可是从身体上忘掉一个人，只需要几个月，甚至更短。我的身体显然已经不认识立国了，虽然他也感受到了我的不快，不断地试图唤起我的记忆。但是我只能强迫大脑去接受这个人是我法律上的丈夫，身体的反应是不会说谎的。

立国的脸色更青了，红着眼睛问我："你是不是在怨我？"

我老实地回答："没有。"从我打定主意自己过好自己的日子开始，我就没有怨恨了。我知道那种情绪全无用处，除了在文艺作品中表现出矫情以外，没有任何意义。

他显然不相信，有点底气不足地说："我知道，这些日子，冷淡你了。"

我在心里说，我的确是被你冷淡了，但是我还有别人，没事。

他接着说："以后我会注意，尽量少点应酬。"

我知道这是一个信号，我不知道到底发生了什么，但是看来他和他的"真爱"之间出了点问题。这也许真的应了老妈那句话："你就让他浪，看能浪多久！"我不想评价什么，我只是想，就算你现在回家了，以后呢？你拿得起放得下，我行不行呢？

我的手机不合时宜地响了。我知道这个时候的短信一定是赵彦发来的，他是一个很贴心的情人，每次见面之后都会适时发来问候，还有很多不能给外人看的言辞。我有点做贼心虚，手忙脚乱地翻着手机。通常情况下我都是把手机放在我的枕头旁边，我知道这样对健康不好，但是没办法。在家只有我一个人，又和赵彦没有约会的日子，我的大部分漫漫长夜都是靠和他在电话中倾诉度过的。本来我的手机触手可及，可是经过了刚才跟立国的一番较量，床上所有的东西都已经被乾坤大挪移了。我掀开被子，失控地循声翻找。

立国比我先拿到了手机。我知道他并不是有意要看，作为男人他一向是自信的，尤其是对我。但是，可能是我夸张的急躁触动了他的神经，或者，我干脆就没有锁键盘，他的手指在抓住手机的时候无意中碰到了某一个键，赵彦的短信就这么赤裸裸地晾在了他的眼睛里。

他的脸色从青转黑。

他抓着手机，把手机屏幕举在我眼前，低沉的声音抖着问我："这是什么？"我比自己想象中要沉着，我瞄了一眼手机上的字，赵彦这次还没写啥太露骨的呢，就是："昨晚好吗？早上一醒来就想你……"

我平静地说："没什么，一个人。"

立国的眼珠子都要突出来了，他一字一句地问我："什么人？昨晚你干什么去了？"

我想了想，有点好笑，说："我在瑜伽房。"我说得没错，昨天晚上我们是在瑜伽房，只不过我们是在别人都走了以后才去的，也是偶然的创意，觉得很狂野。

立国根本不信，问："他是谁？他到底是谁？"

我懒洋洋地回答："我的教练。你想知道什么？"

立国"啪"地把我的手机摔在地板上，这倒是让我松了一口气，摔碎了最好，那里面还有很多立国不想看到的内容呢。

他摔完了手机，一点也没消气，仿佛是才把怒火点燃。他站到地板上，身上的衣服保持着刚才的凌乱，伸出右手食指，指着我审问："你给我说清楚，你是不是干了见不得人的事？你吃我的用我的，我把你养在家里让你享福，你居然给我戴绿帽子！你这个不要脸的东西……"

我可以做，但是你不能骂！我也怒了，也立起身以牙还牙："你有什么资格说我？你别以为我不知道你在外面做了什么！你和你的什么'真爱'，已经同居一年了，你以为我不知道吗？你不回家，你夜不归宿，你在外面养了情人你还来管我？我宫外孕大出血的时候你在哪？你正和你的野女人在马尔代夫逍遥你以为我不知道？我做了什么？我不过是在你有了新欢以后给自己找了一个寄托罢了。这个世界是平等的，我为你付出了健康，你让我辞职在家，你却这么对待我！你可以做，我为什么不可以？给你戴绿帽子？你在跟别的女人上床的时候想过我吗？"

　　我的言辞并没有让立国反思，反而让他更加暴怒。他哆哆嗦嗦地说了很多话，大概意思就是这么多年他为了这个家殚精竭虑，他现在只是在享受他应得的。而我，完全是在他庇护之下的一个享乐者。我身上穿的、嘴里吃的，一丝一帛，一饭一汤，都是他赏赐给我的。他可以这样做，但是我不可以。

　　我什么都不想说，我觉得说什么都是瞎掰。我在等着他最后的结论，铺垫了这么多，无非要离婚吧！我就等着，你说吧。

　　立国在绕了好大一个圈子之后，终于兜了回来。他不再指着我，而是开始一件一件地穿衣服，一边穿一边恶狠狠地说："离婚！马上就离！"

　　我笑了，对于这一天，我已经不再恐惧，但是，我也不会坐以待毙。我从床头柜里翻出了一叠纸，我晃着给他看："没有问题。但是我要告诉你，我做了什么，在法律上，你都是猜测，没有真凭实据；但是你做了什么，我全知道。"

　　我用立国的钱找人跟踪了他。我手里有他在外面和那个女人同居的证据。我有他们拥抱接吻的照片，我知道他们的约会地点在哪里，我知道那个房子的归属者，我还有他们的网聊记录……

　　这么多年的婚姻，这么多年的冷淡，已经让立国彻底忘了，他的老婆我，当年是读法律的，是系里公认的才女。他敢做的我也敢，他不敢做的我还敢！

　　我冷冷地说："你觉得我拿着这些证据去离婚怎么样？法官是相信你还是相信我？以我年轻时候所学到的专业分析，你应该是法律上定义的过错方，你的财产恐怕会有那么一点点的损失。哦，对了，你今天为什么会回家？你跟你的女人过得不好吗？吵架了？还是她身边躺着别的男人被你看见了？你为她买房子买车，到头来是不是她也给了你一顶绿帽子戴……"

　　我的话并没有说完。我看见立国随手拿起了一个花瓶朝我扔过来。我的身体迟钝了，或者根本来不及躲。我觉得自己的头被重重地撞击，然后我就倒下去，狠狠地倒在地板上。在倒的过程中，我好像还撞到了什么东西，是墙？还是柜子角？

　　我睁着眼睛摔在地板上。我觉得一股液体正从我的太阳穴、头发里流出来，汩汩地，热的，我的身体又变轻了。我再一次飘浮到了半空中，我看到了立国颓废地跪在地板上，他的膝盖被血点染红了。

二十一

　　太阳穴附近、头发里还在往外流淌液体，伴随而来的是浑身的燥热。我觉得有液体甚至划过眉毛进入了我的眼睛，我被划疼了，睁开眼。眼睛前面是模糊的、水盈盈的，赵依曼的黑色粗框眼镜很明显地就在眼前。

　　她的表情一改往日的轻松，有点担心地问我："你怎么样？有什么特别的感受吗？"

　　我觉得自己的姿势很难受，可不是，一直就在轮椅里这么坐着，太阳老高了，树荫已经挡不住它了，我的整个人都在光晕里照着，难怪浑身都热。我也确定了，脸上头上流淌的是汗水，不是鲜血。

　　我调整了一下坐姿，回味着身体的感受，说："我疼。"

　　赵依曼老太太皱着眉头问我："哪里疼？"

　　我的头脑寻找着，但是无功而返。我说："说不清楚，后背、胸口，好像很多地方。"

"怎么疼法？"

"说不清楚，从来也没这么疼过。不是针扎，不是被打的疼，是从里往外的生疼。"我说。

赵依曼摸摸我的手。很奇怪，我浑身燥热，头上出着汗，可是我的手却是冰凉的。我又感觉了一下穿着袜子和肥大拖鞋的双脚，似乎也不热。

赵依曼慢慢地掰开我的手掌，原来从始至终我都是攥着拳头的。我把手打开，我和她同时看见了我手心里的汗水。这个景象很奇怪，我的手明明是冷的，怎么会出汗？

赵依曼把我推回了病房，病房里的冷气让我身上骤然起了一层鸡皮疙瘩。我赶紧拉出薄被给自己盖上。赵依曼坐在床边问我："你紧张吗？"

这个问题我从来没想过。我为什么要紧张？赵依曼抓过我的胳膊，把手指搭在我的脉搏上，看着手表。过了几许，她把我的胳膊放回被子，说："你的心跳每分钟超过了一百下，你紧张吗？"

我想了想，那要看什么时候、在什么地点。我说："我看见护士紧张，我出了这个门、走到楼道的时候紧张，我看见有人来我的病房紧张……其实，我就是身上发紧，这算紧张吗？"

赵依曼说："没事儿小秋。前段时间我还担心你，所有的症状反映出来的都是思想和心灵的紧张恐惧，现在，你的身体终于有反应了。这是好事。"

我换了个姿势，说："好事？前两天我不疼啊！为什么突然会疼呢？是不是因为刚才的催眠？"

赵依曼笑笑："你觉得这和你刚才的经历有关？那么，你还记得什么？"

　　我努力地想。有了前两次的经验，我知道自己的努力有点徒劳，但是我还是希望能回忆起一些片段，哪怕是支离破碎的也好。我使劲回忆，但是脑子里只剩下一点感觉。我的身体轻盈地飘浮在天花板上，我从上至下地审视着一个空间，然后……就不记得了。好像这个空间里还有一个人，但是我不确定。我从上到下看到的，应该有一摊红色。似乎就是在这个时候，我的身体开始疼了。开始的时候还是隐隐作痛，后来就疼得很清楚了，再后来我就醒了。所以，这种疼痛是梦里的还是现实的呀？

　　赵依曼看着我说："疼痛感是真实的。就像你得了感冒，身体里有了炎症，这个时候发烧会很难受。但是发烧是好事，是你的身体抵抗外来病毒的一种自我保护措施。抑郁症的疼痛感也是这样，疼出来总比你郁结在心里要好。没事的小秋，一切都会过去。"

　　我不惧怕身体上的疼痛，我对自己的催眠越来越好奇。我恳求地问赵依曼："你能告诉我刚才我都做了什么吗？为什么每一次催眠我一醒来就失去了记忆？我为什么总也想不起来我都做了什么？"

　　赵依曼没有嫌我的问题多，她笑着说："你刚才一直睡着。就在树荫下，半躺在轮椅上，我都不敢惊动你。"

　　我固执地说："不是的！你一定知道我做了什么，我梦见了什么。我觉得你知道一切，所有的梦境都是你安排的……"

　　我的声音有点大。中午时分，病友们都在休息，赵依曼把右手食指放在嘴边，给我做了一个"嘘"的动作，然后起身帮我把房门关上。

　　她再次坐回来，不是坐在床边，而是坐在了床边的椅子上。她说："我只能把你带到一个情境中去。这个情境里的人物、发生的事情，都是根据你的思想而存在的。你左右着事件的进展，你所做出的每一个选择都直接会导致事情的结尾。你跟现实中一样，同样掌握着自己的命运。这不是我能左右的。"

"可是……如果这样的话，为什么我总也记不起我做的事呢？"

"这个……也许因为它就是一个梦吧。或者，是你在现实中的记忆力量太强大了，干扰了你对于梦境记忆的捕捉。其实，记得起记不起都没关系，关键是你每次残留下来的感觉。我们做了三天了，今天这也是第三次催眠治疗。第一天，你的反应强烈，你明确记得你是一个动物，你看到了死亡。然后你还把这种情绪带回了现实，你告诉我你的痛苦。你说你不想看见死亡。对吗？"

我想了想，的确是这么回事。尽管绝大部分内容我已经忘记了，但是我清楚地记得我是在哭喊中醒来的，我好像看见了一个人在流血，我想喊、想求助，但是声音被严严地闷在胸腔里发不出来。我就那么看着一个人手腕上的血在缓缓流尽，我真的很难受。

我陷入沉思。赵侬曼接着说："第二天，你还是这样。但是你告诉我你的身体飘起来了，飘浮在天花板上。今天，你又是这样，你在天上俯视下面的空间。你知道这意味着什么吗？"

我问："什么？"

赵侬曼把粗边眼镜摘下来，拿在手里，似乎这样能让她自己的神经放松一些。她的老年斑再一次清楚地出现在我的视线里，这次，我还看到了她浑浊的眸子。

她看着我说："这意味着死亡。我不知道你在梦境中到底经历了什么，但是，我可以确定，昨天还有今天，你都为自己选择了死亡的结局。你为什么要这样呢？"

我迷惑了一下，但是马上释然了："我本来就想死。梦由心生，看来谁也不能阻拦我了。"

赵依曼严肃地说："想死的那个，是在现实中的'你'，是你的'本我'；在梦境中你是虚幻的，你的经历可能会有你在现实生活中的影子，但绝不是你现实的复制。你能不能答应我，就算是帮我一个忙，在我们明天的治疗中，不管你是怎样的角色、经历了什么样的事情，你都尝试着不要用死亡去解决问题。行吗？"

我实话实说："我真的不是有意的。也许，冥冥中我只能做出这样的选择。"

赵依曼又把眼镜戴上，说："你能记得第一个梦境中你的痛苦，你就能把这种看待别人死亡时候的感受带到现实中、带到你的下一个梦境中。不管以后的梦境中你看到了、听到了什么，你都可以努力去想，想你第一天的感受。如果实在想不起来，你能想起你的妈妈吗？你被送到医院之后，你第一眼醒来的时候，看到你妈妈的样子……现在记得吗？"

我当然记得。我的脑子虽然混沌，但是即便我变成了傻子痴呆，我也不会忘记妈妈的脸。她让我感受到了苍老的气息，她的惆怅和难过全都一笔不差地写在脸上，还有担心和惊恐。她抓着我的手、我的胳膊，狠狠地抓住我，不是因为恨，是因为害怕。

也许有一天我也做了母亲就能感受到这种恐惧。但是现在，我没有。

我问赵依曼："你也是母亲。你告诉我，如果你的孩子也像我一样，你……你会怎么样？"我问得有点心虚。

　　她笑笑："我会痛心，这是一定的。但是我会反思，我会想弄明白为什么。我认为这个世界是公平的，不欠任何人。但是这个世界又会给我们带来或多或少的痛苦。痛苦和幸福一样，就是生活中的盐和糖，没有痛苦就衬不出幸福。其实，生活在给你痛苦的时候也一定会给你幸福，关键是，你为什么感受不到幸福而只能感受到痛苦？这就是你需要接受帮助的地方了。"

　　我叹气："我父母要能像你这样就好了，我也就能放心地去了……"

　　她站起来说："你刚才说的是'如果'。我跟你谈的，也是'如果'。其实，我根本不能去想这个问题，因为我知道死亡的可怕，我会永远拒绝去想，尤其是拒绝把这个词和我最亲的人联系在一起。"

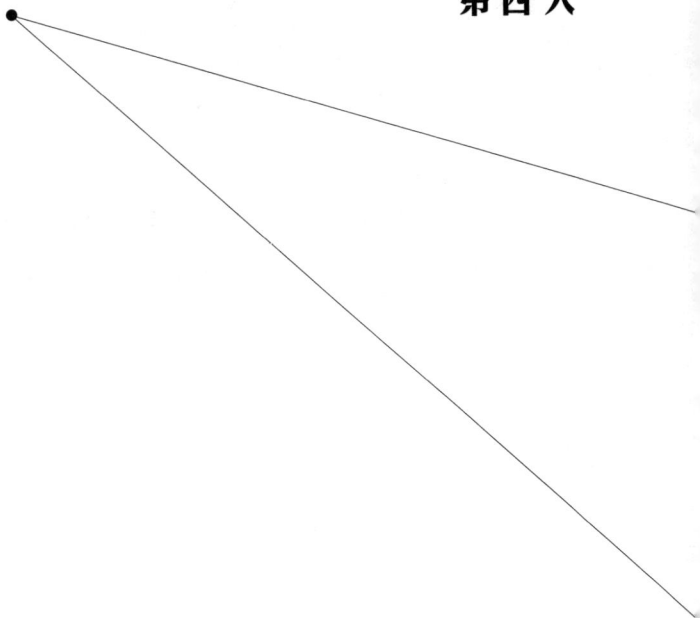

four day

第四天

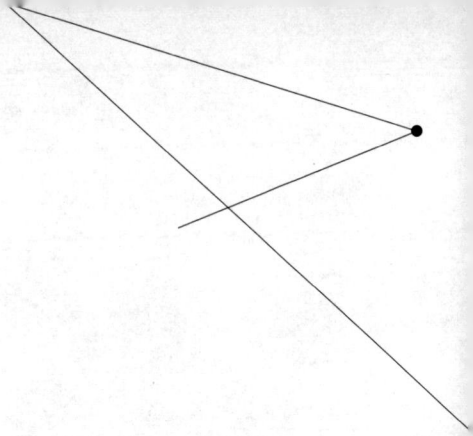

二十二

今天一定是与众不同的一天，至少在赵依曼和我的主治医生看来是这样。我的父母竟然被允许来医院探望我。其实，从我入院到现在，也仅仅是三天没见到他们而已。但是对于我，这三天像是经历了三辈子。

我早上洗漱完毕，习惯性地等着赵依曼的到来。赵依曼没到，我的母亲和父亲却到了。父亲先走进病房，一眼看见了正在面冲墙壁发呆的我。他叫我："小秋！"

我眼下的动作有点迟缓。这也是为什么我抗拒再吃药的原因。在这些药物的作用下，我的行动能力被打了折扣，一个还不到三十岁的人，上下床、洗漱、走路看上去都像风烛残年之人。这样让我更加对自己心灰意冷。

父亲快步走进来，比他晚几步的母亲，手里提着一个暖盒。暖盒是一个红色的方块包，上面写着一个冰淇淋的名字。这好像是超市里卖冰淇淋赠送的一个保温包，据说用这个保温包装冷冻食品，可以一小时之内不融化。但是今天外面的太阳尤其毒烈，看父亲脸脖上的汗水就知道了，不晓得这个保温包能起到多大的功效。

父亲叫了我一声就走过来拍我的头，这个动作让我感到了亲切。母亲没有叫我，只是把手上的东西放到床头柜上，对父亲说："你先去洗把脸，这屋里开着空调，一会把汗吹回去就该感冒了。"

母亲就是母亲，一辈子都以父亲为中心，这让我有点感动。

父亲去了洗手间洗脸。母亲就自然地坐下来，坐在床边，但是离我更近，比每次赵依曼坐的都近。她的眼圈又红了，但是很坚韧地忍受着。她给了我

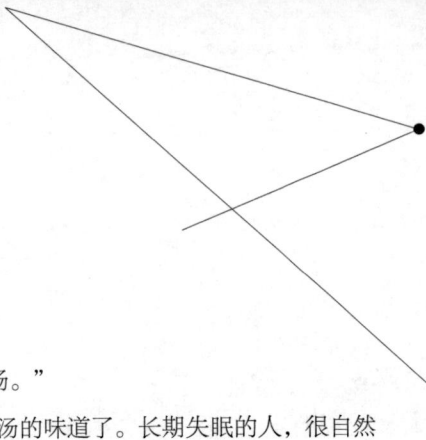

一个笑容，说："小秋，妈给你带了鸡汤。"

我的嘴巴里已经很久没有享受过鸡汤的味道了。长期失眠的人，很自然地就失去了味觉。当一个人食不甘味、夜不能寐的时候，就失去了生活的乐趣；失去了生活的乐趣，自然也就失去了生活的愿望。我大概就是这么一步步走到医院来的。

面对母亲，以及正从洗手间走出来的父亲，我竟然无话可说。我知道自己对他们全是愧疚，可是我连道歉的勇气都没有。敢于道歉的人，一定是已经认识到自己的错误并且决心改正。但是我，并没有觉得我的自杀愿望是个"错误"，就更谈不上要去"改正"它了。

父亲和母亲似乎早已有了某种默契。他们并没有一上来就问我什么，这也是我最怕的。我失去了活下去的勇气，但是我还保留着诚实做人的原则。如果他们问我："好些了吗？"我还真没法说。

但是他们没问。父亲跟我说："这两天可热了，天气预报说，下周开始就要桑拿天了，你这房间热不热？"

我摇摇头："爸，这儿挺好，不热。"

母亲接着说："鸡汤还有热乎气儿呢，来，闺女，喝一口，尝尝咸不咸？"

我听话地就着母亲手里的碗喝了一口。母亲已经把汤壶里漂浮在最上面的一层油花细心地撇出去了。即便这样，给我盛在碗里以后，她还在不断地用汤勺帮我撇走碗上的油星儿。我不知道此时此刻自己的脸上是什么样的表情，但是，当第二口鸡汤喝进嗓子，我的眼角就湿了。准确咽下去那口汤，我的眼泪就流下来了。

我低着头就着母亲给我端到嘴边的碗，母亲只能看见我的脑门和头发。

　　她一手端着碗，一手帮我向后捋着不断涌上来的头发。我想双手接过她的碗，但是当我的手和金属饭碗相接触的一瞬间，我被结结实实地烫了一下。母亲就那么一只手牢牢地端着，连颤抖都没有。我被烫得已经条件反射地缩回了手。

　　母亲赶紧把汤碗放下，急切地问我："烫着了？我给你端着，别沾手了。让我看看……"

　　父亲也过来看我的手，我的手被他们攥着，连抽回来擦去眼泪的动作都做不了。我没办法地抬起头，于是，我的父母，已经白了双鬓的我的父母就看见了他们女儿泪流满面的脸。

　　我的哭没有原因，甚至没有意识，所以我哭得没有一丝声音。我控制不住地流眼泪，我的泪腺根本不听我的。但是我的母亲却是真的伤心。她哭得有原因有根由，她辛苦养大的女儿做出了让她伤心难过的选择和举动，她真的不明白这到底是为了什么。

　　父亲无言，只是把一只手搭在母亲的肩上，用轻轻拍打的动作提醒着母亲要节制。母亲也在极力控制着，半日，只在泪眼中说了一句："傻孩子啊……"

　　我的眼泪还在流着，我的脑子里没头没脑地蹦出一句话，好像是说给冬运会的速滑冠军周洋的："得了冠军，祖国母亲拥抱你；没得冠军，只有亲妈拥抱你。"用在此时此刻，我大概也可以说，挫败无助的时候，只有亲妈拥抱你。

　　但是，我连投入亲妈怀抱的勇气都没有了。

　　我任凭母亲搂着我的肩膀伤心，我像傻宝玉一样，看见别人哭，自己也哭。父亲又进了洗手间，我听见了水龙头放水的声音。父亲在洗脸，想必他的眼睛也已经泛红了。然后他洗毛巾，拿出来给我和母亲擦脸。那毛巾是温热的，是父亲用热水洗的。

母亲擦干了泪水，迅速调整好表情，看着我把剩下的半碗鸡汤喝完。父亲又拿出书包，给我掏出几本书来。父亲说："怕你觉得闷，给你带了几本书，没事的时候可以解解闷，这病房里也没电视，你要电脑吗？我回去把你的笔记本电脑给你带来？"

我赶紧摇头。父母家是没有笔记本电脑的，只有我自己的家才有。我不想想起那个地方，也不想让父亲去。我对那东西没有太深的迷恋，我现在挺好。

我看得出来，父母亲是很想很想问问我的。哪怕我敷衍、欺骗性地说两句"我觉得好多了"，都会让他们心里有一点点安慰。但是他们偏就没问，我也更没法说。聪明如他们，一定知道现在的我无话可说，一定更知道我无法欺骗他们。

在我的主治医生和赵依曼一起走进来的时候，我稍稍舒了一口气。赵依曼来了，医生来了，这个屋里唯一不用说话的人就是我了，我喜欢。

赵依曼笑着跟我的父母打招呼："你们来了？给小秋带什么好吃的了？"

母亲也笑着回答："家里熬了点鸡汤。"我喝了一小碗，食盒里还有很多。赵依曼不见外地打开盒盖，脸上顿时做出了沉醉的表情："真香！你自己熬的？"

母亲很热情地对两位大夫说："你们也尝尝？"

赵依曼不客气地就用我的碗盛出一些，母亲好意提醒："我给您刷刷去……"

赵依曼大咧咧地笑了："不用，我尝一口就好。"说完，一口鸡汤已经下肚了。赵依曼点着头跟母亲感慨："真好喝！您这熬了多久啊？是三黄鸡？"

母亲点头，对赵依曼的识货很认可。赵依曼又跟主治医生说："我儿子小时候就喜欢吃鸡肉、喝鸡汤，我就是老也做不好！要是早认识小秋她妈，我这早就学会了。您有什么秘方没有？明儿说给我听听，我儿媳妇怀孕了，回头我给她也熬点。"

母亲大方地说："什么秘方都没有！回头我给您写一个，用什么料、多长时间熬就行了。您这儿媳妇真是有福气，碰上您这么一个疼人儿的婆婆！"

她们自顾自地说话，我随手翻起了父亲给我带来的书。主治医生把父亲叫了出去，估计是去谈我吧。

母亲看见了，犹豫着要不要也跟出去。赵依曼拉着她坐下来，对她说："你们放心吧！小秋没事，越来越好了。不让你们来吧，你们心里悬着，现在看见了，就可以放心了。明天说是高温预警，就甭来了。"

这正是我想说的。

母亲的眼睛里显然还犹豫着。窗外的知了开始聒噪，我顿时想起来，我父母的家离我这个医院好像有很长的路。我已经许久不坐公共汽车了，即使是打车，大概也要三四十块钱吧。我了解我的父母，他们是绝不会打车来的。他们会在一大早出门，一起倒上三四趟公交车来到这里。那么鸡汤呢？这样算下来母亲就只能是半夜起来熬上的。

我顿时脱口而出："妈，明天你们别来了，天热会中暑的。"

这是母亲进门以来，我对她开口说的第一句话。这句话跟叫的那一声有气无力的"爸"明显不一样，它让母亲的心里重新唤起了对我的希望。我看见母亲的眼睛顿时亮了，对我说："小秋，你说什么……"

我缓缓地说："明天你们别来了，天气太热了。我在这儿……很好，不用担心我。"

我就像一个植物人突然会动了，像一个傻子突然懂事了，像一个瘸子突然会走了，像一个疯子突然会说人话了。我自己也稍许有些惊讶，但是母亲一定是那个最惊讶的人。她对赵依曼说："小秋跟我说话了……"

赵依曼笑笑："我听见了。小秋一直就能跟你说话啊！"

母亲摇摇头，眼泪又下来了："自从她……"她把话头止住了，用我床头柜上的卫生纸擦了擦鼻子眼睛。

赵依曼笑着看看我，那个笑容很明确是在表扬我。可我做了什么？我真是快成傻子了。

我父母走了。他们和我说"再见"的时候脸上的表情轻松了很多。我猜，无论是主治医生还是心理医生，都给了他们我所不能给予的安慰，我由衷地谢谢他们。我隐隐觉得自己的不孝，确切地说是自己很不是东西。父母都一把年纪了，读书上学找工作都没叫他们操心，现在却给他们找起别扭来！所以，我很该死。那么，是不是我的死真的能快刀斩乱麻，让他们长痛不如短痛？

病房里只剩下我和赵依曼。我由衷地说："谢谢你。"

赵依曼装傻："谢我什么？"

我说："帮我安慰我妈。我实在不知道应该说什么。"

赵依曼轻松地说："其实，我说的那几句话不如你最后说的一句话。你说了一句，没事，你很好，你母亲就中奖了。"

我说出了自己的疑问："我这么活着，对于他们，是不是折磨？"

赵依曼都没看我，而是自顾自地摆好椅子，给自己的茶杯里续好了热水，看着里面的菊花漂浮起来，才淡淡地说："你死了才是折磨。"

我想争论。我说："长痛不如短痛，迟早有一天他们会忘了我。"

赵依曼瞟了一眼我，说："我不跟你争论这个问题。我原来插队的时候，农村有句话，叫'光棍儿最会管老婆'。反正你也没有，就随便说呗！民间最俗的谚语你没听过吗？'不养儿不知父母恩'，等你做了父母再去回答这个问题，那个时候记着也告诉我一下你的答案。"

我说："可是我根本就不打算做母亲。"

赵依曼忽然坐下来，跟我很近距离地对视，说："那么，你想不想试试？女人最大的权利就是做母亲。除了这个权利以外，你和男人没有分别。没有孕育过生命、没有哺育过孩子，你干脆去变性好了，还做什么女人？做男人不是更方便？"

这个理论是我头回听说。也是哈！那还不如做个男人，花天酒地起来没有任何心理负担，反而能享受到更多的快活！

可是，我干吗要做个男人？我从出生就认可了我自己的标签，这把年纪了，不想换牌子了。

赵依曼又掏出了她的水晶。不过她今天换了个道具，不是那个半透明的发晶了，这个是一个漂亮的紫水晶，是水滴形状的，在阳光下颜色变淡了，但是还是像葡萄一样欲滴。好看！

我忍不住伸手摸了摸。我问："你换紫水晶了？"

赵依曼说："你觉得有什么不适应吗？觉得有什么变化是你不能接受的？"

我说："没有，比那个好看。"

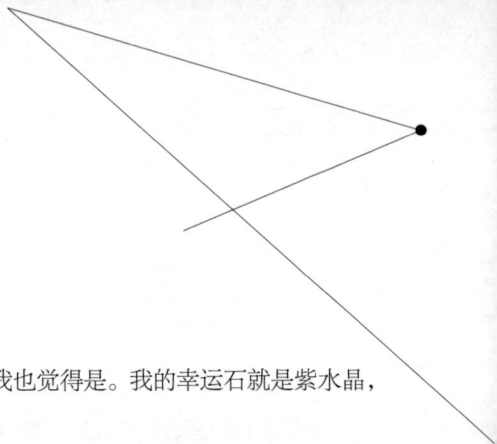

"唔……"赵依曼点点头，说，"我也觉得是。我的幸运石就是紫水晶，你的呢，是什么？"

我想了想，大概是石榴石，但是，我从来没见过真正的石榴石。于是我就想，大概它并不漂亮吧，所以，它并不常见。赵依曼重新把紫水晶吊坠在我眼前晃动，像念经一样地对我说："你知道吗？我的紫水晶有个名字，它叫'唤归'。你可能不相信，它有一股神奇的力量，能够让迷路的人找到家，能把误入歧途的人唤回来。你想回家吗……"

二十三

天色渐暗，我就在一条狭长的巷子里走着。我怎么走得这么慢呢？我想快点儿，可腿脚儿就是快不起来。我的胳膊上还挎着一个篮子，里面有一个圆白菜、两个土豆、三个西红柿和一块牛肉，还有点葱姜蒜调料。我看看天色，很自然地着急起来，得赶紧回家，该做饭了。

在一个不算新的小区里，我找到了自己的家。其实不能算是找，因为本来就认识，从没忘记过。但是楼道里黑魆魆的，得根据感觉摸到自己的家门儿。我摸到门，又摸出钥匙，开门。

我的日子过得很普通，物质生活并没有那么丰富。我的家是一个小格局的三居室，每间屋子都很小，厅就更小了，只能将将摆下一张餐桌和四把椅子。我的厨房紧挨着餐桌，我在厨房靠近客厅的墙面上掏出了一扇窗户，装上了推拉门儿，就像饭店里的传菜窗口一样，厨房里面做完了饭，拉开窗户就能把菜递出来。这个创意很让我自得。

我赶紧跑进厨房洗菜。我想起来了，今天女儿要回来吃饭，她说想吃罗宋汤，所以我才买了这些东西。我把牛肉洗干净炖上，又把西红柿、土豆、圆白菜挨个洗干净切好放在锅里。好像还缺点什么，我想……哦，还要洋葱！可是我好像没买！我为什么没买？没有洋葱怎么做罗宋汤？

我不甘心地去翻菜篮子，果真没买。难道家里有？我又到冰箱里去翻，没有。家里的厨房还带着一个小阳台，没有多大，两平方米？阳台的地面上凌乱地堆着一堆葱蒜什么的，好像还有点别的东西。我抱着最后一线希望又去翻了一下，果真有两个洋葱。还好！外面的表皮都没什么，看样子还是新鲜的。

我就跟中了一个五块钱的彩票似的，赶紧把洋葱也收拾好了。此时的牛肉汤已经开锅，我利落地把牛肉清汤和刚才切好的蔬菜放在一口锅里，开煮！

高压锅里蒸上了米饭，罗宋汤也开始见了模样。鲜红的西红柿翻煮得皮都卷了起来，红色的肉瓤呈现出了沙沙的样子。我按捺不住地开始看表，闺女怎么还不回来？

米饭熟了。我把火关上，只要打开高压锅，里面的饭就还是热的。罗宋汤的味道也出来了，我加上了一些番茄酱，这样更对闺女的胃口，她喜欢酸酸甜甜的东西。

我打开了电视，把饭厅的灯也打开。平常的日子，我一个人在家的时候，这些电器都是很少启用的。即便是看电视，通常也是在深更半夜，一个人突然在梦中惊醒又无法入睡的时候，打开电视机，披上衣服看两眼。我熟悉的电视剧都是深夜播的重播剧，还有就是一定不好看的剧目，要么哪家电视台

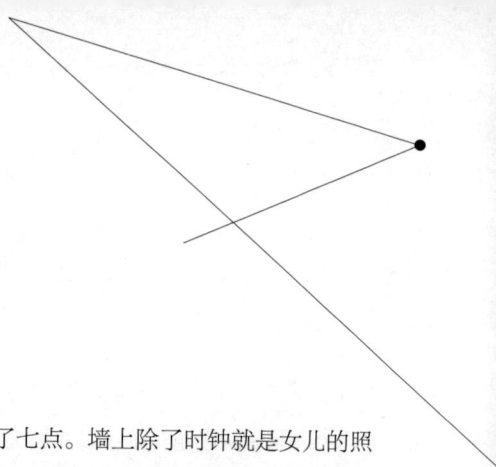

舍得在夜里播啊！

　　我看看墙上，时钟的指针已经指向了七点。墙上除了时钟就是女儿的照片，有女儿自己的，还有女儿和女婿一起的。我三十几岁就离婚、带着女儿独自过日子。身边很多人都奇怪我怎么能自己就走过来了，怎么能不再找一个男人。我也说不清楚，并不是自己可以想怎么样，而是真的就这么不知不觉地过来了。一个女人，带着一个孩子，很多心思就没有了。

　　女儿很乖，这是我很大的欣慰。她读书好、性格好，老师私下里都跟我说过，她不像单亲家庭长大的孩子。这对于我应该是最大的鼓励和表扬了。在我们生活的每一天里，我尽量做得豁达一些。我最担心的就是自己越过心眼越小儿，看事情越拧巴，我每一分钟都在提醒自己要大度。我也是这么对待女儿的。所以她生性开朗，很阳光。

　　女儿的丈夫是大学同学。大三的时候第一次带回来给我看，我说："不错！"老实说我并不信任自己看待男人的眼光，否则，我自己也不会是现在这个样子。第一眼看不准，后面的也不见得就能纠偏。所以我只能对女儿说："大主意你自己拿，我只能提供自己的参考意见。我觉得这小伙子还不错。"

　　女儿当时喜滋滋的，并没有犹豫。两个人居住在一个城市，小伙子的家庭背景显然要比我好，但是两个年轻人并不觉得这是问题，我当然就更不会了。

　　毕业、工作、结婚。结婚三年，我对女儿说："生个孩子吧，我可以帮你带。"女儿笑话我："妈我们还没享受够呢！"

　　平时每周女儿会回来看我一次，大多是在周末。有时候一个人来，有时候两个人来。他们两个都出现的时候，我的小屋里就被声音塞满了。即使只有女儿一个人来，她的声音也能从厨房飘到卧室，她会啃着苹果一个屋子一个屋子地追着我、跟我说话。

现在女儿还没来，我只好在越来越黑暗的屋子里等她。我一个人的时候习惯了黑暗，我屋里的灯好像单单就是为女儿准备的，只有她在，我才会为了她开灯。

半个小时，饭菜已熟。我不时地从饭桌旁边走到阳台去观望。我一趟一趟地从没有封闭的阳台上探出头去，一趟又一趟。快八点了，我的饭菜都已经凉了，我听到了女儿熟悉的脚步声。看来没有穿平跟鞋，那双高跟鞋踩在楼梯上显得异常疲惫。

我急匆匆地为女儿打开门，女儿在昏暗的楼道中脸色苍白。我本来怀揣着埋怨和责备，可是看见了这张脸，所有的心绪都化作了紧张和关切。我急忙问："闺女，你怎么了？累着了？又加班了？"

女儿看了我一下，眼睛不由自主地红了。她哀求我说："妈，让我进去歇会吧。"

我才意识到自己和女儿是在楼道里说话。我们赶快进家，我把大灯打开，屋子里一下子没有了阴暗的角落。女儿连鞋都没换，径直坐到了沙发里。这个沙发已经有了年纪，我没有换它的打算，老物件的质量都很好，坐着也还舒服，就是布面已经破旧了。我上个星期刚刚买了一大块减价的布料，淡黄色，看上去暖洋洋的，我给沙发做了一个大大的套子，把老沙发重新罩起来。那些残败的布面、露出的海绵，就都被我藏起来了。

现在女儿就坐在新做的沙发面里，我这才发现刚刚还显得惨白的脸色在淡黄色的沙发面里更显得发黄了，那种很瘦弱、不健康的焦黄。

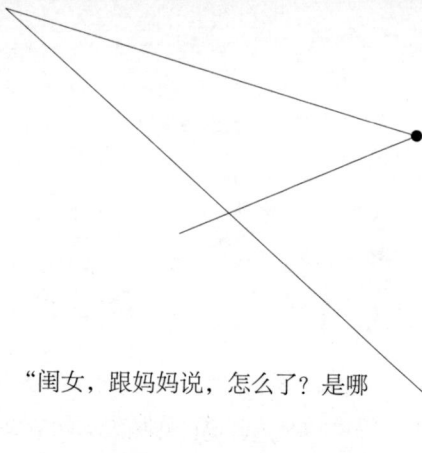

我不知道该不该问，但是我必须问："闺女，跟妈妈说，怎么了？是哪不舒服还是跟谁吵架了？"

我不想问得那么明确。但是我心里隐隐猜到了几分，十有八九是小两口闹了别扭。

女儿被我这么一问，眼圈越发红了，眼泪就扑簌簌地流出来。已经很久没有见到女儿哭了，上次哭，好像还是在婚礼上。女儿穿着婚纱、拉着我的手，听到我对女婿说"以后我就把女儿交给你了"的时候，她哭了，我也哭了，当时在座的很多女儿的女同学也哭了。这么多年相依为命，母女之间早就融为一体密不可分。那个时候心里的疼，有些撕心裂肺。

但那毕竟还是悲喜交加。现在的女儿，一定是因为委屈才哭！

我赶紧坐在女儿身边，拉住了女儿的手。女儿很自然地把头靠在我的肩膀上，就像小时候跟我聊天一样。她哭诉："妈妈，我想离婚！"

这句话一出，我就感到了事情的严重性。我以为他们就是发生了小的不愉快，看来事情比我想象的要厉害得多。但是女儿毕竟年轻，不管发生了什么，总不能动辄就提出离婚吧。

我劝女儿："出了什么事？他做什么了？"

我心里最坏的打算是，女婿在外面有人了。

没料女儿说："他已经不爱我了，他……"一阵呜咽。

我舒了一口气，说："你们结婚都三年了，哪能还像谈恋爱的时候那么甜蜜呢！居家过日子，最后都是归于平淡的。不能因为这个就离婚。再说，他怎么不爱你了？说给妈听听！"

女儿犹豫着，显然是不确定要不要说给我听。我等着，心里急，可脸上又不能露出来。

女儿咬牙说："他之前那个女朋友，现在又回来找他了。他现在……他都不怎么回家了……"

他原来的女朋友？这个我无从知道。女儿和女婿是大三的时候开始交往的，没听说女婿之前还有什么女朋友啊？

女儿抹了一把眼泪开始给我介绍，这得从头说起。女儿从一开始就喜欢女婿。是她先喜欢的。这个我也不奇怪。女婿长得不错，性格也好。在大学的时候，还是学生干部。这样的男孩子，有一米八的身高，长得阳刚，但是性格温和是很难得的。所以从女儿把他带回来第一次，我就没什么意见。但是，女儿是他的第二任女朋友。之前的那个，是他的高中同学。据说是青梅竹马，两家人也都认可。关键是，两家的家境也很相配。但是，那个女孩子在高三的时候选择了出国。本来相约四年大学之后就回来，可是就在念到大二的时候，女孩突然说爱上了一个老外，不想再回国了。这个消息让女婿一度很郁闷，沉默了很久，女儿喜欢他，很久前就主动接触他，但是因为他心里有别人，就一直没什么反应。大三的时候，女儿的努力终于成功打动了女婿，于是确定了恋爱关系。

我想，可能是因为时间也够长了，女儿开朗的性格也正是女婿需要的吧。

但是现在，事情发生了转变。女儿哭着跟我诉苦："一个多月了，我就发现他不对。下了班也不回家，老说有事有事。上周说加班，我晚上闲得没事就去他们单位了，他们公司整个楼层都没人，黑黢黢一片。我问保安，说早就走了，一个人也没有。

"我回家等，都半夜了还不回来。我给他打电话，那边特别乱，支支吾

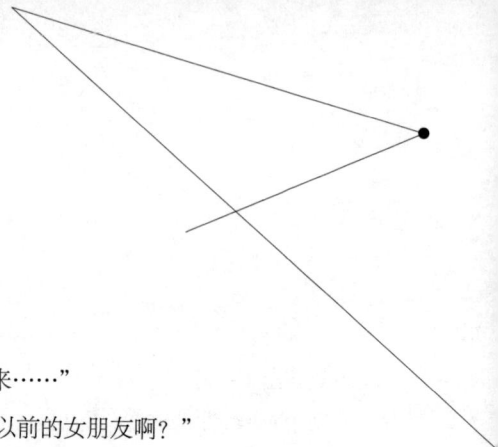

吾也不跟我说。昨天干脆一晚上就没回来……"

我问："那你怎么知道就是因为他以前的女朋友啊？"

女儿愤怒地说："我问他啊！这么多天要么后半夜要么不回来，到底干什么去了？他开始说，是老同学从国外回来了，一起聚聚。我问他是哪个老同学，他又不肯说。最后被我逼急了他才说，是他的前女友！"

我不放心地问女儿："你是不是跟他大吵大闹了？"

女儿生气地提高了嗓音："他跟我撒谎、骗我、彻夜不归，我当然要跟他嚷！"

我叹口气。女儿啊，婚姻中的学问，我该怎么教你呢？我自己都是一个不及格的学生……

二十四

女儿固执地要搬回我的住所。这个把她养育成人的地方显然已经不适应她的生活了，她要一点一点地寻找她当初在这里的记忆和习惯，虽然她离开也只是三年而已。

我当然喜欢她的陪伴，但我不能不劝她离开。第一个星期，她很固执，我能听得出女婿在给她打电话，但是她在电话这边表现出来的是失控的愤怒。我看着她，正如看到当年的自己一样。女儿啊，我的性格和个性全全地遗传给了你，可这不是我所希望的。我对女儿说："你不应该这样。且不说现在你还没抓到什么，就算你看到了什么，你也不应该这样做。"

女儿气愤："那我应该怎么做？我三从四德？我睁一只眼闭一只眼？我由着他干对不起我的事？"

我耐心地说："你得跟他谈谈啊！你们是夫妻，有什么事不能坐下来谈呢？要不妈妈帮你去谈？但是，这件事毕竟是你们两个人的。女儿，你这样做，只能让事情往更不好的方向发展。"

女儿拧着脖子："大不了离婚！"

我的心颤抖了一下。我沉默了几秒钟，然后严肃地对女儿说："不能乱说！"女儿不明白，她现在真不明白，"离婚"这两个字，不是简单的两个发音，是对心灵的撕扯。你说出去了，就会在两个人的心里捅上一刀。

女儿看着我，说："妈妈，这么多年，你一个人，没有男人不也过得挺好？"

我苦笑："你认为妈妈过得算好吗？"

女儿想了想，说："不算好吗？你一个人养大了我，你有自己的事业，你把我供到了大学。你喜欢唱歌、画画，你把家里收拾得干干净净，你把自己的生活安排得有声有色……"

"闺女，那是你看见的，妈妈还有很多生活是你瞧不见的。就像每次你回家，你都嚷嚷我为什么不开灯？我现在告诉你，你不在的时候我的日子就是这么过的……"

女儿抗议："妈妈，你是在危言耸听吗？"

我恳切地说："不是。世界上没有哪个妈不希望自己的女儿过得好的。妈妈最担心的不是你的学习、工作，妈妈最担心的就是你的感情。专家都说了，婚姻失败的父母会把这种不幸遗传给孩子。这是我最最担心的。你小时候我们就相依为命，你对于父亲的需要已经淡化了，但是闺女你想想，如果你的父亲就在你身边，你会怎么样？到现在为止，妈妈做的最后悔的一件事就是离婚……"

女儿尖叫："妈妈！你不能这么说！我爸他……他不负责任，是他不要咱们的。他在外面有了女人，你要是不跟他离，我才不会原谅你！"

我实话实说："你现在这么说！那时候你可不是这么说的！你都忘了？当时我跟你说你爸以后就不跟咱们一块儿过了，你怎么说的？你说你恨死我了！你都忘了！"

女儿还嘴硬："我现在又没孩子！"

我苦苦地劝："没孩子也不能动不动就离婚啊！你现在还年轻不假，可是一旦离了婚就是'离异'，跟'未婚'就不一样了。你今后能选择的人就少了一大半儿……"

女儿跟我争论："那你说我怎么办？忍着？"

我真的希望事情能朝着好的方向发展。我说："你去跟他谈谈，千万别吵别闹。男人都爱面子，你一闹，他面子上下不来，能过也不过了……"

女儿完全不明白："凭什么让我委曲求全？犯错误的是他！"

我不得不说："闺女啊！你再找一个，还会犯这种错误！男人都这个德行……"

女儿不信："我不相信。难道天下男人没好人吗？"

我叹口气："你老问我，为什么这么多年都自己过。你小时候呢，我是不敢找，万一找了一个后爹，让你受委屈，你怎么办？你又是个女孩，受不得委屈的。而且我也不愿意当后妈。我离婚那会儿你六岁，刚上小学，我要找，也只能找丧偶的离异的,这样的大多数都带个孩子。我拉扯你一个就够累的了,再让我当后妈,我又怕自己这一碗水端不平。算了,就没找。等你大学毕业了,我也老了……"

女儿摸着我的手,眼睛湿润地说:"妈!你才五十,不老呢!"

我苦笑:"要说再活两年,没问题。可要是找老伴儿,我能找的,最年轻的也得六十往上了。你想想,哪个六十往上的老头子不是儿女一堆?就算我能找着一个对上眼的,可这些个儿女我怎么处?回头老头儿一走,房子不让我住、东西不给我用,我还得臊么吞眼地搬回来。

"闺女,夫妻还是原配好,离婚以后万事难。你年轻,不懂。这些事儿也是妈妈从这么多年的苦日子里悟出来的。你可千万别走妈的老路,千万别自己傻呵呵地就去说离婚。这俩字儿,不是那么好说的。"

闺女没再说话。屋里又开始像我一个人在的时候,安静得让人窒息。

晚上,女儿突然敲我的屋门,说是想跟我躺在一起。我看见女儿抱着被子枕头,可怜兮兮地站在门口。我心里一阵发紧,赶紧给她铺好了床。她奇怪地看着我的床,一张双人床,平时没有人躺的时候看不出异样,现在我躺在上面,只有半边。另外的半边没有任何睡过的痕迹。我固执地在我躺的左半边铺上了单人的床单,被褥也是单人的,枕头也仅仅是放在左边,连中间都不去。

女儿把被子放在床上,跪在被角问我:"妈妈,你干吗这么睡?"

我拉她钻进被子,无奈地说:"我习惯了。我也想,干脆换一个单人床,可又怕不适应。换了床,我又睡不着。"

女儿小心翼翼地试探:"妈妈,这半边,是给爸爸留着的吗?"

　　我记得在女儿很小的时候她也问过这个问题，可能她现在已经不记得了。我还记得，当时她问的时候，小脸仰着，眼睛里全是期待。她的希望跟我的幻想一样，希望有朝一日这个家能恢复到原来的样子。但是当时，我恼怒了，是那种被最亲的人戳穿心事的恼怒，我大声地呵斥了女儿，让她不许乱说！她不记得了，她当时很委屈地哭了，甚至连晚饭都没有吃，自己一个人躲在房间里很久。

　　现在，已经长大成人、已经嫁作人妇的女儿又在问我这个问题。我无须再掩饰什么，也欺骗不了她了。我说："原来我这么想过。其实闺女，离婚一年多的时候，是咱娘俩最难过的时候。刚开始离的时候，我心气儿高，什么都不想，觉得不就是没男人吗？有什么大不了的？

　　"后来才知道，真是不一样。你小时候咱们冬天得买白菜，做饭靠煤气罐儿……以前有你爸在，再不济，这些活儿都是他干。离了婚就得我自己干……"

　　女儿躺在我身边，瞅着天花板，插嘴说："我记得那时候，有个邻居叔叔还帮过咱们呢！"

　　我叹气："你不提还好。人家倒是帮了咱们，可再帮第二回的时候，回去两口子就吵架了！那阵住得都近，房子也不隔音。你睡着了，我听得真真儿的。人家媳妇儿嫌他跟咱们走得太近了，惹了闲话。后来我就再也不敢张嘴求人家了，人家也不来帮忙了。"

　　女儿忽然把头埋进我的肩窝，哭着说："妈妈，你真不容易！"

　　我在黑暗中摸了一下女儿的头，说："所以妈妈这辈子已经这样了，过得好不好都这样。我可不希望我的闺女还像我一样。闺女，不管出了什么事，咱们都得三思！咱们做的每个决定，都得慎重！妈可不想你受罪！"

女儿轻轻啜泣，很久都没有睡着。

二十五

我坚决地让女儿回家。不是我不收留她，是我不能毁掉她的幸福。

女人做了母亲，会迸发以往不曾有的潜力，但也会变得脆弱无奈。我一个人带着女儿，过了十几年小心翼翼、如履薄冰的日子。我最大的担心就是女儿的婚姻，我总觉得冥冥之中老天不会对我如此厚爱，让我的女儿看上去一切都好，开朗、漂亮、肯干。如果让我选择，我宁愿牺牲一下她的所谓事业，求得她家庭的幸福美满。

女儿回到自己家。我不放心地在电话里叮嘱她，千万不要吵，更不能随便地离开家，那是你的阵地，你不能把它拱手让给入侵者。任何一个山头的失守都是因为守方放弃了，只要人没有死光，你就一定要站在自家的领地里。

女儿答应了。我想，最终触动她、让她想明白回家的缘由应该是因为我。她想明白了她的母亲这么多年来是活在了哪种状态里，她看到了活生生的反面教材。这让她沮丧，也让她警醒。我知道，我多年来努力在女儿面前营造的这个形象有点坍塌，我让孩子失望了。她曾经坚定地认为我是一个独立、自信、坚强的母亲。我不依靠任何人支撑起了我们两个人的家，我为她遮风挡雨，给她庇护。她从没有怀疑过母亲的力量。但是现在，她骤然明白了，那不过是我这个母亲努力营造的一种假象而已。我这么做只是为了生长在单亲家庭里的她能够快乐、幸福，能有足够的安全感。

女儿在她的婚姻出现问题的时候终于理解了母亲的苦心，也对母亲的肩膀有了新的认识。我知道，她是带着些许失望离开的。我担心的是，她会把这种情绪再带到她的家庭中去。

我坚持每两天跟女儿通一个电话。女儿开始还跟我汇报一些情况，诸如，他又回来晚了，他又去洗手间接电话了，他又在网上聊天不理她，等等。我急得不行，一个劲儿跟女儿说："你得跟他谈啊，他到底是什么意思？他想干什么啊？"

女儿在电话里跟我说不清楚什么。这段时间，我发现女儿的语言表达竟然出现了障碍。爱之深恨之切，我理解她的悲愤和无奈。我纠结在"离婚还是不离"的时候也是这样。那个人不回家，自己急；回了家，自己又怒。情绪的不受控制直接导致了语言和逻辑能力的丧失。我后来几乎回忆不起我跟丈夫都说过什么，他那时候最多的一句回应也就是"胡搅蛮缠"。的确，那个时候的我所说的每一句话都是颠倒的，现在女儿恐怕也是这样。而当我们意识到自己已经开始语言混乱、思维不清的时候，我们就会渐渐地选择沉默，一天一天地安静下来，直到无话可说。

我很担心女儿最终变成我当年那样。为了女儿，我开始上 QQ。我家里有电脑，电脑连着互联网。我在漫漫长夜中无事可干，就会选择到网上打发时光。看新闻、看八卦，这样的生活让我这个五十多岁的人还能保持着和外面社会的连接。

我知道年轻人喜欢用 QQ，我告诉女儿，我每天、时时都可以上网，你有话说不出来，又不想当面跟我说的，就在网上跟我聊，说出来，会好受些。

我是个失败的母亲。活了大半辈子，自己的感情婚姻还是一团糟，我始终觉得自己没有指导女儿的资格。但是我是她唯一的亲人，我不帮她，还有谁？

女儿并没有马上出现在网络上。过了四五天，她在我 QQ 的名录里才开始闪亮。她问我："妈妈？你在吗？"

我每天就坐在电脑跟前看书做十字绣，就是为了等着女儿的出现。我赶紧答复："在的。"

女儿打字的速度比我快多了。她说："妈妈，我跟他谈了，听你的，没吵。"

我："怎么样？他说什么？"

女儿："他说他知道我爱他，他也知道我对他好。可是，他现在的心乱了。"

这是什么混蛋逻辑？我真想把这个平日里文质彬彬的女婿揪到跟前甩他一个大耳刮子！我问："那他想怎么样？"

女儿："他说他不想跟我分开，可是那边他又断不了。"

看见女儿打出的这行字，我的心哇凉哇凉的。我替女儿不公！可是，我也不知道应该怎么办。我问女儿："你怎么打算？"

女儿回答了三个字："不知道。"

我们都沉默了。我在键盘上敲了几个字，又删掉。我本想对女儿说，男人到了一定岁数都这样，都有花花肠子，只要他心里还有你，就可以睁一只眼闭一只眼。但是我没打完就删掉了，这样对女儿不公平！不公平！

我甚至恶作剧地想，难不成让闺女也出去找个情人！给你个绿帽子戴戴？我又骂自己龌龊，哪有当妈的这样说话的！

女儿见我没有反应，又打了一行字过来："妈妈，你让我宽容，我要到

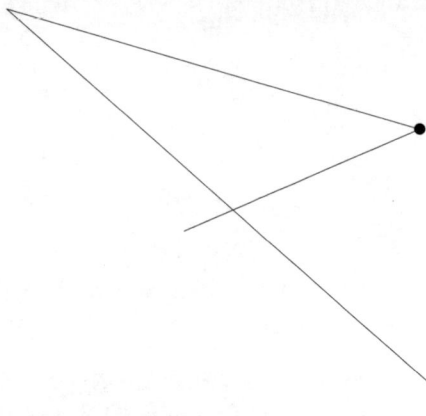

什么时候才是个头呢？"

  我很不愿意问，但是必须要问："他们到了什么地步了？"

  女儿幽幽地回了一句话："我不关心。"

  是啊，欺骗本身就是最大的伤害。男女之间除了上床，情感上的纠葛也是能伤人的。我又问："那他回来以后在你面前正常吗？"

  女儿："我觉得自己就是他的一个外宅，想回来就回来。回来之后想说话就说话。他不想的，一切都可以不做。妈妈，我觉得自己已经没有尊严了。"

  我伤心："别这么说，你一直是自尊自立的女孩子。如果他的态度一直这样，妈妈也就不劝你了。不管你做什么，妈妈都支持。"

  女儿发过来一个笑脸，笑得很可爱，我都不知道是怎么打出来的。但是我看了心里很酸。

  第二天晚上，十点多了，女儿的头像又开始闪。我赶紧说话："还没睡呢？"

  女儿："妈我睡不着。"

  我："有什么话跟妈说。"

  女儿："我舍不得。"

  我的心里又被戳了一下。三年的婚姻，两年的恋爱，五年的时光，谁舍得？我强迫自己冷静，对闺女说："那咱们就往好处努力。他爸妈知道这事吗？要不我跟他们说说？"

  女儿给了一个图标，一个小猴子在摇头。女儿说："他那么爱面子，我不想找他们家人给他告状。"

  我说："那我就直接跟他谈谈。不能这么欺负我女儿，看我们娘家没人吗？"

女儿又发来了一个摇头的猴子。我知道，知道现在女儿还在艰难地等待。之前她逃回家来，在我面前所说的一切都是气话。真正冷静下来想问题，"离婚"这两个字就成了她最不想说出口的字眼。

现在，我反倒想劝女儿离开了。我太清楚独守空房的苦涩，也了解在同一个屋檐下，两个人终日无语、没有表情地过日子是多么难受。空气是凝固的，两个人之间不会有对视，不得不在一个空间里的时候，心理弱小的一方会选择慌张地逃离。女儿那个时候跑回家就是因为她忍受不了那样的气氛。对女人来说，男人的冷漠比拳头更可怕。

我就是因为忍受不了而逃离的，老天爷为什么要这么对我？让我的女儿再遭受一次这样的创痛？

我说："闺女，实在难受就回来吧。"

女儿还是摇头，她给我一行字："妈妈，我想过了，你说得对，我不能轻易放弃。你不是说一日夫妻百日恩吗？他说那边那个女人也没要他离婚，现在是他在心里纠结。他说他知道这样做对不起我……"

我在独居的房子里破口大骂："你他妈知道还做！你是不是男人啊！"

女儿是听不到的，她继续跟我说："他说现在回家，痛苦；不回家更觉得对不起我。他说他就是放不下，他们当年实在是太相爱了。妈妈，我想等一等，等到他想明白的那天。就是，等的时候，心里真难受啊……"

我的眼泪扑簌簌地掉下来了。我的善良的闺女啊，你得经历了多少不眠之夜才做出了今天的选择！我的眼泪把键盘打湿了，一时不知道该和女儿说点什么。

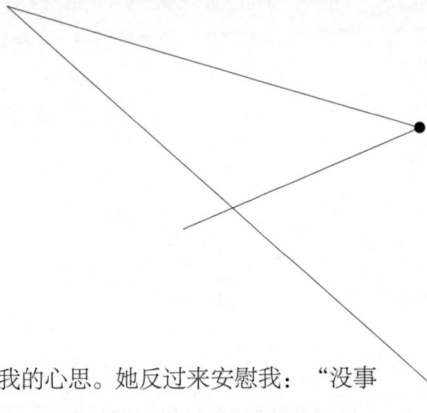

女儿见我没有反应，可能是猜到了我的心思。她反过来安慰我："没事妈妈，我挺好的。想明白了，就好了。前几天我一门心思就觉得过不下去了，可是鼓起勇气跟他说离婚的时候，心里真的像刀割啊，我就是说不出口。我觉得，不管这个男人做了什么，他现在还是我的男人；可一旦我走了，这个男人就跟我一点关系都没有了。我受不了他在外面有人，可我更受不了完完全全地失去他啊！妈妈，你说我是不是很贱？"

女儿发过来一个吐着舌头的小脸儿。我抹着眼泪打字："别胡说！你这是宽容大度！他这辈子都找不到你这么好的女人了。"

女儿发过来一个叹着气的小狗，说："妈妈你不用安慰我了。"

我不得不再追问："闺女，你打算……到什么时候？"我不知道该用"忍"还是"扛"，我只能用"……"来代替。

女儿过了几秒钟才把字发过来："我也不知道。人家都说人的潜力是无穷的，我这次就算是挑战自己吧。如果真到了扛不住的那一天……"女儿没有再写。我对她说："不怕！大不了回家来，还有妈妈，妈妈养你！"

二十六

我瞒着女儿给女婿打了电话。我本不应该这样做，但是我又不得不这样做。

每隔一个晚上，女儿都要跟我在 QQ 上聊到后半夜。除了我，她没有人可以倾诉。我很担心她的状态，她跟我说话可以到夜里三四点。我是无所事事的，一个人无所谓白天也无所谓黑夜。但是女儿不行啊，她还要上班，还要面对她的社会角色。她在夜里哭过之后还要抚平朦肿的眼泡强装笑颜地出现在第二个白天。

我几次劝她早点睡，但是一看见她说："妈妈，我睡不着……"就无限地心疼可怜她。我让她回家，她执拗地拒绝，说在家里一切都好。我很后悔自己开始为什么要劝她回去，回到那个一点热乎气儿都没有的家里。

我知道，从小儿睡眠就像小猫一样脆弱的女儿，现在一定是彻夜无眠了。她不想回家，也是不希望我看到她焦黄的脸色、气血不足的身形吧。

我选择在第三周的时候给女婿打了电话。我说："你下班以后到我这来一趟吧。"

女婿对我还算客气，音调也竭力保持在正常的状态。他问："妈，您是不是有事啊？还是家里缺什么吗？"

我说："都不缺，你来一趟就好。"

他说："噢，那我下班接上妮妮。"他和我一样，一直喊女儿的小名，妮妮。

我说："不用叫妮妮，我就想跟你说说话，来家吃饭吧。"

我听得出电话那边的忐忑，其实我也紧张。在女儿女婿关系这样的前提下，我单独召见女婿，自然是一着险棋。但是我顾不得了。心急如我，怎么能坐视女儿不管？我已经老了，老得只剩下女儿可以惦念。我的面子、老脸、钱财、社会地位都可以失去，但我不能没有女儿。

我做了几个菜在家里等着。我还记得女儿第一次带女婿回家给我看的情景。我也是做好了一桌子饭菜等着，等着他们小情侣回家。那次，我坐在客厅里就听到了女儿欢快的笑声，听到了他们俩快活的脚步声。我打开门，看见的是两张洋溢着青春活力的可爱笑脸。女儿的是幸福，女婿的是羞涩，那会儿他们是多么幸福啊！

那天，我知道了女婿最爱吃的是牛肉炖土豆，爱喝罗宋汤。女儿嫁给了他，连口味也变得相近。爱吃鸡肉的女儿也不可救药地爱上了牛肉。看着他们吃着罗宋汤里的胡萝卜，我就笑。女儿小时候无论怎么哄骗都是不肯吃胡萝卜的，现在却吃得津津有味。爱情啊，它的力量可以改造很多人。

女婿今天很准时。可是我却没听见上楼的脚步声，可能是我坐在客厅里，脑子里却想着事情，耳朵就不在了。也可能是女婿自己的缘故，脚步太沉重了，沉重得落下去都没了声响。

我听到门铃响，开门，看到了女婿有些疲惫的脸。他勉强笑了一下，叫我："妈……"这一声叫得有些勉强，让我心里也有些不安。

我尽量装作什么都不知道、什么都没发生的样子，让女婿进屋、洗手、坐在饭桌旁。女婿跟我相处了三年，我们之间早已熟悉融洽。他也在找状态，找平日里习惯的放松状态。

他坐下了，没拿筷子，而是小心翼翼地问我："妈，您叫我来有事吧？"

我笑："你跟妮妮好久都没回来了。"

他紧张地往自己身上揽："这事赖我！是我现在杂七杂八的事太多，就没怎么回来看您。"

我笑着说："是啊。我让妮妮回来妮妮也不回来，你们俩现在忙什么呢？我问妮妮，她也不肯说。"

我自认为还算巧妙地在帮女儿打掩饰。我不希望今天对着女儿的丈夫兴师问罪，我只是想知道，到底怎么了。

女婿嘿嘿笑了一下，含糊地说："我们……就是……有点忙。"

我装傻装到底："俩人都忙啊！妮妮那个单位我知道的，还行啊，平时也不怎么加班。你那儿……现在开始忙了？昨天晚上我跟妮妮通电话，说你还没回来呢！那都十点多、快十一点了……"

我不能再往下说了。我知道，他昨晚上没回家。

女婿低着头，避开了我的眼睛，说："是，这几天赶一个项目。"

我倚老卖老地继续胡说："我觉得你们这个岁数，干工作是应该的，趁年轻嘛！可是是不是也得注意身体？我昨天跟妮妮说，你们是不是该要个孩子了？你家里父母岁数也不小了吧？我呢，趁着现在身体还好，你们生了宝宝，我还能帮你们带几年。要不，再耗几年，我都六十了，也帮不上你们了。"

女婿完全没有思想准备我会说这番话。他有点吃惊，抬头看着我，说："妈，我觉得，这事儿不急……我们过两年再考虑吧！"

我兜着圈子、话里有话地说："别等了。我那天跟妮妮聊天，她现在晚上老失眠。她这毛病我是知道的，小时候就有点神经衰弱。这个毛病可大可小。女人到了什么岁数就得干什么岁数的事，她也不小了，应该当妈了，不然，对身体、对你们俩都不好。我看妮妮现在的身体也不壮实，你们年轻人现在压力都大，动不动就亚健康，再这么干几年，等想要的时候身体又不跟进了。"

女婿含混地答应着。

我给他夹菜，很关心地又问了一句："你们俩没什么吧？我跟妮妮说要孩子，她是一脸的不耐烦。你们小两口是不是闹意见了？"

女婿的脸色一阵红一阵白。我装没看见。女婿吭哧瘪肚地说了一句："我们挺好的，没事儿妈。"

这个态度让我心里好受了一些。看样子，这个男人还没有做什么决定，至少没有现在就做出什么离婚、不过的打算。

我接着旁敲侧击："就是！我昨天跟妮妮说，她这个孩子小性儿、自尊心强都是有的，也是让我小时候给宠的。但是我这姑娘有一个好处，对感情绝对忠诚。她大学一直没谈恋爱，上中学的时候就更甭说了。那会儿老有男孩子往家打电话，妮妮一直表现都特保守，直到认识你、跟你谈恋爱。你是他的初恋，我这闺女我知道，很是死心眼儿的。所以要是她问你问得多了、管得多了，你多担待点儿。毕竟是你老婆嘛，肯定都要管着点老公的。"

女婿根本不说话，就是一个劲儿地点头。他也确实没话可说。

我抓住话头继续说："说来啊，这事也怨我。妮妮六岁的时候我就跟她爸爸分开了，妮妮从小很懂事，可是毕竟是我一个人带大的，总是怕她受委屈，所以平常也尽惯着她。而且我现在也反思，从小没有父爱，妮妮就比在正常家庭长大的孩子更缺少安全感，她可能就会看老公看得更紧。这个不怨她，怨我。所以，她要是耍什么性子、对你怎么着了，你别生她气啊！"

我说的是实话。虽然我没有跟他们生活在一起，但是我心里明白女儿对婚姻和感情的那种患得患失。她想抓住，又害怕抓不住。越害怕抓得越紧，抓得越紧，就越让人害怕。

女婿从根儿上说，还是一个厚道人。他不太会扯谎，所以，面对我的问话，就只能是沉默以对。

我看见女婿机械地吃着菜，如同嚼蜡，就把心一横，往死里问："你们肯定没事是吧？"

女婿慢慢地咀嚼着，一口一口地嚼着我做的牛肉。我很清楚自己的牛肉已经炖得够烂，火候也到了，不可能嚼不动。女婿这么做，纯粹是在想怎么回答我。那我就等着，等着听他的说法。

女婿总算把牛肉咽下去了。他抬起头看着我，没头没脑地说了一句："妈，我对妮妮，很满意，我挑不出她的错儿来。她对我，没有问题。"

我不明白，这算是什么意思？总结陈词还是盖棺论定？

女婿好不容易敢看我的眼睛了。他说："妈，我现在确实遇到了点事。但是跟妮妮无关，我在努力处理。我也知道，这段时间，我做得挺差的，对妮妮不太好……"

我迫不及待地问："那你们……"

女婿叹口气，又没头没脑地说了一句："我觉得，怎么做都是对不起妮妮，我就是个大骗子……"

我有些生气了。一个大男人，你到底想干什么？是过还是不过，怎么这么磨叨？我的女儿因为你伤心难过，你却在这里一副左右为难的模样，你给谁看？你什么意思？

我把火气压在胸腔里，我已经很久没生过气了。一个人的日子，没有爱、没有怜惜、没有交流，可也没有气受！我已经不熟悉生气的感觉了。但是今天，此时此刻，我实实在在被气着了。可是为了女儿，我不能发作，我得忍。

二十七

跟女儿的网聊渐渐地少了。以前是每隔一天就会有一次聊到很晚。后来我不断地督促女儿要注意休息，女儿就减少了和我聊天的时间。电话也很少通了。

我在网上查看了很多当下年轻人情感危机的资料。有一堆情感专家、心理医生冒出来，在网上、杂志上发表着各自的言论。他们倒都是一个口气，劝和不劝离，可是具体有哪些解决办法，也没人能说出个所以然。

我有时候也会语焉不详地跟老同事、老朋友聊聊、咨询咨询。一聊才知道，家家有本难念的经。孩子单身的，愁怎么还成不了家；孩子结婚的，愁怎么两口子老拌嘴、不要孩子；生了孩子的，发愁谁帮着带……

末了，老姐妹只能互相安慰："儿孙自有儿孙福，由他们去吧。"

有些事，我们这些老家伙是心有余力不足了，想管都不知道怎么下手管。算了吧。我稍稍给自己放了假，又恢复了我正常的生活。

女儿工作一年我就退休了。现在，我最核心的生活是每天到社区活动站。我在社区参加了一个十字绣的小组。我年轻时就对针线活发怵，女儿小时候的毛衣毛裤没有一件是我从头到尾织下来的，不是请人帮忙起头，就是找人给分针，不然，袖子领子永远会一塌糊涂。可是自打退了休，我就疯狂地爱上了绣花，那种最原始的绣花。用一个竹绷子绷住一块布或者绢，在上面描好了花样子，然后一针一针地对着样子绣下去。这种手艺最大的好处是磨性子，让我急躁的脾气收敛了很多。不好的地方是麻烦，如今已经找不到竹绷子、绣花样子图册了，就连绣花针绣花线这东西也要跑到好远以外的农贸市场上才能找到。后来跟社区里的老姐妹聊天，她们说如今都不做这些活计了，现在又不靠着干这些养家糊口，不过就是个玩意儿，她们就给我推荐了十字绣。

这东西比起绣花来就是小儿科，不用描样子，针脚也大得多，就是费眼力，得数格子。可是方便啊，小区门口就有小店里卖这些家伙儿，可挑的样子还多。我就跟着老姐妹们一起，绣上了十字绣。

前些日子女儿回家，我着急她的事，把手头上正绣一个"弥勒佛"给耽搁了。这几天女儿的电话少了，他们的日子也平静了，我又回到了活动室。绣花这东西，本来是一个人清清静静在家里独处时干的。可是绣上了十字绣，就好比平时不会拍照的人手里有了傻瓜相机，拍几张就得跟别人显摆显摆。我们一堆老太太都是这样，其实骨子里都是爱热闹的，坐在一块绣十字绣，还能说说话、聊聊天。

这个弥勒佛，看上去好绣，就是个单线条的画儿。可照实绣下来，就不容易了。每根线条都有不同颜色，绣了没几针就得忙着换线，走到哪我都得带着一个笸箩，针头线脑地盛着一堆。

我提溜着笸箩夹着布包进了社区活动站。好长时间没见，熟不熟的老太太都上来跟我打招呼。我坐定了，拿起针线就开绣。屋子里的声音不大，大家三五成群地散坐着，时不时地有人说上几句话，声音也不高。绣花的人到了这个环境里，很自然地就收敛了高音大嗓。

我坐在窗户边上，听见一个人的手机在响。响了很久没人接，我抬头循声望去，屋里其他人也都开始张望着找声音的来源。大伙齐刷刷地把头扭到屋子东角，一个老太太在那里专心致志地绣花，根本没理会。

我旁边有人笑着叫她："郭淑珍！郭淑珍！"

老太太才抬起头来，诧异地看着叫她的人："干吗？"

那人便乐："你手机响！"

"什么？"

坐在郭淑珍旁边的人也笑了，说："郭姐，你手机响！赶紧看看吧，响半天了。"

郭淑珍一副恍然大悟的样子，赶紧扔下手里的活计翻布袋子。这手机的铃声也真大，就那么锲而不舍地响着，都不带停的。它响得越欢，郭淑珍老太太就找得越急，旁边的人也笑着过来帮她找。手机就在那儿一遍一遍地唱《月亮之上》。

老太太把布袋子里的东西底儿朝天地都倒在桌子上，大伙才七手八脚地帮她把手机翻出来。老太太拿起手机还怪紧张的，旁边的人笑着帮她按接听键，那边刚一说话，好像是埋怨怎么才接电话，这边郭淑珍就骂上了："你个死老头子！什么事啊非得打电话？不就是几点回家吗？哪顿饭饿着你了？"

大伙都笑。我也笑着习惯性地摸了摸布袋子。女儿也给我配了手机，今天出来忙了，好像没带。

郭淑珍挂了电话，笑着跟身边的人说："我这儿子换手机，把他不用的给我了。啥玩意儿啊，我都忘了今天还把它揣出来了。"

有人笑着打趣："你老头想你了，人家给你打电话还挨骂！"

郭淑珍也乐："想个屁！就是饿了，催我回家做饭去！我先走了！"

我看了看表，十一点整。我还想再坐会儿，多绣几针，回去一个人的饭怎么说也是凑合。

可是我的心跳就慢慢地加速了，越坐越觉得不舒服。心里闹，说不出的紧张。我的手心里开始往外冒汗，弄得我很不解。勉强又坐了十分钟，我也收拾收拾回家了。

进了家门，还是觉得不踏实，好像有什么不好的感觉。我神不知鬼不觉地去看手机，上面有两个未接电话。这手机功能不多，是女儿专门给我买的，就是屏幕大，让我看着方便。屏幕上写着"2个未接电话"。我打开一看，是手机号，还是同一个号。我想了想，这不是女婿的吗？

我打过去，没人接。我的心跳又快了。我又给女儿打，关机！我给他们家里打，没人接！我有点慌神儿，说不出是为了什么，就是脑子里空空的，不敢往坏处想，可也不往好处想了。

我再打，打女婿的手机，这回接了。我长舒了一口气，那边先说话："妈……"

我问："有事啊？怎么妮妮的电话关机了？我上午出去刚回来，没带手机……"没等我说完，女婿说："妈，您到医院来一趟吧，妮妮……病了。"

我一听就懵了，好好的怎么病了？我赶紧问："什么病啊？怎么了？严重不严重？"

女婿吭哧瘪肚地不肯说，只是重复："妈您赶紧来吧，来了再说……"

我好几年没打过车了。我手忙脚乱地翻出家里所有的现金，出了门跑到马路对面就去打车。别的我不知道，我就知道去医院是要花钱的，他们俩急匆匆地去医院，钱带没带够啊？

好在医院离着不太远，又是大中午，路上不堵。我慌慌张张地跑进急诊楼，心里还一个劲儿地对自己说，稳住，稳住，不会有事的。在那一瞬间，我突然莫名其妙地想念起我的前夫来。我已经很久没去想这个人了，只有在女儿小的时候，生病、发高烧不退的一次，我抱着她大夜里地往医院赶，只有那次，我也是在医院，想起了他，那会儿我孤单无助还害怕，这一次，也是在医院，我居然又有了这种感觉。

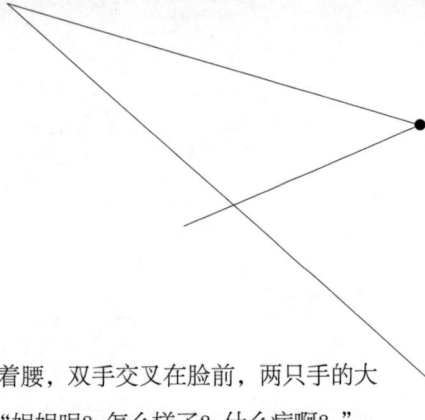

女婿坐在楼道的长椅上等我。他哈着腰，双手交叉在脸前，两只手的大拇指支着整张脸，眼睛发直。我叫他："妮妮呢？怎么样了？什么病啊？"

女婿的手有点抖，他试图过来搀扶我，把我按在椅子上。我本能地抗拒了，我严厉地问他："到底怎么了？妮妮呢？"

他不敢看我，而是往里面回了一下头，低声说："妮妮在里面抢救……"

我当时眼前发黑！抢救？！抢什么救？

女婿断断续续地跟我解释："我也不知道是怎么回事。今天早上，我进洗手间，门反锁着。我推不开，叫也不答应。我把门撞开了，看见妮妮……"

我的眼睛要出火了："妮妮怎么了？"

女婿踌躇着，半天才说："她在自己手腕上……她割腕了……"

就在这句话进入我耳朵的一刹那，我的眼前就出现了女儿苍白的脸和身躯。她蜷缩在洗手间冰冷的地面上，她的手腕一点一点地往外涌着鲜血，她的身下被一点一点地浸红……傻孩子啊！你不疼吗？你不疼，妈心里也疼啊！

我的眼泪止不住地涌出来，我一根筋地往里面走，我要进手术室，我要去看我的孩子，我要怒斥她的不懂事，我要严厉地批评她，我要告诉她她怎么能这么做？如果可以，我要狠狠地给她一巴掌……

女婿在身后死命地拉住我，他哀求："妈！妈！你冷静点！妮妮在里面抢救呢！你现在不能进去！妈，您等一等，等一等！医生说他们会尽力的……"

我猛然反应过来，回身用尽了生平的力气给了这个男人一记耳光！声音响亮，让本来就已经在关注我们的人更加看到了戏剧化的场面。

　　我指着他："你别叫我！你说！你对我女儿做了什么？你这个狼心狗肺的东西！我女儿嫁给你三年，她做错了什么？你为什么要这么对她？你还是不是人？"

　　任何一个人，即使是完全不明所以的人，听到我的怒斥都明白了大半。女婿在众目睽睽之下，双手抱头，最后，他跪在了我的面前，一言不发。

　　我摇晃着他的肩膀，用我的老腿踢他，歇斯底里地怒吼："你对她干了什么？"

　　值班的护士跑过来几个拉住我，她们按住我，用低沉的声音劝我冷静。我向她们哭喊："我就这么一个女儿！她不能有事啊！她不能啊！"

　　女婿也流泪了，他跪在我面前抽着自己的脸，全然没有了往日彬彬有礼的样子。他没穿体面的西装外套，他胡子拉碴，他流着眼泪骂自己："是我混蛋！我不应该跟妮妮提离婚！妮妮没有错！是我错……"

　　我哭喊着爆发："你对她说了什么？"

　　女婿的神经此时也已经崩溃。他全盘端出："我对妮妮说，这么多年我都生活在幻影里，我始终没有爱上过她，她是我的临时寄托……"

　　我把手里的书包、手机都狠命地向他头上砸去……

　　我的头开始眩晕，我哭的声音也低了下去。我看到刚才还扶着我的几个护士都七扭八歪地出现在我的眼前。我还看见了天花板上的管灯，它们在晃。刚才还跪着的女婿顿时不见了，我的视线里找不到他。但是我听到他在叫，叫："妈你怎么了？妈！"我还听见有人在说："快快快，送急诊……"

　　我感觉自己像中了一枪，不受任何支配地瘫倒了。

二十八

我又穿越了。这次我很清醒，虽然我闭着眼睛，但是仍然能感受到天旋地转。我清楚地感觉到自己在黑暗中天旋地转。我不觉得恐惧，只觉得郁闷，此时此刻很有坠入深渊的感觉，这种感觉很不好，不知道什么时候才能到底。

我下意识地想抓住什么东西。这种意识直接让我的胳膊手臂凭空挥舞起来。我听见有人在说："不要按她，不要管。"

我的眼皮很沉，我努力地想睁开。我似乎已经习惯了这种黑暗，没觉得自己是闭着眼睛，而是感觉自己就应该在黑暗里。听到黑暗之外的吵嚷，我却不得不去睁开眼睛。

我累了，在我还没有睁开眼睛之前，我的胳膊就渐渐失去了气力。我听到了呼唤："小秋！"

这个声音很遥远，好像跟我隔了十万八千里，遥远得像是从外太空来的。可它又很亲切，它传进我的耳朵，在我的心里起了回响。我认识这个声音，它在我的耳朵里应该已经进出很久了。

我打开沉重的眼皮，我又回到了熟悉的空间。白墙、阳光、黑框眼镜、白头发，还有我的父母。

我的母亲眼圈怎么又红了？父亲手里还拿着暖盒，这里面是有什么东西吗？他们就这么一直站在我的床边，俯视着我，多久了？他们怎么不坐下？

我不解地看着他们，母亲又叫了我一声："闺女……"这个声音和刚才是一样一样的，不知道为什么，我的眼泪一下子就流下来了。我为什么哭？为什么？是因为刚才在另外一个世界里我做了什么？为什么梦境醒来，让我无法面对母亲？为什么要让我在母亲面前泪流满面？

　　看见我哭，母亲很自然地也哭了。从小就是这样，母亲见不得我受半点委屈。我生病、我纠结、我痛苦的时候，母亲的眼泪比我流得还快。我以为母亲那是脆弱，但是我现在好像明白了一点。

　　父亲把母亲拉到一边，母亲也把脸扭过去，背对着我。赵依曼的脸凑了过来。她手里拿着柔软的纸巾，在我的额头上擦拭了几下；又摸了摸我的手，看着我，问："还难受吗？"

　　我皱着眉头，觉得她这句话有点没头没脑。我反问："难受什么？什么难受？"

　　赵依曼慢悠悠地说："你刚才一直在叫。你说'不可以'，还说'你不能扔下我'……你的身体还在颤抖，然后，你哭泣、你拼命摇晃胳膊，你是不是有如临深渊的感受？还是遇到了什么？"

　　赵依曼很反常。这次，她居然主动跟我讨论起了我的梦境。以往我每次醒来，我每次问她我做出了什么反应，她都避而不答。今天她怎么了？

　　我努力地回想了一下，又是感觉！我清楚地记得自己悲伤、愤怒、悲恸欲绝，我好像失去了什么亲人。是什么人呢？不是父母，好像是儿女。对！就是孩子！我的孩子离我而去了！这让我发疯、让我心碎。那种心被撕裂的感受是我一辈子不曾有过的。我很奇怪，我没有孩子啊！

　　我看着赵依曼，有些生气地看着她，质问她："你为什么要让我当母亲？"

　　赵依曼淡淡地说："不是我，我没有那么大的能力。是你自己受到了某种暗示，你被自己的另一种想法左右了，是你的潜意识在指导你梦境中的行为。"

我更加生气，问她："我又没有孩子，为什么会去当母亲？我又不想！"

赵依曼还是很淡然："你不想不等于不会。在这个世界中你的确还不是一个母亲，但是你有自己的母亲。你在享受母爱的同时也在冥冥中幻想着付出。因为你是一个女人，你的身上有磨灭不掉的母性的本能。这种本能是可以被激发、被触动的。你看到自己的母亲了吗？那就是你将来的影子。她对你的付出，都会在将来复制到你的孩子身上。你可以拒绝当母亲，但是你抗拒不了这种感受。"

我看看母亲擦泪的背影，无话可说。

赵依曼也顺着我的目光回望了他们一下，对我说："他们刚刚进来，给你送饭。正好看见你快要醒来的那个临界点，你母亲很为你着急。"

我低声说："我懂！"

我问赵依曼："我是不是很烦？很讨厌？给你们这么多人增添了这么多麻烦！"

赵依曼摇摇头："给你治疗是我的工作。如果你不在这里，我也要给别人治疗。你没有给我们任何人添麻烦，你只是让你的家人感到了无助，他们不知道该怎样帮你。"

我的脑子很乱。我开始怀念刚才眼睛没有睁开的感觉。我一个人在黑洞里盘旋，坠向深渊。脑子里什么都不想，一片空白，听天由命，全然没有了恐惧、伤心这些世俗烦忧。我懵懵地无头无脑地说了一句："我出家吧！"

墙角的母亲也听到了，三步两步地跑过来，抑制不住地冲着我就大声哭起来。我被吓到了，一时不知所措。我又做错了。我怎么做什么都是错！我活着，自己痛苦；我不活着，别人痛苦。我怎么就那么倒霉呢？

赵依曼示意父亲把母亲拉出去了。她拍拍我的手，示意让我等一等，然后也跟着我的父母出去了。

我一个人在房间里没头没脑地坐着。我突然感觉到了无聊！这么多天了，我每天就在这里吃药、打点滴、被催眠，我的每一天都过得浑浑噩噩、毫无意义。我在干什么？我努力地回想我之前的社会角色，在进到这个医院之前，我到底是干什么的？我的生活里应该有的正常内容又是什么？

我是有工作的啊！我有同事、同学，也有朋友、老师和领导。我在这里，他们又在哪里？单位会以为我在旷工吗？我会不会失去工作？我的朋友有没有找我？我没有手机、电话和网络，我成了一个完全与世隔绝的人！

以前的生活在我脑子里一点一点地显现出来。我看见了我的办公室，我的家，我常去的 KTV，常去的电影院，常去的饭馆……这些内容清晰明确，是我从来就没有失去过的记忆。那么，在之前的几天里，它们都哪儿去了？

赵依曼回来了。她手里提着饭盒，把它放在桌子上，对我说："我让你的父母先回去了。他们的情绪反应会让你觉得有压力。你现在在想什么？出家？为什么？"

我胡乱地摇摇头。我困惑地说："刚才你们出去，我好像想起来好多事情。好多好多，都是我以前的生活。"

"说说看……"

"就是我的公司、我的办公室，还有我常去的饭馆电影院什么的。原来我以前的生活还挺丰富的，可是为什么我在前几天都想不起来呢？"我极度不解。

赵依曼拧开饭盒，给我的碗里倒了半碗汤，整个病房顿时香飘四溢。她把碗端给我，说："前几天你不是没想起来，是你根本不想去回忆。你拒绝了你在现实生活中的角色，你的心是灰色的。你不允许你的眼睛去看这个世界美好的东西，也不许你的心去回想那些让你快乐的东西。你把自己拴死了。你对自己实施了酷刑。"

"那现在呢？"

赵依曼笑了。她说："这就是我为什么天天都要来呀！我的任务就是要唤醒你。心理治疗对你来说只是辅助治疗，除了用药物，我能对你做的，只能是唤醒。你就像正在做一个噩梦，你自己醒不来，我来叫你。我会告诉你，你所经历的一切都是暂时的。虽然那让你伤痛，但是它不足以致命，它会成为你成长中的经历而不是创伤。你要做的就是睁开眼，去看。你看外面，树木、花草、行人……他们都在自己的轨道中正常地运转。你也可以像他们一样。"

我嗫嚅："我还可以吗？"

赵依曼拍拍我的手，示意我把碗里的热汤喝下去。她说："你当然可以。在我的病人中，你不是病得最重的，也不是境遇最糟糕的。你没有理由不好，我也没有理由治不好你。"

"可是……"

"可是什么？你对自己没有信心是不是？我说了，你要给我七天，也要给你自己七天，这七天我们会在一起，一起努力。你看，现在你已经好多了，正在朝着好的方向发展，你今天就知道了心疼，知道了难过。你明白了自己心疼的感觉，就会理解别人心疼的感受。自杀是一种极端自私的行为，只要你不再漠视，就离痊愈不远了。"

我仔细地琢磨赵依曼的话。我很漠视吗？我的确是不在意自己，因为我觉得活下去本身对我失去了意义。那么，我生活的意义是什么？看来我真的需要好好反思一下了。

赵依曼接着说："你现在能跟我谈为什么了吗？"

我说："什么为什么？"

赵依曼说："你最初想死的想法一定是有诱因的。你的父母能说出一些端倪，但是我更想听你说。之前的几天我不想问，我不想打乱你治疗的节奏。现在，你能告诉我吗？当然，如果你不想说，也可以不说。"

我想了想，无所谓想说不想说，是头绪太多，我自己也觉得不知道从何说起。我低头想了一下，说："我不知道我应该怎么说。是因为家庭吧，我觉得我快要失去它了，我很绝望。"

赵依曼看着我，目不转睛。她问："哪个家庭？你父母的还是你自己的？"

"我自己的。"

"你的丈夫不再爱你了？还是你们之间出现了其他分歧？"

我真的不忍说出口，说的时候，自己的心会疼。我还是说了："他……爱上了别人。"

赵依曼面无表情，说："那又怎么样？你害怕什么？没有这个男人你就再也无法生存是吗？他能左右你在这个世界生存的权利和方式吗？在没有他的日子里，你是如何过来的？你从来没有独立地生活过吗？"

赵依曼的问题太多了。我的头开始眩晕。

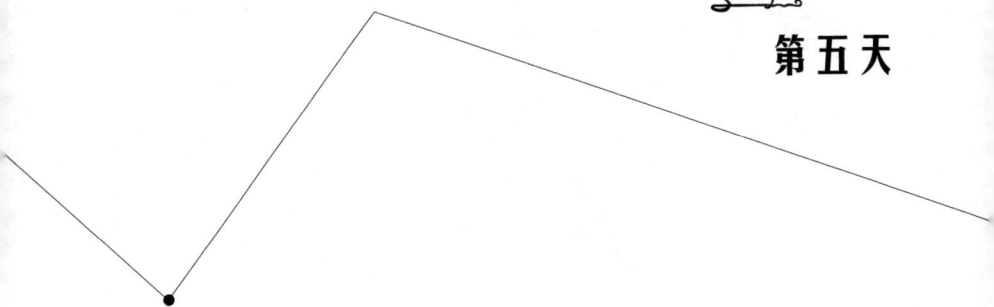

day five

第五天

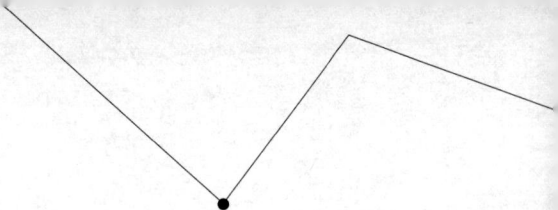

二十九

我突然有了阅读的愿望。我不想再依赖药物进入每天必需的睡眠。在我健康快乐的时候，我每天晚上有卧读的习惯。入睡之前，我会闭掉房间里所有的电器，独独打开枕边的台灯，拿上一本书，读到困倦。卧室的外边是书房，我知道，还有一个人在那里上网游戏。我会听着鼠标和键盘的敲击声入睡。

我知道跟护士说是没用的。我想看书，可不知道想看什么书。我想给父母打电话让他们带过来，可是我还没走出病房，就听到了外面树上扰人的蝉鸣。这个声音让我注意到了窗外刺眼的阳光，那无处可逃的热浪正在一股股地往我的病房里钻。我顿时放弃了这个念头，实在不忍让年迈的父母为了一本书再跑一趟。我想起了赵依曼和"眼儿"，或许应该对他们说，他们应该能帮我。

我找护士想打个电话。可是，我拿起听筒就怔住了。"眼儿"的电话号码存在我的手机里，我的手机早已失踪。我记不起跟他有关的任何数字了。赵依曼就更糟糕了，我甚至从来就没有过她的号码和联系方式。在这个偌大的人来人往的医院里，我甚至不知道应该到哪里去找她。

我颓丧地放下电话，又一步一挪地回到病房里。百无聊赖，我突然发现了我的房间里原来还有电视机。这个物件让我眼前一亮，我顿时找到了自己和这个世界联系的纽带。我发现那个电视机的遥控器原来一直就在我床边的柜子上，它和我一直近在咫尺，但是我偏偏就没有发现它；或者，一直对它视而不见。我自己关闭了通往世界的窗口，我自己关上了我的心。

好奇心让我打开了电视。我把遥控器面板不紧不慢地按了一轮，没什么画面能打动我的眼睛。我习惯性地把画面停留在新闻频道上。今天的新闻也让我打不起精神，房价、公务员招考、富二代酒后驾车撞死人、韩国天安号沉了……一切都跟我不相干。我不感兴趣，甚至有些烦，但是我偏偏就舍不得关上电视。我把声音调到了一个合适的频率，它成了这个房间的背景声，让我的脑子在这种状态下达成空白。

自从进入这个病房，我就失去了时间的概念。霍金说，时间是物质。这个命题细想下去肯定能让人发疯。我现在渐渐开始接受这个观念。时间一定是物质的，物质不一定都要有形，而且我相信时间是四维的。我在这个物质的时间中是这个样态，在其他的时空中，一定还会以其他的样态存在。不然，我无法解释这几天来我的经历。虽然所有人，包括赵依曼都说那只是催眠后的反应，但是我不相信，我坚信这是我自己在其他空间的真实经历。在同一个时间段，我在不同的时空，演绎着自己不同的人生。

我闭上眼睛，觉得自己把自己催眠了。我狠狠地冥想着，狠狠地回忆着，试图寻找前几天所谓"梦境"留下的蛛丝马迹。我想拼接，把自己的人生拼接在一起，我能看到自己从一个单薄的纸片似的人儿一点一点地变得立体丰满。我像哪吒一样拥有了几个身体，看着自己在浩渺如烟的空间里慢慢撕裂、变身而去，看着自己洋洋洒洒地飘落到不同地方……

"是困了，还是想什么呢？"我很明确，是赵依曼的声音。

我不情愿地睁开眼睛，说："没想什么，闷了。"

赵依曼敏锐地发现了房间里开着的电视机，有点惊讶地看着我，说："你打开的？"

我点头："嗯。"

赵依曼的脸上出现了喜色，说："想看电视？"

我答："山中三两日，世上几千年。"这话说得没头没脑。

赵依曼笑了："是想知道'今夕是何年'了？"

我微微一笑，点点头。

赵依曼看了看画面里的新闻频道，问："有你感兴趣的话题吗？"

我说："没有。我想看书，可是没有。本想给你打电话，可你没给我留过号码……"

赵依曼笑笑，说："人家都说心理医生做久了，自己也要成病人的。我跟你越来越有感应了，你瞧瞧，我给你带了什么来？"

赵依曼身着白大褂，空着手，身上除了那副黑框眼镜以外，没什么多余的东西。她要给我看什么？她把手伸进白大褂的肥大衣兜，我看见里面有点鼓鼓的。通常医生的这个大兜里放的都是钱包手机之类的，她伸手拿出来的却是一本字典。

我不知道该如何作答，她却把字典径直递到我眼前。我问："让我学认字吗？"

她笑了，说："你先看了再说。"

我接过来，原来不是字典，是一本和字典很像很像的书。那个头儿、那厚度分明就是一本小学生常用的《新华字典》，但是接在手里才看出来，是一本黄皮的书，《西游记》！这比字典还让我哭笑不得。我说："你让我看《西游记》？"

赵依曼笑了，说："你认真地读过《西游记》吗？"

开玩笑！我又不是大字不识的傻子，从小在家学深厚的老爸身边长大，这样的古典名著能没读过？

赵依曼根本不理会我的神色，接着说："你觉得这是一本什么书？"

我真是懒得说了。"神话小说嘛！"还是说了。

赵依曼像个启蒙先生，对我循循善诱："你再看看。神话不假，其实我倒觉得这是一部幽默小说，里面还夹带着很多做人处事的道理。我本想给你带《红楼梦》的，但是觉得还是不适合你现在的情况。你现在想阅读是好事，能让你的心境平静开阔起来，这个时候自然要读轻松的。你上一次看《西游记》是什么时候？"

我认真想了想，上小学？

赵依曼问的问题好像根本就不用我回答，她似乎知道我的每一次答案。她自顾自地说："现在你再回过头看看，一定会有不一样的感觉。其实人生就是这样。你三岁的时候会因为没有得到一块糖难过，现在还会吗？"

当然不会。但是我小时候也不可能意识到失去了"爱"之后的伤痛。我随手接过《西游记》，书很厚，但是体积不大，拿在手里，倚靠在床上，看着正好。就是里面的字小些，记得小时候看的《西游记》是三本。三本书、一百回的故事都在这个字典大小的书本里，难怪字小了。

我翻看第一页，居然还有胡适之写的序，还有插画。那插图上的孙悟空猪八戒都是面目狰狞，远不像电视剧里演的那么可爱。我对孙悟空的印象是极好的，不能说是初恋偶像吧，但是也崇拜喜欢。小时候恨死了唐僧，尤其是"三打白骨精"一回，每每都翻过去，不忍细看。如同中学的时候读《神雕侠侣》，看见郭芙砍了杨过的右臂，又急又恨，恨不能从书里把郭芙揪出来暴打一顿才好。

我问赵依曼："我要从头看吗？"

赵依曼笑了："带书来是给你解闷的。你愿意从哪儿看都行，又不是考试！"

我有点不好意思："你那么一说，我倒觉得自己跟没看过似的，不知道该从哪儿看起了。"

赵依曼笑着说："你愿意从哪看都行。你小时候印象最深的是哪一回，就从哪儿看吧。"

我细想想，印象最深的居然是唐僧寻母、上京找外祖父殷开山给父母报仇的那一段。记得最深的是父仇得报以后，唐僧之母满堂娇的结果：殷小姐毕竟从容自尽……我又想到了死。

赵依曼看我不言语，问："想起了什么？跟我说说！"

我不想瞒她："现在想起来，我记得最深的就是满堂娇忍辱负重，报仇之后从容自尽……"

赵依曼打断我："你是欣赏她还是惋惜她？"

我说："我说不清楚。就是觉得'从容自尽'这四个字用得最好，虽说不是烈士，但是死得坦然、无牵无挂。"

赵依曼转开话题："《西游记》里你喜欢谁？"

我答："孙悟空呗！"

"为什么？就因为他的造反精神？"

我想了想，说："他好像从来没有悲伤过。"

"唔……乐观，是吧？"

是啊，一只乐观的猴子。虽说他和唐僧是弟子与师傅的关系，但是我倒觉得他是唐僧的精神导师呢，生活上更像一个丈夫，给予了唐僧无尽的保护与关爱,侍候得这个师傅衣来伸手饭来张口,总是在危难的时候出现在他面前,还要时时提防着小三们的挑拨离间……孙悟空容易吗?

我竟然有点迫不及待了。我对赵依曼说:"今天的催眠能不能改在下午,我想看会儿书再做,行吗?"

三十

中午开始的催眠尤其顺利。几个章回看下来,我在暑热的天气里本已有了昏昏入睡的欲望。我没吃午饭,觉得不饿。赵依曼吃过中午饭就过来了,她的到来让我觉得恰到好处。我眼睛蒙眬地看着她,慢慢放下手中书,说:"咱们现在开始吗?"

赵依曼看出了我的状态,用很轻柔的声音说:"是不是困了?"

我的眼睛都快闭上了,轻声"嗯"了一下。她压低了声音说:"那好,我们开始。"

我已经把眼睛闭上了。想必赵依曼也没再拿出她的工具。我混沌着,眼皮都不想睁,她的那些古古怪怪的水晶就都可以免了。

可是,她怎么也不说话呢?我等着她对我说什么,等着她能引导我在另一个空间的身体游离到她应该去的时空。我对自己强调,时间是物质的,它的逝去和我的生命的流逝是相对的。我抓不到时间,但是却能感受到它的存在,有如空气。

我懒得睁开眼睛再问什么,由她去吧。可能她也是这么想的,也由着我吧。我们一起度过的这几天，就像过了半生似的，我的生命跟她胶着在一起，想必把她也累得气喘吁吁。

可是，偏就不让我睡去。我不想睡的时候，赵依曼偏偏要拿着什么发晶紫水晶的那些劳什子在我眼前晃悠，非把我带到另外一个世界不可。如今我想睡了，她又把我叫醒了："小秋，来人看你了……"

我不想睁眼。无非是"眼儿"吧，不能是我的父母，他们昨天才来过，赵依曼已经跟他们说了，隔天再来。要是"眼儿"，我就不用理他了。

赵依曼不肯，见我不醒，甚至还推上了："小秋，你醒醒……"

我不理。居然又上来一只手推我："小秋！我来了你还装睡！赶紧给我睁眼！"

这肯定不是赵依曼，谁啊？我不耐烦地睁开眼，一个干净利落的女子正瞪着眼睛摇晃我呢！

我喃喃："你……"

女子耳朵上戴着一对亮晶晶的坠子，好像也是水晶的，切工切出的面很是工整，折射的光五颜六色的，煞是晃眼。她梳着辫子，辫子上还有卷儿。头发显然是烫过了，然后又在脑后扎了一下。半袖小衫，是雪纺和针织双拼的，黑色的针织衫、中间是花色的雪纺，哆哆嗦嗦地在胸前缀着。下面是一条牛仔的五分裤，合身地包在一双纤腿上。我认识这么精干漂亮的女人吗？

"好你个小秋！病了也不说一声，害我这通儿找你！"女子说话声音洪亮、底气十足，脸上还带着半嗔的笑意。

我有点不知所措，求救似的看着赵依曼。赵依曼笑笑说："这是你同事吗？"

同事？同事！

哦！哦！我想起来了！这不是苏虹吗？我一个公司的同事。我在公关部她在行政部，我们同一年考进这家公司，在一起被培训，那两周我们俩一见如故，迅速成了闺蜜。我怎么连她也想不起了呢？看来我真是被药物折腾到失忆了。

我不好再迷瞪了，赶紧探起了身子，说："苏虹！你怎么来了？"

苏虹一辈子不会装淑女，什么时候说话都是高音大嗓直来直去的。若有头儿在还能收敛些，如果就我们两个，简直一点顾忌也没有。

她捶了我一下，一屁股就坐在床边上，推着我说："你得的这是什么病啊？我休年假回来，给你带了东西，到你办公室找你，不在。他们说你病了，在医院。我给你打电话，嘿！还关机了！要不是他们告诉我，我还不知道你住院了呢！"

我很着急，不知道公司里在怎么议论我的病呢！我赶紧问："他们跟你说我得的什么病？"

苏虹呵呵地笑了："瞧把你给吓的！他们就说你得了神经衰弱、严重失眠，现在医院里调理呢！我说你怎么了？你是对社会不满还是对家庭不满啊？你不睡觉整天都想什么？"

我一时张口结舌，竟然不知道说什么好！不过，父母给公司的这个交代倒还不错，很是说得过去。

我习惯性地又回过头去找赵依曼，很想让她帮我解解围。谁想她已经不在了，不知道什么时候出去了。

苏虹见我张望，又拽我："甭看了！那老太太是你大夫吗？她刚才出去了。我进来说看你，她就说正好找人陪你说说话呢！我说小秋，你怎么就是精神不足呢？"

我笑了一下："你都说了，睡不着觉嘛！"

苏虹声音又大了些："怎么会睡不着？你心里想什么心事呢？是跟你们家那位吵架了，还是公司里有人跟你不对付了？想升职还是想加薪啊？"

她一口气说着，弄得我听着都反应不过来。我实在没法跟她解释什么。我们关系好归好，可是我心里那些事是没人知道的。我不肯说，不肯对任何人说，所以我才觉得生活没有意义，生命可以终止。我们两人在一起吃饭逛街时，通常是她说我听。苏虹老说在公司里太憋屈了，又是办公室政治又要防小人，一上班她就得使劲憋着，不找人说出来非坐病不可。她有一堆她自己封的"垃圾桶"，就是把自己的心里话倒出来扔在那儿就可以不管了。我也是她的"垃圾桶"之一，而且还很荣幸的是她在公司里唯一的"垃圾桶"。我天性不上进，从没想过要在单位里干出什么大业绩，所以也很不想在是非中心搅和，因此她跟我说话很放心。

苏虹见我不答，还打破砂锅问到底："到底怎么了？我头一回听见神经衰弱还用住院！你不是还有别的事吧？咱俩谁跟谁啊，哪不舒服就说，我们家里有大夫，不行咱们换个好点儿的医院瞧瞧！"

我知道，她姐姐是大夫，妇科的。

我反过来安慰她："我没事，这医院挺好的……"

苏虹大声说："什么嘛！你看你的脸色！整个人蔫头耷脑、一点精神头儿都没有！哎呀对了，你老公呢！他不过来陪你吗？你看你瘦，医院的饭多难吃啊！你得让他好好给你补补。吃不好怎么能睡得好呢？我跟你说，女人就得睡，男靠吃、女靠睡。刚进公司那会儿你多水灵啊，瞧瞧现在！我还就纳闷了，怎么我休假之前看你还没什么事，这也就半个多月吧，你是怎么了？那会儿也就是觉得你休息不够，一脸的气血两亏，现在，啧啧，盖张纸都哭的过儿了……"

我真奇怪，为什么听苏虹这么机关枪似的说话自己居然能不烦。这两天，听得外面的蝉鸣都会心乱，今天这是怎么了？但是即便如此，我也没有和苏虹一诉衷肠的愿望。我含混着答应她："没事了，再过几天就好了。"

苏虹貌似比我和我身边的人都拥有更多的医学常识，尤其是中医。她问我："医院都给你吃什么药？安神的，还是养气血的？"

我浑然不知，只好实话实说："好像都不是，就是安眠类的吧。"

"这哪行啊！"苏虹夸张地跳将起来，"这样吃药对身体可不行，他们这医院也忒不负责任了！"说完苏虹就掏出手机，跟我说："你等我一下啊！"然后就出去了。

其实苏虹根本用不着走出去，即便是走到了我的病房门口，她打电话的声音依然能让我听得一清二楚。她应该是在跟她姐姐说话，口气很亲密、不见外，没有一点客套的成分。她说的都是关于我的内容。我听到她问那边，像我这种严重失眠的人应该怎么治疗？

那边说了什么我不得而知，但是苏虹的口吻很坚定，她一点都不避讳地埋怨着我现在的医院和大夫，说着："你说是不是用中药就能调理好？反正我觉得不能天天吃安定……你那里有靠谱的大夫吗？要不我带她去找你们医院给瞧瞧？对啊！是我铁磁的姐们儿，现在都没样儿了，脸色焦黄……你想，老睡不着觉人还能有好儿吗？"

　　我觉得就在楼道里几米开外的护士站一定能听见苏虹在打电话。我开始担心起护士们的感受来。她们听见这样的说三道四不会有好脾气，我有点后悔没把自己的真实情况告诉她。我昏昏沉沉地走下床，拽了拽还在对着手机慷慨激昂的苏虹，小声说："不用麻烦了……"

　　苏虹是那种直线条的女子，到今天还没有稳定的男友。她的执拗和她的相貌不太相符，也就是这种反差让她把两任男友都吓跑了。她对我也如此，说了就要做，这是她对自己的要求，也是她对别人的要求。

　　我没辙，只能愣愣地站在原地，等着她把电话打完。苏虹挂了电话之后扶着我就往床边上走，说："你又跑下来干吗？我都跟我姐打听清楚了，她们医院的中医科就能给你调理，明天我陪你去看看中医，别老躺在这儿了。"

　　我为难地说："不行啊！我现在在住院呢！"

　　苏虹一屁股坐下，说："我跟你说，寻医看病有四项基本原则你知道吗？"

　　我发怔："什么？"

　　苏虹掰着手指头，说："能不吃药就不吃药；能吃中药就不吃西药；能吃西药就不打针；能打针就不输液。知道了吗？"

　　我惊住了："这是哪门子的基本原则？"

　　苏虹大咧咧地说："这是我们家祖传的！我跟你说小秋，我爸就是大夫，我姐也是，你一定要相信，很多病中医治起来就是比西医强！就比如说你这病，打开始就应该找中医调理，保不齐几服药下去就见效了。你不从根儿上把气血调理好，光吃安定哪行啊！你听我的，我不会害你！"

　　"可是我没出院呢呀！"

　　"也没叫你出院啊！明天白天她们查完床，我就说带你出去透透气！然后咱们就去找我姐，给你看看中医，完了就回来呗！咱们拿了药，让你老公给你见天熬了、送过来，我就不信治不好！"

一听见她说老公，我的精神又崩溃了。

三十一

苏虹看见我泪如泉涌，给吓住了，不知所措，只能手忙脚乱地给我找纸巾擦眼泪。我知道自己的哭是无声的，但就是控制不住自己的眼泪，想止都止不住。我在心底已经对自己说了无数遍，不要再哭了！哭是没有用的，既然心已死，就让自己的身体也一死了之算了，何苦哭呢！

可是，我说不服自己。我的情绪完全不受控制，今天在苏虹面前尤其如此。我觉得自己的身体在发抖，停不下来，自己听自己哽咽喘息的声音觉得那不是自己发出来的，仿佛是别人的。我的内心里有两个人在站着，一个人冷酷异常，一个人情绪激动。冷酷的那个对着痛哭的那个冷笑，痛哭的那个只好哭得更凶。

我的心冷了，可脸上却哭得哽咽难抬。

苏虹见怎么也劝不住，只好伸手给我胡噜着后背。我的身体好像已经很久没有这样被抚慰了，像抓着了稻草一样想去寻求她胳膊的保护。苏虹也一定是看出来了，干脆就把我搂在了怀里。我抓着她的胳膊哭个不停，仿佛要把自己这些日子以来所有的委屈都倒出来。对着父母，我没这样哭过；对着赵依曼的循循善诱，我也没有这样失态过。即便是当面和老公对质时，我也生生把眼泪咽到了肚子里。那个时，我心里那个叫"冷酷"的小人儿一定是占据了主导。

苏虹足足拍着我、摩挲我得有五分钟，由着我哭得惊天动地之后，才颤巍巍地问我："到底是怎么了？是公司里有人欺负你了？还是家里出什么事儿了？小秋你心里有话可别憋着，赶紧说出来啊！"

我脑子里一片空白，可还是断断续续地："我……我老公……他……"

苏虹秉性聪明，本是一点就透之人。我还没说完，她已经双眉倒蹙、凤眼圆睁。她怒声说："你老公是不是在外面有别人了？什么狗东西！小秋！你有点志气！别哭了！"

我若是有志气，也不至于上这儿来了。

苏虹撤出来揽着我的胳膊，恨其不争地对我说："你看看你的样子！你就是为了这个失眠的？大不了就离婚嘛！有什么想不开的。你年轻没孩子，离了他还怕找不到更好的？他有什么了不起！小秋你别哭了！让人家看见以为咱们多没出息呢！"

我无言，心里也骂自己没起子，狠命想止住眼泪。

苏虹自顾自地打开我的床头柜，掏摸出父母给我带的家常衣服，扔到我床上，命令地说："把衣服换了，跟我出去！整天在这种鬼地方住着，没病也闷出病来了，跟我出去逛逛！"

我的哭腔还没完全止住，但是理智尚存，我为难地说："我住院呢……护士不让我出去……"

苏虹说我："什么让不让的！咱住的是医院，又不是拘留所！凭什么不让出去！一没开刀二不是精神病，出去对社会也没威胁，你也没有生命危险，凭什么不能出去？你听我的，换上衣服，我这暴脾气还就不信了，我看谁拦着！"

　　苏虹一副浑不吝的样子，那脸上的表情分明就是"人挡杀人，佛挡杀佛"。我被她的气势镇住了，连哭下去的勇气都被吓没了。我好像别无选择，顺从地换上衣服。母亲给我带来的是一件POLO衫，一条薄棉布的长裤。这两件衣服都是我没出嫁的时候在家里常穿的，结婚以后嫌太家常了，没带走。有时候回家小住，进了门母亲就会把它们拿出来让我换上。如今，这两件衣服上还夹带着我娘家衣柜里的味道，淡淡的，好闻。

　　见我穿戴齐整了，苏虹又麻利地走到洗手间，给我淘了一把毛巾，让我擦擦脸。我对着镜子看了看自己，两眼无神、眼袋浮肿、皮肤干燥。连日来不要说护肤霜，好像正经连脸都没洗过几次。头发自然也是乱糟糟的，天天在床上躺着靠着，蓬头垢面，真是自己都厌弃了自己。

　　苏虹也像是深有同感，走过来站在我后面，冲着镜子里我的那张脸说："你瞧瞧！咱们好歹也是白领吧！薪水挣着、小车开着，怎么就混成这样儿了？就这样子，别说你老公了，你自己瞧着都不待见吧！"

　　我颓丧地把头低下。苏虹拉着我说："走走走！把头发扎上，咱们出去透气去！"

　　我的头发被胡乱地扎成了一个马尾，蓬松地拖在脑后。我的随身用品一样也无，连个钱包都没带。我想起来，到医院是被人送来的，送来的时候已经昏迷，谁会送人来医院的时候还带着他的手机钱包呢！

　　苏虹看着我，好像很知道我在想什么似的，一拍胸脯说："有我呢，怕什么？走吧！"

我就这样被她拉拽着走出了医院。几天来第一次走出医院的大门，我觉得自己恍若隔世。看着大门之外的车水马龙，听着汽车不耐烦的鸣笛声，看着穿梭在门里门外的病患和家属，我觉得自己一下子又回到了世间。

这是好事还是坏事？

苏虹拉着怔怔的我，半开玩笑地大声说："拉紧了我别丢了啊，你身上可是一分钱都没带，走丢了就只能找警察叔叔了。"

我不太好意思地笑了一下，但是真是紧张，她越说我越紧张，竟然真的很听话地把苏虹的手攥紧了。

苏虹拉着我快速钻进了她的小车。我坐在前面副驾驶的位置上，好奇地看着车里的内饰。等她也坐进来、系上了安全带，我问："你买车了？这是什么车啊？"

苏虹瞪着她的眼睛看着我，嘴里说："要了亲命了！你真是不能再吃药了，这不是成傻子了吗？我这车买了快一年了，买之前还问过你，还是你帮我选的车型呢！你真就忘了？"

我好好地仔细地认真地回想，好像是有这么回事。苏虹拿着一堆汽车杂志和4S店的宣传册来跟我闲聊，征求过我的意见。我好像真就提了点什么意见，但是就是一点都想不起了。

我说："好像是哈！可是，你这是什么车我真想不起来了。"

苏虹叹口气，说："马六啊！你说的这车性价比合适，女孩开正好。"

是吗？我不记得自己说过，但是看着苏虹的身体合适地嵌在驾驶室里，我觉得这款车还真是挺适合她呢。

苏虹不再啰唆，启动了车子，径直开出了医院所在的大街。我这才发现，这么多天，我根本不知道自己住在了哪所医院，虽说是"眼儿"也在这里，但是，我好像从头到尾都不知道医院的名字。我第一次，也是唯一一次，自己来这家医院的时候，精神就已经萎靡甚至混沌了，我来找"眼儿"开安眠药，从头到尾都是抱着致死的心思，根本没往医院的大门上瞟过一眼。

现在我看明白了。我还知道，医院所在的地方，说是一条大街，还不如说是条宽点的胡同来得更准确呢！医院里的停车场也不宽敞，一条胡同弄得都跟停车场似的。难怪我在病房里躺着，总能听到嘈杂的声响。蝉鸣、车笛、人声，好像还有自行车的铃铛声……我一直以为这些声音都是我脑子里臆想出来的，自己给自己添的烦恼。原来，这些声响都真实存在啊！

苏虹开着车，不快，问我："想吃什么？"

我一时没反应过来，什么？

她又重复一遍："你中午就没吃饭，马上就晚上了，咱们早点吃东西。你想吃什么？给你补补！"

我的嘴巴里能淡出鸟来了，什么味觉都没有。关键是，我根本不想吃。

我摇头，说："不用。"

苏虹又开始说我："什么不用！你知道不知道你现在一点底气都没有！我告诉你，就算天塌下来了，你也得该吃就吃、该睡就睡！说！想吃什么？"

我想了半天，蹦出一样东西："蛋炒饭。"

苏虹"扑哧"就乐了，重复一遍跟我核实："蛋炒饭？怎么巴巴儿的想吃这个？"

我也说不清楚，但是确实，在此时此刻，我就想这样东西。

苏虹想了一下，坚决地说："就这么办吧！咱们去我那，我给你炒！这东西，在外面怎么吃也不对味儿，还是自己家做得好！"

我过意不去了，让人家管饭，还要人家亲自下厨，没这个道理的。我说："太麻烦了，要不就随便吃点快餐吧！"

苏虹目视前方专心开车，说："你别管了！好好坐着吧！"

我嗫嚅："要不，你把我送我妈那去吧。我可能，是想吃我妈做的饭了。"

苏虹呵呵地笑了，说："我看你不是失眠，是失忆！你忘了之前你是怎么上我那蹭饭了？你一吃我做的饭就停不住，回回嚷嚷减肥的时候都不能去我们家，不然就完蛋！上次，我做了点可乐鸡翅带到公司，瞧你们几个给抢的，跟一辈子没吃过似的！你自己跟我说的，吃我做的饭比吃自己妈做的还顺口。怎么，真忘了？"

我好像真是忘了。但是奇怪的是，脑子里忘了，好像嘴巴里却记得。苏虹这样一说，脑子里想不起来，嘴巴却是回忆起了似的，居然涌上了些口水呢！

三十二

进了苏虹的家，我的记忆就被唤醒了。并不是准确地回忆起了什么细节，而是这里整个的氛围让我觉得熟悉和自然。我知道，自己一定是来过这里，而且不止一次。

苏虹麻利地进卧室换上了家居服，然后对我说："自己开电脑、看电视，我那书架上还有几本书是新淘来的。你随意，一会儿饭就好。算你有口福，我昨天的米饭蒸多了，正好放在冰箱里，想着回来吃烩饭的，给你炒了吧！"

我坐在苏虹的布艺沙发里，沙发不大，但是很舒服。我把鞋脱在了门口，光着脚踩着苏虹家里的复合地板。地板上挺乱的，书啊杂志啊凌乱地丢在上面，还有沙发靠垫，好像是晚上看电视的时候被苏虹随意扔在地上垫脚的。

但是地板很干净，走上去，光洁平滑。我的棉布裤脚有点长，光脚走路，多余出来的裤脚就时不时地被踩在了脚下。这让我的脚底不觉得冰凉。我的身体一定比头脑更熟悉这个空间，脚刚一踩上，整个人就熟络了，很不见外地就坐下了，还放肆地把脚也蜷在沙发里，怔怔地躺着，眼睛看着对面厨房的玻璃门。里面苏虹忙碌的身影若隐若现，整个轮廓让门上的毛玻璃给模糊了。

很快，我就闻到了饭香——葱花、鸡蛋和米饭在一起的香味。我以为自己已经不能再拥有食欲了，可是此时此刻，嘴里居然又湿润了。食欲的恢复是否说明了我正在好转？我的头脑和身体是不是也会有改变？

苏虹麻利地端着一个瓷碗出来，把整整一碗热乎的炒米饭放在我手里。碗里的每一个米粒儿都清晰可见，彼此之间并不粘连，碧绿的葱花、金黄的蛋碎、雪白的米粒儿。我闻着香气沉醉之极，由衷地赞叹："你上辈子一定是个大厨！"

苏虹"咯咯"地笑了，然后又回身打开冰箱，从里面拿出一盘子白色的东西，给我放在我面前的茶几上，居然是一盘子凤爪！她拿个坐垫扔在地板上，一屁股坐下，看着我，说："吃啊！这不是你我的最爱吗？"

泡椒凤爪，好像是耶！

我用仅存的一点客气说："你吃什么？"

苏虹说："我也吃这个啊！你先吃，我得先空空，你喝啤酒吗？"

我摇摇头，没有兴趣。但是苏虹好像根本就没看见我的反应，还是拿出了两个杯子，从冰箱里拎出一瓶带着霜的啤酒，给我和她自己各倒了一杯。我把热乎乎的蛋炒饭扒拉到嘴巴里，感觉没有口感的胃都在往上涌，想赶紧吃到蛋炒饭似的。我对啤酒不感兴趣，苏虹笑呵呵地啃着凤爪、喝着冰啤，得意地说："好吃吧！"

我端着饭碗，看着眼前一口啤酒一口肉的苏虹，突然间恍惚了，似乎看到了"大碗喝酒、大口吃肉"的梁山好汉。

我吃得很快。苏虹很享受地看着我吃，自己喝啤酒差不多了，才去给自己也盛了一碗。我吃完了，站起来，很自然地帮着苏虹收拾。苏虹也不客气，直接跟我说："知道碗筷子应该放哪儿吧！"

我的确知道，而且很是轻车熟路。走进厨房，我知道洗涤灵的位置，知道用哪一块百洁布洗碗，知道哪个钢丝球是用来刷锅的。我的动作还是有些迟缓但是并不妨碍我认真地把锅碗瓢盆洗干净。

苏虹也吃完了最后一口，把自己的碗筷放在我正在忙碌的水池子里。我们不用语言地交流着，我接过来，很自然地接着洗。她在我身后的橱柜里拿出一个不锈钢盆子，然后又走到冰箱拿出一个塑料袋。她把这两样东西都在客厅的茶几上打开，随后去了洗手间。等我收拾完厨房、洗了手出来，苏虹也把一盆晶莹剔透的冻葡萄摆在了桌子上。

她自己含着一个，把盆往我这边推了推，说："吃葡萄！"

我看了看，是巨峰葡萄，个个又大又紫，还带着白色的霜儿呢。我喜欢吃酸的东西，一颗大葡萄在嘴巴里咬上一下，一大块葡萄肉就滚出来，肉有弹性，刚一进口腔就把整个嘴里都滚得酸酸的，舌头忍不住地就和葡萄珠儿搅混在一起，弄得牙齿都不忍往下咬。

苏虹看着我含着葡萄就乐："每次看见你吃葡萄，我自己的牙就倒了。吃了葡萄跟我出去，我现在晚上要去跑步，你也一起！"

苏虹今天跟我说的每一句话都是命令。面对她，我的脑子里好像就没有"不同意"这个词。我迅速吃掉了几个葡萄珠，然后问："去哪里？"

苏虹已经走到门前，我注意到她洗葡萄我洗碗的时候，她就已经换成了运动装。上身是件背靠背的 T 恤，腿上是一条纯棉的运动短裤。苏虹的双腿长而纤细，是我很艳羡的。她走到门口，蹲下去，从鞋柜里拎出两双运动鞋。一双白色的，一双粉色的。她把粉色的递给我，说："先穿我的吧，上星期刚刷出来，还没穿呢！"

我接过来穿上，居然正合适。双脚穿着运动鞋，舒舒服服地踩在地上，跟在医院里整日穿着拖鞋趿拉着行走完全不一样。眼下这种感觉让我觉得轻快自信，很有想跑的愿望。

苏虹跑步的地方就是旁边一所中学。苏虹的家紧挨着学校，每到上下学高峰时节，小区里外就控制不住地聒噪。汽车喇叭、学生的尖叫、自行车铃铛，乱作一团。可是每当晚上，校园里清静了，周围小区的居民也就受益了。学校把自己的操场贡献出来，给邻居小区的居民锻炼用。苏虹也是受益者，办了一张学校颁发的健身卡，每天都到大操场去跑步。

我已经很久没有活动过胳膊腿儿了。仔细想想，上一次跑步好像还是去年以前的事，那好像还是跟着我老公，是他笑话我晚上吃完了就睡，说不定要养成小肥猪了。他有时候会出去跑跑步、游游泳之类的，我被他说得动了"夫唱妇随"的念头,竟也置办了一套运动服,每天晚上跟着他出来围着小区跑步。

　　那段时间我每天都是泡在蜜罐里的。衣食无忧,回到家有老公陪着、哄着,可是,后来怎么就成了这种样子呢?

　　我站在操场边上,踩着塑胶跑到晃神儿。苏虹拉着我,命令道:"想什么呢! 跑步了! 第一圈慢跑,先活动开了,然后慢慢加速。你不用追着我,我跑得快,你自己量力而行,多慢都没关系,不过不许停! 我看着表呢,要跑够二十分钟,我让你停才能停,知道吗? "

　　我像个孩子初次上体育课似的,点点头,照着苏虹说的,开跑。

　　四百米的跑道,看上去并不长,跑起来也并不远。第一圈,我跑得很慢很慢,简直比走快不了多少。苏虹像一只兔子一样,快速地从我身边超过去,根本都不理会我。

　　我知道苏虹说到做到,一定会在二十分钟的时候才准许我停下来。我就在跑道上慢悠悠地消耗着时间。可是,刚刚第一圈跑完,我就已经有了疲惫的感觉。虽然跑得慢,可还是累。我知道自己的呼吸、摆臂以至于抬腿迈步都有问题。打小体育就不好,极其厌恶体育运动,现在,仅仅一个四百米,我就开始喘了。

　　我抬起眼皮向周围瞭去,苏虹不在我的视线范围内。我渐渐就放慢了脚步,不让我停下来,我走路总可以吧。我双手叉着腰,偷偷把步伐缩短,然后走了起来。刚走了三两步,我的屁股上就挨了狠狠一下。我都来不及回头,苏虹就像猫一样蹿过来,大声说:"不能走! 跑起来! "

　　她说完并没有自顾自地跑过去,而是放慢了脚步陪在我身边。我只好又开始短暂地腾空,尽可能"piapia"地跑起来。苏虹还有精神跟我说话,气息很匀，根本不像是跑了几圈的样子："累了也不能走着，把气息调整好，跟着我的节奏，来！呼气，吸气，呼气，吸气，对了，就这样！我跑一千五百米，你看着跑，但是怎么也得八百米。听见没！"

苏虹跑过去了，我知道她的眼睛会时不时地再追过来。我只好慢慢地跑着，不知不觉，胸口开始湿润，胳膊上也发黏，原来竟是出汗了。

我勉强吃力地跑了两圈，觉得再也坚持不下来了。可是苏虹并没有停下来的意思，看样子距离我的二十分钟之限还有些距离。我不知道能用什么办法坚持下来，我忽然想起了小时候，一上体育课跑步，我就在脑子里暗暗地背诗。今天我把这招儿又想起来了。背什么呢？《长恨歌》吧！"汉皇重色思倾国……"只第一句，脑子里刚出现第一句，我的眼泪就下来了。男人都是重色的，我老公如今是怎么样呢？"春宵苦短日高起"，两个人都已经忘了世界上还有一个已然变成了行尸走肉的我吧……

三十三

我流着眼泪，坚持着把二十分钟跑完。看见苏虹远远地向我招手，我把跑变成了走，边跑边哭变成了边走边哭。

苏虹站在跑道的另一边等我。我在走到她面前之前用手背擦干了眼泪。苏虹看见我的时候并没有奇怪，我脸上本来就充斥着汗水，脖子上、胳膊上、腿上，我的皮肤发红，大口喘着粗气，我的眼睛里也是雾蒙蒙的。苏虹笑了："小样儿，好长时间没跑步了吧！"

我腿脚不听使唤地被苏虹拉上了车。她开着车并没有回家，而是径直来到小区后面的一家洗浴中心。我有点奇怪，看着她停车，并且绕到我这边给我拉开车门，说："下车啊！还用请的？"

我发怔："做什么？"

"带你洗澡！"苏虹说着，扔给我一个透明塑料包。我粗粗看了一下，里面有毛巾洗发液什么的。苏虹见我还愣着，就伸手把我拽了下来。她轻车熟路地拉着我往里走，直接到前台刷了一张什么卡，就把我领到了换衣间。苏虹也不说话，自顾自地脱起衣服来。她身上真是一寸肥肉都没有，身姿曼妙，而且结实，不像那些单纯靠饥饿节食换来消瘦身材的女孩，虽是纤细，却毫无美感，一点让人联想的空间都没有。

苏虹脱完衣服，对我说："赶紧着，进来找我！先桑拿后温泉，快点啊！"

我对桑拿没有兴趣，潮湿空气只能让我窒息。我径直跟着苏虹进去，进门就是一排淋浴。我痛痛快快地洗了个澡，然后换上苏虹给我的游泳衣，到旁边的温泉池子里泡着。我闭着眼，半靠在温泉池子里，热热的温泉水一直漫到了我的脖子。热水把我身体的血液循环给小小地刺激了一下，泡了没一会儿，我的心跳就开始加快，扑腾扑腾的，让我觉得不太舒服。

苏虹过来喊我："泡一会儿就出来透口气，不能老在里面……"

我顺从地出来，在旁边的竹躺椅上静静地躺着，等着我的心跳归为平静；然后再下去、再上来，直到我在椅子上已经昏昏欲睡，苏虹才过来招呼我："舒服吗？"

我点头："嗯……"

苏虹说："那走吧！回家睡觉去！今天就睡我家里，明天一起上班！"

我睁开眼睛："上班？"

苏虹说："怎么着？你还想偷懒啊！你要是今天晚上还失眠，那就再歇歇。我带你找我姐开点中药调理调理。要是睡着了，我劝你就回公司上上班吧！大小你也是个负责人，你不干了，别人谁老顶替你啊！"

我也确实觉得累了、困了，这是很久都没有过的感受。疲劳有过，心力交瘁也有过，但是困的感觉却是已经千载难逢。我嘴里含混着答应，跟着苏虹出来、穿衣服、坐车、回到她家。

苏虹把我安顿在她的书房里，里面有一张比单人床略宽的床，我就躺在上面，居然躺下就合上了眼睛。我睡着了，而且中间没有惊醒，没有噩梦。

第二天清早，苏虹已经把面包片摆在桌子上，两个玻璃杯，里面倒上了牛奶。苏虹已经把面包撕了半片放进了嘴巴，对我说："赶紧吃吧！吃完了上班。喏，你先穿我的衣服……"

公司里是要穿制服的，即使不是套装，也要有领有袖的衣服才好。我身无分文、衣物也没带，苏虹给我准备了她的一件衬衫和半裙。我穿上了，还算合身。

我坐着苏虹的车到了公司，前台的小姑娘热情地向我打招呼："秋姐，上班了！身体好了吗？"

我点点头，客气地说："好了好了……"

苏虹一进公司就好像和我断了来往，我看见我的办公室就走进去，苏虹连头也没回也径直走进她的办公室，只在进门之前说了一句："中午吃饭再找你！"

我也没什么可猜测的。好久没来，桌子上已经摆满了文件需要处理。办公室里我的助手看见我很是惊讶，点头说："秋姐，你怎么没打招呼啊？你好了吗？我都没给你收拾桌子呢！"

我坐下，赶紧给自己找感觉，找之前那种在办公室里职业的感觉。我说："没事，我自己来。这几天有重要事情吗？"

我的助手，一个看上去眼睛清澈的小姑娘，低声说："咱们公司的产品，在香港被查出来不合格，这两天正闹心呢！你回来得正好，这两天品牌总监正在筹划开媒体发布会，看怎么对外宣布这件事呢……"

我问："怎么了？哪款产品？"

助手说："今年新推出的茶树油。香港食品安全署检查，说咱们产品里面有两项物质超标了，其中一项好像是什么脂肪酸的，超标的结果是可能致癌，正要求咱们召回呢。"

我皱着眉头想了想，又打开电脑，调出了之前品推部门提供的这款茶树油的说明书。我对助手说："我现在要最准确的茶树油的配方表，越快越好；还要香港一方出具的质检报告，要快！"

我们这种公司，自己有公关部，还有固定合作的公关公司和广告公司。我一直觉得洋鬼子就是有钱没处花，既然有了这么多外聘的专业公司给企业服务，还成立我们这个公关部做什么？每项产品都有专门的人员量身定做推广计划，我这个公关部实在是没事可干。不过现在好了，终于有事了，还是个危机公关项目。我知道，用不了十分钟，我就得接到大老板的召见电话，养兵千日，用兵一时，苏虹叫我回来得真是时候！

我用力地拍了拍脑门，掐指算了算，我休假在医院不过是一个星期的事情。可就这一个星期，怎么就出了这么大乱子？出了也就出了，偏巧赶上我根本没有思想准备，脑子里一片空白，一点都不在状态。

果不其然，助手一手拿着 A4 纸，一手拿着本子跑进来，说："秋姐，大脑袋召见，第一会议室！"

我接过助手递过来的黑皮本，拿起一支签字笔，把助手找来的资料也夹在本子里，说："走吧！"

从我的办公室到会议室，不过只有十米的距离。平日里公司的过道不是人来就是人往，年轻的姑娘还时不时地会聚在休息室里喝喝咖啡聊聊天。今天的过道儿却是异常安静，我刚走到会议室门口，就闻到了紧张的味道。推开玻璃门，我的顶头总监已经坐在大方桌的一侧了，他的位置挨着主宾的位置，我识相地赶紧走过去挨着他坐。他看着我，客套了一下："小秋，你好点了吗？不是还有一周吗？身体行吗？"

我点点头："可以了。正赶上公司有事，我不能再休了。"

总监皱皱眉："你今天刚来，了解情况了吗？一会儿大老板问起细节，我会跟他一一汇报，你就顺便也听一下，然后咱们再碰，看下一步怎么应对。"

我点头，打开本子，摘掉笔帽，洗耳恭听。

大老板和秘书、营销总监、东南亚区域经理鱼贯而入。我们公司不是世界五百强，可也是个外资企业，做食品进出口贸易。其实就是个掮客。我进了公司两个月，才明白之前招聘培训我们时说的"做世界上最好的食品"都是屁话。公司自己根本没有生产企业，我们每天做的就是把国内、泰国、印度的发展中国家的食品原材料贩卖到欧洲美国，然后再把他们生产出来的食品成品贩卖到发展中国家。

一样东西，出出进进这么两下子，就身价倍涨了，这里面的利润也是可观的。我常常在家乐福、沃尔玛里看见我们公司贩卖进来的进口食品，什么巧克力啊、麦片啊、奶粉什么的。我一看见奶粉罐上用中英文写着"本产品奶源地为新西兰"就想笑，分明就是从黑龙江买来的牛奶嘛！睁着眼说瞎话！

那几年不管怎么说，这黑龙江的牛奶好歹还去过一趟新西兰，有些奶粉的确是在新西兰加工的。后来我们公司生意做大了，开始并购生产企业。鬼佬们平时办事脑子里一根弦，到赚钱的时候却绝不马虎。办厂子，当然是中国比外国强了！不用说别的，黑龙江的牛奶在黑龙江变成奶粉，这运费少了多少？这里的人工比欧洲也要便宜十倍吧！

在我工作的第三年，我们公司卖的奶粉，不要说去过新西兰了，就连松花江大概都是没过去的！可是，那都不妨碍罐子上贴着英文商标，写着"产地新西兰"。

大老板开始中英文对话，跟我的总监上司一问一答。我的英文马马虎虎，但多少听明白了。这款茶树油是在东南亚的产品，原材料和生产厂家都在东南亚，因为价格比较高，在国内只有少量上市，但是因为打的是高端的旗号，所以购买它的客户也比较高端。现在香港这么一检测，国内的高端客户不干了。这两天，总监的电话被各路媒体都打爆了，扎着堆儿地要来采访，还个个都要见大老板。

大老板着急地说，如果采访，由公关部门来接待。总监说，接待当然是我们，可是现在的口径是什么？我们能说什么？

大老板摇摇头："我要请示法国总部……"

我在一旁脱口而出："现在沉默是自取灭亡！"

三十四

我的话一出口，我的总监就差在桌子底下跺我了。我自己也觉得奇怪，平时没这么冲过，今天这是怎么了？一定是跟苏虹待的，被她带坏了。

大老板听不懂"自取灭亡"，但是旁边的小秘书已经把意思给他翻译明白了。我看他也是病急乱投医，五十多的法国老头儿，在中国待了好几年，就盼着能平安退休。这是怎么话儿说的！这些外企，对声誉看得都还挺重，不像国内的有些企业，资本原始积累的时候不择手段也不顾影响，都是流氓会武术。

大老板还算和蔼地跟我说："秋！what do you think about？"

我的英语不够能跟他侃侃而谈的，他一个法国人，英语也就那么回事。我索性对着我的总监说："现在是危机公关的最佳处理时机，如果现在我们沉默，那就等于交出了话语权。按照中国人的理解，你不说就一定是理亏！现在我们可以等待最终的结果，但是我们不能沉默。"

在秘书的帮助下，大老板很顺利地明白了我的意思。他看着总监，用眼睛征求他的意见。总监低头想了一下，说："我当然知道应该说话，可是，说什么？法国总部没有给我们口径，我们说什么？"

知道谷歌为什么打不过百度了吧！都是等总部命令等的。什么好主意从地球这边转到那边、再审核、再讨论，回来也过气儿了。还外企呢？人人都把"执行力"挂在嘴边上，你倒是执行啊！

我尽可能平静地说："口径当然要由法国总部定。可是事实上，是香港那边查出来我们的产品有问题，那么，是全部有问题还是只限于香港？另外，即使是香港初检出来了不合格产品，我们公司是否有申请复议的权利？我们能否再次申请检查？还有，这款茶树油不只销往香港，在新加坡、中国内地、日本都有销售。新加坡和日本的食品检验更为严格，他们那些地方都没有查出问题，为什么独独香港查出了问题？"

我的语速有点快，我说完了，秘书没有翻译完。总监沉默着陷入深思。大老板听完秘书翻译的最后一句话之后，脸上有恍然大悟的表情。秘书给他翻译的是法语，我也不确定是不是我的意思。

总监又跟大老板用英语对话。这个公司，真是神奇！因为以全球企业标榜，所以招的大部分都是学过英语的，可其实法国人的英语真是很烂，又不肯承认，所以，只好自己受罪了。

总监跟大老板交流完又征求我的意见："你觉得现在咱们能做什么？"

我拿起助手给我翻译来的茶树油配方表问在座的所有经理、总监："食品安全我是外行，我只想问，这款产品的原始配方有没有问题？检查出的问题到底出在哪里？"

东南亚区总监是个黑瘦的广东人，他用广式普通话跟我解释："配方本身没有问题。是这次香港说我们的激素超标，食用多了以后，有可能会对人体的激素总量造成影响，还有说什么妈妈吃多了以后，生的小孩子都激素多啊！"

我说："那我们现在能否申请在国内进行检测。当然了，最好是你们拿去先检，要秘密。如果没有问题，我们就请媒体监督，来一次全程公开透明的检验，力证我们的清白。如果送检之后有问题，我们就要寻根寻源，看看是就这一个批次出了问题，还是都有问题；是配料的问题，还是生产过程中的污染。总之要给媒体和外界一个交代，我们在查，非常积极、努力地调查！我们要做出姿态，产品出了这样的问题，企业也是受害者！"

他们几个开始互相看。我知道这是高层内部会议的前奏，便识趣地对总监说："你们再商讨一下，我再去了解一下香港那边的检测细节，查阅一下香港本地媒体的报道内容，有决定了通知我。"

我的助手跟在我的屁股后面也跑出来了。我穿过过道，快步往自己的办公室走。路过休息室的时候，苏虹端着杯子斜刺啦地走了出来，看着我快步前进就笑了："你看，现在状态多好！"

我苦笑了一下："你拉我上班真是时候。"

她也笑了，还有点不怀好意："你知道吗，有时候人就是贱！你看你就是劳碌命，看你今天晚上还睡不着！"

我赶紧钻进办公室了。说实话，苏虹说得对。我很享受现在的状态，事情再多，并不关乎我的生死，我可以冷静乐观地看待这些事情。而且今天一上午，我的脑子里居然被一点一点地灌满了，全是公司的事务、办公室的业务，这让我觉得充实但又轻松。

我和助手刚从网络上把香港媒体的报道敛齐，总监就推门而进了："你尽快准备一下吧，看看怎么对媒体说。也要正式通知我们的公关公司，看看怎么应对媒体。负责质检的部门已经跟食品安检部门联系了，今天就把样本送过去，不过，最快也要两天才能出结果。你看……"

我说："我来想办法，跟所有媒体联系，保证他们这两天里有稿子可登。不过，稿件要得到你们的批复，要快……"

总监点点头："我知道了。你准备好了随时叫我，我负责稿件最后的审核。"

苏虹来找我吃饭，我没动。助手下去给我买了盒酸奶和一个面包。我坐在电脑前仔细地写着新闻稿。助手吃完饭就开始一个一个地给之前联络过我们的媒体打电话，告知我们现在正在做的工作——今天下班之前会有一份文字情况说明发到各位的邮箱里，然后我们会尽快安排一对一的采访，请各位媒体静候。必要的时候，我们会召开统一的新闻发布会……

稿子写完、审完是下午五点。我逼着总监提高效率，人家各路媒体可是没时间等你的。

六点钟，我和助手把所有稿件全部发了出去。公司里其他部门并没有受到太多影响，只有销售部门，有些被动，这两天联系客户的时候被频频问及此事，有些狼狈。苏虹所在的行政人事很是踏实，只要不裁人、不招人，他们就永远稳坐泰山。

苏虹已经没事了。为了等我，她就坐在办公室里上网看八卦。我干完了出来叫她，她瞪着眼睛看看我，说："不错！累了一天精气神倒还好。"

我笑了一下，说："咱们去吃饭吧。"

她夸张地看着我："你有钱了？"

我扬了扬手里的钱包，中午忙里偷闲让助手去了一趟我父母家，把我的钱包衣服都拿来了。母亲还给我打电话，让我回家去住。我谎称晚上还要回医院，拒绝了。我就是觉得，昨天和今天的状态都很好。我想不出原因，苏虹是唯一的原因，我有点依赖她了。

苏虹看看表，说："咱们去逛街吧。走累了，随便吃点什么就好。我想买双凉鞋。"

　　我看看外面车水马龙的马路，猛然想起，现在还是盛夏。夏天是应该穿凉鞋的。我的助手给我带了衣服，可是并没有带鞋，我脚上的这双船鞋是苏虹的。

　　我"哦"了一声，想起自己所有的高跟鞋平跟鞋都在自己家里，可我没有勇气回去拿。我说："好啊。我也买一双，明天就别再穿你的了。"

　　我们俩走在清清凉凉的大商场里。这会儿是晚饭点儿，逛街的人并不多。我们惬意地在各家品牌店里徜徉，苏虹说要买一双罗马鞋，今年很流行呢。可是我却死活也看不上那个样子，一双脚被一堆的皮带子绑在鞋底上，热不热啊！再说，我自知自己没有古罗马女人的妖娆风韵，就算穿上这么一双鞋、披上麻袋片子，也不像样。算了。我只想买一双能上班下班都可以穿的鞋。

　　我们在　家店里坐下了，一人拿着一双中意的鞋在脚上比试着。苏虹有一搭没一搭地跟我说话："这鞋呀好看不好看还在其次，关键是得舒服。"

　　我赞同。

　　她又说："可是你呢就偏偏自己找不痛快。"

　　我问："怎么了？"

　　她拎起我正要试穿的新鞋，说："你看看你这双，前面头儿这么窄，那穿着能舒服吗？你还要带跟儿的。今年的跟儿鞋都邪乎，跟儿高的跟高跷似的，你就不能买双平底儿的穿穿？"

　　我笑答："那不是为了上班吗？"

　　苏虹不以为然地说："都说上班要职业，什么叫职业？为什么穿了平底鞋就不职业了？我又没穿球鞋来！再说了，每天坐在座位上，两只脚在桌子底下一待就是一整天，你穿了什么样子谁看得见？可你穿得舒服不舒服，你的脚可是清楚得很呢！"

　　我把看上的这双鞋在脚上试了试，果然如苏虹说的，不太舒服。我连站起来走走都没有，就脱下来了。苏虹说："怎样？不舒服吧！"

　　我把鞋送还给服务员，说："你说得对，我也买双平底儿舒服的，要穿几天呢，就算是好看，给谁看啊！"

　　苏虹点头咂嘴："这就对了嘛！"

　　我低头挑鞋，突然脑子里灵光一现，反问苏虹："你是不是话里有话？直接说好吧，别这么藏着掖着的。"

　　苏虹"扑哧"一下笑了，说："我没别的意思，就是想说，居家过日子是两个人，两个人当然要互相包容，可也完全不能委屈了自个儿吧。你说呢？"

　　我一屁股坐在沙发座儿上，看着苏虹："就知道你敲打我呢！我没有……"

　　苏虹立刻反驳："什么没有？没有什么？你看你现在，这吃不下睡不着，是为了什么？把自己折腾成这样子……小秋，论理，我是应该劝和不劝离的，可是我真看不下去你这样，好男人多的是，咱们不用一棵树上吊死吧！不行咱就撒！有什么大不了的……"

　　说实在的，从我失去了活下去的勇气到现在，还没有一个人跟我认真讨论过这个问题。所有人都说我傻，都说我抑郁了，"眼儿"干脆就说我的精神不正常了。父亲倒是气得说过一句"大不了就离"，可是也是说说而已。我了解我的父母，如果我离婚了，第一个受不了的就是他们，这也是我潜意识中给自己的暗示，所以，我只能死。

　　苏虹是唯一一个劝我离婚的人。她不用非把这两个字说出来，她很清楚地表达了她的意思。而我，也听得很明白。

但是，一想到这两个字，我的心里就格外地疼，非常、非常疼。

三十五

回到苏虹家里，洗过澡，苏虹和我一人一个沙发垫，抱着，坐在地上。

苏虹有点犹豫地问我："现在跟你说这个合适吗？你不会夜里又睡不着了吧！"

我笑笑，说："你说得对。我穿着一双很不舒服的鞋，又无法在大庭广众下行走，只能难受着把脚藏在人看不见的地方。"

苏虹递给我半个苹果，她刚刚削好的，我们俩一人一半。我接到就放在了嘴里。苏虹举着半个苹果说："那，从现在开始，你就得做打算了。"

我问："什么打算？"

苏虹瞥了我一眼，说："要么怎么你失眠抑郁呢！他做了对不起你的事，你就这么算了？房子、存款都怎么办啊？你不能最后落个净身出户吧！"

我真的不知道应该怎么办。经苏虹这么一说，我也很觉得自己不可思议。这件事出来以后，我除了自怨自艾，除了自我毁灭、自我摧残以外，好像什么有建设性的举动都没有做过。真的是很没用！

我弱弱地问苏虹："我应该怎么做呢？"

苏虹把屁股下面的垫子挪得离我近些，然后说："你现在手里有证据吗？"

我皱眉。苏虹立刻猜出了十之八九，小埋怨了我一下，说："你瞧瞧你，除了哭，干点什么不干哪！我问你，你怎么发现他有外遇的？多长时间了？"

往事不堪回首，我真的不想说，尤其不想再去回忆。我怕了。

苏虹拍拍我的肩膀，说："你不想说也没事。我就是提醒你，只要你搜集到了他出轨的证据，咱们就可以多几分主动权。咱们可以找律师，先跟他谈，你开出条件，如果他不同意，咱们走法院起诉。这样，无论结果怎么样，他都是婚姻中的过错方，在财产分割上法院就会对你有倾向。不然，咱们再怎么占理，离婚也顶多算个'感情不和'，你岂不是更窝囊！"

我心里打鼓了。离婚已经是强我所难，如果再对簿公堂，我的自尊和颜面会彻底扫地。我不愿意！很不愿意！

苏虹给我打气："现在不是要面子的时候，现在你必须为自己做好打算。你想想，结婚这么多年，你做过对不起他的事吗？你对这个家付出了多少？他又是怎么对你的？你跟着他、嫁给他的时候，他有什么？他是功成名就还是富二代？你陪着他成长、帮着他打拼，现在他德性了！德性大了！反过来就这么对你。他对你有解释吗？他说过什么吗？"

我嗫嚅："他说，我们之间太久了，没有当初的感觉了……"

"呸！"苏虹狠狠地骂了一下，说，"你知道我为什么不结婚了吧！男人都这个操行！"我第一次听见苏虹骂人，还挺解气的。

苏虹一副两肋插刀的样子，说："你那边这两天会不会特忙？"

我点头："这件事很棘手，我得先稳住媒体，然后看国家质检方面的最后结果，很纠结。"

苏虹拍了胸脯："你先忙公司的事！我觉得这样也挺好，让你转移一下注意力，别老弄得自己跟林黛玉似的，谁心疼啊！家里这边……只要你拿定主意，想好了，确定要离，我就帮你找律师。咱们术业有专攻，找专人处理。"

我纳闷："你怎么还认识律师？"

苏虹戳了一下我的脑门，说："你这孩子真是吃药吃多了，吃傻了。你忘了我是学什么的了？咱是法律系毕业的，我们半个班的同学都是律师，剩下半个班不是在法院就是在企业里给人当法律顾问，就是我，学了四年，愣没爱上这行儿。给你找个同学，这不是举手之劳嘛！"

我起身到苏虹的书桌边上，那儿摆着一个台历。我看了看上面的日子，对苏虹说："让我好好想想吧。明后天公司的质检结果就应该出来了，把这件紧急任务做完，怎么也要两周的时间。我先跟我父母谈谈，听听他们的意思，然后再找律师解决。"

苏虹点点头，说："也好，是应该先跟你爸妈说一声。"

我叹口气，说："这也是我最担心的，我爸妈，估计不太能接受这个。"

苏虹坚定地说："不可能！我跟你说，父母永远比你想象的要坚强。你不用这么前怕狼后怕虎的，咱们一个职业女性，要什么有什么，犯不着在一棵树上吊死。你爸妈还不是愿意看你过得好？只要你觉得这么做能让自己幸福，他们就不会有意见。"

我点点头。苏虹看了看墙上的挂钟，说："现在去睡觉！不许胡思乱想。"

我笑了笑："不会了。你家就是大雄宝殿，住在你这儿小鬼儿都不敢来了。"

苏虹也笑了。我接着说："有书看吗？我想睡前看会儿书。"苏虹双手一摊："我是不读书不看报的，你看什么，我书柜里就那几本，自己拿去。"

苏虹起身去找自己的床了。我循着她的书柜找过去，一溜儿的法律书籍、职场守则啥的，连一本文学期刊都没有，凌乱地摆了几本杂志，居然是上个月的时尚家居。我百无聊赖，冲着苏虹的卧室喊了一句："我才知道你这么没文化！"

屋里传来笑声，苏虹得意的声音也穿透屋门而来："没见过我这么不学有术的吧！"

我无奈，不死心地还找，希望能在边边角角里踅摸出一本能看的来。功夫不负有心人，我终于在三层的边角抽出一本封面折了角的《西游记》，还是"下"。估计这是苏虹年轻时看过的，保不住也没看过，就是有过而已。

又是《西游记》。我弹弹上面的灰，夹着走到自己屋里。

……

第二天上班，到了办公室，我从书包里往外拿东西，居然发现自己神不知鬼不觉地把这本《西游记》揣来了。昨晚看到的地方还有书签夹着，信手一翻就回到了昨晚的内容。孙悟空教育猪八戒："温柔天下去得，刚强寸步难行。"我心里一笑，这也是职场真理啊。

国家质检的最终结果还没有出来，昨天晚上下班之前送出去的稿件已经陆续出现在各大网络和报纸上。标题基本如出一辙，什么"茶树油：我们等待着国家质监局的最终结果"；耸人听闻一点的，无非是"茶树油等待最终判决，保留申诉权利"。我大致看了一下，基本上都是我写的内容，个别词句做了一些调整，其他的大部分内容没有改动。这帮记者，真够懒的！

总监再次召见，带来了大老板的表扬，说我处理得不错，应急能力很强。我一笑，说："还要等着最后的结果。如果有问题，那再说什么也没用了，我们就等着公司股票大跌吧。"

　　总监的脸色又开始转喜为忧，难看了起来。随即他有点心虚地问我："能不能找公关公司处理一下，想办法堵住媒体呢？"

　　我看他真是病急乱投医，乱了阵脚。我耐心地说："这里面的规矩您是知道的，就算有跑口的记者跟咱们相熟的，咱们想办法让人家不发稿子，可咱们控制不了别人啊！现在的记者都精着呢！人家领的是报社的薪水，当然要替报社干活。就算跑口的记者不来找麻烦，他们也会让其他面生的记者来，想怎么说就怎么说，只要不是虚假报道，咱们就没奈何。总监，我看咱们还是等结果吧！"

　　"万一结果出来对咱们不利呢？"

　　"那就自行调查，看原因出在哪里，并尽快公布，给消费者道歉。这是目前我能想到的最有效的办法了。"我说。

　　"行了……你……去忙吧，一会有消息我通知你。"

　　我回到办公室，看看现在应该没有什么事要做了，除了等待也做不了别的。我窝在座位里，又开始看《西游记》。

　　也就二十分钟吧，我一章还没看完，桌上的电话铃就响了。我拿起来听，总监的声音都颤抖了："刚才质监局来电话了，没事！咱们的油没问题，所有的成分含量都在安全范围内！你赶紧准备媒体发布会吧！"

　　我还算冷静，问了一句："是官方报告出来了吗？"

　　"不是，官方结果要等到明天才公布，是跟咱们比较熟的一个处长告诉咱们的。"

　　我用最快的速度在脑子里过了一下这件事，然后说："那我联系质监局，连同他们一起搞这个发布会吧。这件事不仅关系咱们的产品，还关系整个食品安全体系，我觉得他们应该能同意。"

总监问："这样会不会他们就成了主角？"

我说："就是要让他们当主角。我们从头到尾就是一个态度：问心无愧。所有的话，就让别人去说吧。"

三十六

我不记得自己是怎么睡着的。但是我敢肯定，就是在办公室里，我窝在沙发上，手里还是那本《西游记》。当时已经下班了，我从质监局回来，媒体说明会顺利召开。其实到底我们的油有没有问题真的很难讲，但是，官方说没有那就是没有喽！只要没有，我就可以放松下来了。

回到办公室的时候大家都已经下班了。苏虹给我打电话，问我要不要她等。我说不用了，我想一个人在办公室待一会儿，然后我要回父母那里。紧急任务结束，我也该解决自己的事情了。

我本想给父母打一个电话，但是思来想去没有打。我恍然地躺在沙发上，胸前趴着那本《西游记》。我看着孙悟空取经结束、按功行赏，被封个"斗战胜佛"，我就想乐，从此以后还有什么乐趣？再也不能逞凶斗狠、打打杀杀了。作为一只好斗的猴子，这个"佛"比紧箍咒还难受。

我闭上眼睛，开始回想自己的婚姻。一路走来，除了最后的伤害，我也没什么可抱怨的。我陪着他一起打拼，看着他从无到有，我自己的确是牺牲了一些，但是我肯定也得到了。我之前那样伤心、那样哀怨，就是因为我看到的全是自己失去的，没有看到自己得到的。我付出了，也得到过。就算我真如苏虹所说的，惨到要"净身出户"，也没什么可抱怨的。钱财都是身外之物，如果我把"爱"看得至高无上，那"爱"都不在了，我要钱还有什么用？再说，或许，他和他的新欢是真的相爱呢？如果这样，索性就放他一条生路吧！何苦跟着我不情不愿地过下半辈子。

想到这里我就释然了。甚至连苏虹提议的找律师，我都觉得大可不必了。听说现在离婚比结婚还简单，一起去民政局办个手续就好。就这样吧。我笑了一下，觉得身体一下子轻省了不少，居然也很难得的有了一丝困意。我睡着了，就在办公室里很不舒服的沙发上，睡着了。胸前摆着《西游记》（下），我的身体也如金猴狂舞一样游散到了九霄云外。

……

这一觉，我居然睡到了自然醒。我心满意足地醒来，天色发暗，我不觉得自己睡得不舒服，这不像是在沙发里躺着的感受。我习惯性地去找办公室的窗户，我应该能透过窗户看到外面的天色。我睡的时候已经下班了，现在会不会已经天大亮？

我找过去，可是没找到办公室的窗户，找到的是医院病房的窗户。外面的天色分明是黄昏，也或者是早晨，不明不暗的，让我很不舒服。

我也没有看到办公室里的桌椅电脑，我看到的是赵依曼的脸。她用一种很满意的神色看着我，笑。

我纳闷、困惑："我怎么又回医院了？"我确定自己看到了白墙，雪洞一般。

她笑了："你一直在这里啊！"

我固执地说："不对！我记得我离开了，我已经上班了，我是跟苏虹走的……"

她笑盈盈地看着我，并没有打断我的意思，但是我的思维好像突然断掉了，突然间停止了我的回忆。我只好再次向她求助："这是怎么回事？我明明记得我走了，还上班了。我好了，怎么还在这里？"

赵依曼所答非所问地说："你记得这么清楚，比前几天好多了。"

是啊！这次我的脑子不再是一摊糨糊了，我居然有了很有条理的记忆。我中断了和赵依曼的对话，拼命地去抓之前的回忆。我抓住了一个人，一个叫苏虹的年轻女子。她聪明果敢，给予我支持和帮助。她站在我身边陪着我，带领我离开医院、回归正常的生活。她还帮我建立自信，让我能理智地去分析我的婚姻……

我问赵依曼："苏虹呢？我想找她，她来看过我的，你们认识。你见过她的。"

赵依曼又把自己的黑框眼镜摘下来，双手都放在床上，抓住了我的手，看着我一字一顿地说："这是你的梦境。小秋，现在你醒了。"

我摇头，有点着急了："不可能的！以前你给我催眠，只要一醒来，我就什么都忘了。可是昨天前天的事我现在都还记得，我真的记得很清楚。"

赵依曼慢慢收敛了笑容，对我说："那么，你现在就想，你真的认识一个叫苏虹的人吗？你们是什么关系？同学还是同事？你们什么时候认识的？平常关系很好吗？"

我被赵依曼这一连串的问题给问住了。赵依曼甚至拿出了一个黑色的小本子，皮革面的。她打开，里面好像还夹着一支笔。她拿起这支笔，又戴上眼镜，然后翻到了其中一页，对我说："你能告诉我你的情况吗？哪年毕业？哪年工作？在哪里工作？哪年结婚？丈夫的姓名、最要好的同学和同事的名字……我跟我掌握的资料核对一下。"

我更加呆住了。我的脑子又恢复了一片空白，天哪！我是谁？我这是怎么了？

赵依曼缓缓地说："没关系，要不我说你听，如果我的资料有误，你就打断我、给我更正。"

赵依曼说着就念起来，她念得很慢，就像小学生读课文。我听她念，脑子里出现的是大殿上和尚在诵经。赵依曼的语气平缓、没有感情，生硬的简历文字从她的嘴里读出来就更加冷漠。这种冷漠也让我冷静下来，我渐渐恢复平静、回归现实。

她念得对，我大学学的是中文，毕业后在两家公司做过。现在的这家，是一家外资的公关公司。我不是五百强的员工，但的确有一些五百强企业的客户。我们公司不做食品进出口的生意，是我的客户中，有人做这项。我也不认识一个叫"苏虹"的人，我的同学同事中都没有这个人。我和我的丈夫相识于中学，我们从无到有走到了现在。就在五个月前，我知道了他生活中的另一个女人，我当时正准备怀孕生子，正准备回归家庭。因为我的丈夫已经有足够的经济能力撑起一个家。我信心满满地想做母亲，想为最爱的人生孩子，想把我们的爱传递下去。但是我发现了这一切。而且我坚信，这一切都是我丈夫故意让我发现的。不是愚蠢，是阴谋。

所以我了无生趣，我在一夜之间失去了生活的全部，我接下来的日子不再有意义。我失去了睡眠，失去了胃口，失去了信念，失去了目标。我怀疑生存本身的意义，觉得自己应该结束了。趁着现在，我的死，还应该不会太难看。

我想起了所有我的真实的生活轨迹，我疑惑。赵依曼念完了，问我："有不对的地方吗？"

我说："没有。但是我不明白，为什么会有苏虹这个人，她到底是谁？"

赵依曼慢慢地说："其实，在之前的催眠中，你也在梦境中经历了虚幻的人，只是你一醒来就不再记得他们了。这次的这个人，让你牢牢地记住了，那是因为你需要她、喜欢她。之前你每一次醒来都很痛苦。你回想一下，你应该还记得那种体验。但是今天你是自然醒的，我没有对你进行任何干预。而且你醒来之前的表情很可爱，你在微笑，你的嘴唇、眼角都有笑意。所以我敢肯定，这一次，你的体验是幸福的。你在梦境中收获了你想要的东西。跟我说说好吗？"

我闭上眼睛，不是再次入睡，而是找回醒来之前的状态。我知道赵依曼不会骗我，这几天来，我和她之间已经建立了一种东西，这种东西超乎情感，我现在知道了，是信任。或许，这种信任在我们见面的第一天就有了。

我不确定自己的语言是否准确，因为我的回忆有点凌乱。如果这个梦境是一个故事的话，我并不能详细地描述这个故事发生的时间地点人物，也说不清起因高潮和结果。我断断续续地告诉赵依曼，我好像从一开始就认识了一个叫"苏虹"的女人，她现在呈现在我脑子里的不是一个女人的相貌，而是"苏虹"这两个字。她拉着我离开医院，告诉我要回归社会，不要靠药物、要靠自己。她让我重新投入工作，给我做饭，留我住在她的家里。我坐着她的车上班，她告诉我离婚没有什么可怕，她甚至鼓励我去离婚，还告诉我要

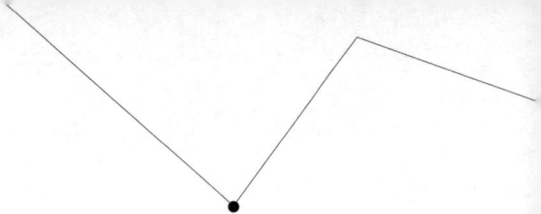

找律师、想办法借助法律为自己争取更多的权利……

然后，我好像真的就回去上班了；我好像真的在工作中逐渐找回了从前的状态；我好像真的开始考虑离婚了……

三十七

我顾着自说自话，早就忽略了时间。我已经忘了，刚才醒来的时候，天色就已经不再明朗。我不知道自己昏睡了多久，我做的梦太长了。

病房里暗得必须要开灯了。但是我抓住了赵依曼的手。很奇怪，好像在黑暗中，我才更加真实。我承认，之前的所有催眠治疗已经让我变得神情恍惚，但是在这一刻，我的眼睛里只能看到赵依曼的时候，我却变得异常清醒。

我迫切地问："为什么我会遇到根本不存在的人？她是谁？是你吗？"我的问题很愚蠢，愚蠢得把赵依曼都逗笑了。

赵依曼被我抓住了双手，不能起身去开灯，只能回答我的问题。她说："那不是我，是你自己。"

我不相信，一百个不相信。我的身体在这里，在医院的病床上；我的灵魂在梦境里，已经没有能力再分裂成另外一注灵魂去对话了。

赵依曼说："其实，按照心理学的理论，每个人都是有病的，每个人都有天生的分裂倾向。你可以在梦境中分裂成另外一个人，也可以分裂成另外两个人，甚至更多。你自己的潜意识里一直有一个声音，是正向、积极的声音。但是因为你在不断的重压之下，已经越来越放弃，越来越颓唐，所以那个正向的声音就逐渐低下去，低到你自己都听不到了。

"在催眠的状态中，你整个人是完全放松的。你的精神会不受任何羁绊地去漂移，你可以思考，也可以停滞。你还记得第一个梦境吗？你告诉我有人死了，那是因为在第一天的治疗中，你的头脑中满是死亡的信号和召唤。你迫切地想死，但是，你理性的声音又要向你传递'自杀'的负面影响，于是你就成了旁观者。你的灵魂在'生'与'死'之间徘徊，你的梦境其实是你现实生活的复制。但是这种复制是夸张的、不真实的。因为你要把你真实生活中所受到的委屈和不安带进梦境，并且把它们放大之后再体现出来。你的痛苦在梦境中同样得到了复制。当然，你也会得到短暂的欢愉。但是，从你每一次醒来时候的状态上看，你之前的灵魂经历都是痛苦的，你每一次醒来，脸上都有眼泪。"

我下意识地摸了摸自己的脸，干的。我又意识到了自己的愚蠢，即使哭过，现在脸上也早就干了。

赵依曼也笑了，她用温热的手掌心拍了拍我的脸颊，说："今天你没哭，你是笑着醒的。"

我不得不承认，这是因为我这次的梦境是愉快的，它让我看到了曙光，让我了解，活着也是可以的，也能摆脱痛苦的折磨。

但是我还是不相信，所谓"苏虹"就是我自己。没道理，我和她，完全就是两类人，根本不一样。她比我要坚强得多、理智得多、精干得多。

我告诉赵依曼："'苏虹'是一个特别坚强理智的人，这完全不是我。我承认我的性格是懦弱的，这件事出了以后，我对自己都厌弃了。我觉得我自己特别失败，什么都做不了，简直就是《红楼梦》里的二木头贾迎春。我觉得自己浑身上下简直一无是处，糟透了。可是苏虹多有自信啊，我这次不会哭，全是因为她……"

赵依曼肯定地答复我："这就是你自己。其实你一直都是这个样子。人都有懦弱的一面，也有坚强的一面。你不是不能干不理智不坚强，而是你现在放弃了那些乐观、积极的品质。你被痛苦打败了，你就范了，甚至破罐破摔。我不知道你完整的梦境是怎样的，但是听你讲这个故事我很高兴。苏虹的出现就是你自己意识的复苏，你开始站在理智、正向的角度上劝慰自己，实现自我摆脱。下一步，就会是自我的救赎。

"小秋，我再强调一遍，我的任务是帮你唤醒那个最真实、最坚强的你。其实那样的你一直都存在，是你自己忽视了它。我不想给你讲什么'生命的责任'，这是你小时候你的父母和老师应该教会你的。我也不想跟你说'生命的意义'，这需要你自己去体验和感受。我要做的就是唤醒你。你一直都在，只不过在和自己捉迷藏。我们每个人都不曾放弃，你看，我们现在就很好，正在一步一步地接近那个最真实的你。你需要把自己找回来。今天的催眠中，你给自己起的名字叫'苏虹'，下次，你尝试着就叫她'小秋'，看看会有什么不同。"

我不知道，赵依曼这样对我说，算不算心理暗示。认识她第一天，我就觉得她像一个巫婆一样在冥冥中操控着我的灵魂和思想，按照她希望的方向在引领我。但是很奇怪，尽管我觉得有一丝恐惧，但是我并不抗拒，甚至还有点好奇。我都不晓得自己将魂归何处，所以特别想知道赵依曼会把我引向何方。而且，我已经坚定了必死的信念，我死都不怕，还怕别的？

但是赵依曼并不承认，她犯不着对我撒谎。我对她好奇可不担心，甚至一点怀疑都没有。她用了两天来告诉我她对我并没有任何干预，现在，我有点相信了。我不经意地想起小时候，自己一个人在家里玩过家家，我也会进行多角色对话：自己一个人既当妈妈又演姐姐，对着木讷的布娃娃念念有词。

童年的时候我不合群，不喜欢抱着娃娃去找邻居家的女孩子玩。我就喜欢一个人讲话，我会说着不同年龄、不同性别的人的话。经赵依曼一提醒，我现在也总结出来，不管是粗哑着嗓子装爸爸，还是嗲嗲地扮姐姐，我说的，其实都是我心里的话，都是我想说的话。

我问赵依曼："这意味着什么？我的身体里有了'苏虹'，她会经常出来跟我说话吗？"

赵依曼又一次握住了我的手："我希望常住在你身体里的不是苏虹，就是你，小秋。'苏虹'是个双刃剑，她能在你脆弱的时候帮助你摆脱一些东西，但是她也会摧毁你一些东西。就像有时候我们生病，并不一定非要吃药打针。我们的身体里有自己的抵抗力，抗体是会发生作用的。但是很多时候，我们会着急、急功近利，用大量的猛药、针剂去对抗病毒。这样做也许在短时间里会有快速的效果，但是久而久之，就会让自己身体里的抵抗力下降。它老不工作就要下岗了，然后我们就会形成对药物的依赖。你说，这是好事吗？

"你现在可能因为有了'苏虹'的存在而重拾自信，但是你一定要提醒自己，她不是苏虹，她就是你自己。本来就属于你，是你自己的抵抗力，你要唤醒她，重新开始。"

那我应该怎么做呢？我要不要就照"苏虹"说的，现在就离开医院，重新回到工作岗位上，回归社会，让世俗的工作生活帮我转移注意力？我问赵依曼，确切地说是征求她的意见："要不……我明天就出院吧！我好像知道应该怎么做了。"

　　赵依曼笑了，她起身去寻找墙上的开关。病房里已经彻底黑了下来，我的窗子开着，关着的纱窗挡不住外面的声音。我听到有人在聊天，好像是家属陪着病患在散步，边走边聊着什么。声音时断时续地从纱窗的网洞里飘进来，让我确定，我还在医院。

　　赵依曼找到了墙上的按钮，"啪"地一下打开灯。我的病房又素白明亮了。她重新坐回到我的床边，对我说："我们说好的，七天，就是七天。你今天看到了自己从量变到质变的过程，这说明前面我们的治疗都是有效的。不过，这不意味着这个疗程就结束了。就算是七天结束你能出院，我也希望你能按时来找心理医生复诊……"

　　我有点迫不及待地问："还是找你吗？"

　　她笑了："张大夫没跟你说吗？其实我已经退休了，很可能你是我治疗的最后一个病人。我想，我要帮着儿子儿媳妇看孙子了……不过没关系，我会给你介绍一个更好的医生。出院以后你也不会再用这种方式去治疗了，你需要的就是正确的心理疏导。"

　　"那我还要住多久？"

　　"快了，别急。"

day six

第六天

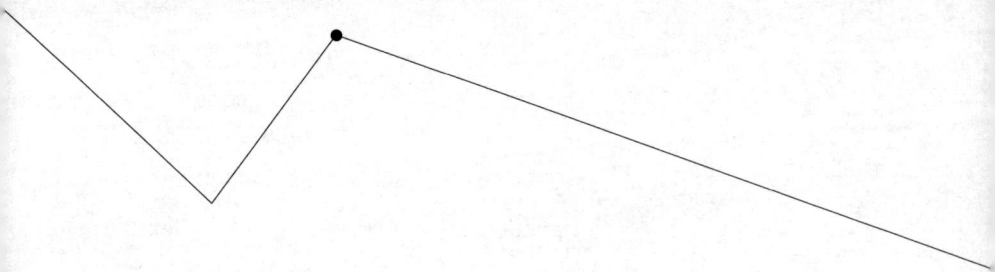

三十八

第六天。我开始掰着手指头过日子了。我跟护士要了一个小台历,护士不明白我想做什么,拿着她们办公室的日历进来,还以为我想看一个什么日子。我说,就是想要一个小的台历,日历也行,放在我身边。我想在最后的两天里记下我催眠醒来之后的记忆。

护士想了想,出去给我找了一个小巧的台历。这个台历只有一个八开本那么大,正常是躺在日历盒里的。把那些硬的铜版纸翻起来、立住,就能在下面形成一个三角形,站在日历盒的纸托上。纸托里有卡头,能稳定住日历不会倒掉。

日历是每个月一页,每页上面都是动物。炎热的八月,上面的动物居然是白色的北极熊,站在冰天雪地里,悠闲散步。也许,这是给南半球预备的日历;也没准是出版社的一片苦心,想让我们看着画片儿眼睛里能凉快点儿。

我的抽屉里有一支圆珠笔。我拿起这支笔在今天的日子上重重地画了一个圈,我盼着赵依曼能早点来,我对接下来的催眠已经有点迫不及待了。

赵依曼没来,"眼儿"来了。他一看见我就笑了,很真诚地说:"小秋!你好多了!你自己觉得吗?脸上又有血色了,眼睛里也有神了。现在睡得怎么样?""眼儿"说的时候眼睛不自觉地睁大了。原来他的眼睛是可以大的呀,他嘴角微微向上翘着,整张脸都有了喜感。

我也笑了,是被"眼儿"逗的。我说:"好多了,昨天晚上睡得尤其好,中间都没有醒。"我又问:"你怎么又来了?不用来看我,赵医生说我很快就能出院了。"

　　"眼儿"收起笑容坐在我床边的椅子上，说："幸好你没事了。要是那天我一个没留神，说不定你现在……""眼儿"把嘴巴闭紧了，生生把后面的句子咽了下去。

　　我笑笑："我一直都想说的，真是对不起。就算我自己想死，也不该来找你。如果那天我真的已经死掉，你下半辈子一定会过得很辛苦。这是我太自私了。对不起。"

　　"眼儿"低下头，说："我下半辈子怎么过都不要紧，关键是，你的家人……你现在真的已经不再想这些事了吗？如果，过几天出院，你能正常生活了吗？"

　　我说："赵医生说了，她会给我制订一个一年之内的治疗计划。她说让我定期去找心理医生做疏导。不过，她说她要回家带孙子了，不能亲自给我辅导了，只能找别的大夫。"

　　"眼儿"安慰我："没关系。赵老师有很多学生都很不错，现在就有自己做心理诊所的，到时候她一定会给你推荐靠谱的人，你只要记着按时去就好了。不过小秋，既然赵老师说了要治疗满一个疗程，你一定要坚持到底，赵老师批准你才能出院，知道吗？"

　　我笑了："你担心我越狱吗？"

　　"眼儿"也乐了："你还真干得出来。我还是丑话说在前面比较好。"

　　我反驳："我哪有！我长这么大从来都是好孩子，什么离经叛道的事都没干过。你不许诋毁我！"

　　"眼儿"又瞪了瞪眼睛，说："还没有呢！中学的时候，咱们班老林管得那叫一个死性，男生女生在一起说一句话都不成！班里男女生都处得跟仇人似的，你还敢跟你老公早恋，明目张胆的……"我脸上一定是有了异样，因为我又听到了"老公"这两个字。关键是，我猛然想起，"眼儿"和我老公也是认识的。

"眼儿"顿时意识到了自己说了我最敏感的内容，他涨红了脸，说："小秋……我就是个傻子，你别介意。"

我勉强一笑："没什么。历史就是历史，想擦也擦不掉了。我现在还没离婚呢，怎么说，他也还是我老公。"

"眼儿"有点尴尬，不知道该怎么往下接，过了半晌，才鼓起勇气试探性地问了我一句："你做好打算了？"

我有点迷茫。这个问题我一直没有想过，不知道该如何想起。我只知道，自己一想起我老公外遇这件事，心里还是很疼。疼了，就不愿意再想。我消极地想或许船到桥头自然直吧。不知道……

我不愿意看着"眼儿"在我面前尴尬的样子。住院以来，我已经给人家添了太多麻烦，而这一切，都是因为我的自私。我主动安慰他："昨天的催眠做完，我跟赵老师说，我现在敢去想离婚了。也许，我应该把自己和他都放了，说不定，两个人从此就都超升了。"

"眼儿"抬起头来看着我，有点激动地说："其实，只要你想开了，真的没什么大不了。你们俩当初……上学的时候我们都很奇怪，奇怪你怎么就看上了他……"

我笑了："那个时候都不懂啊！现在我也后悔，应该多谈几次恋爱，多见识一些不同类型的男人，不能一棵树上吊死了。"

"眼儿"含混地说了一句："那会儿班上喜欢你的男生有好几个呢……"

我看着"眼儿"的脸居然红了，心里想笑，但是脸上却笑不出。赵依曼径直走进来，看见"眼儿"就笑了："张大夫来看小秋了？你看她是不是气色好多了！"

"眼儿"赶紧站起来给赵依曼让座，说："是。谢谢您了。"

赵依曼笑着坐下，眼睛看着我，嘴里的话却是说给他："小秋是我的病人，治好她是我的责任，干吗那么客气！"

"眼儿"还是不过意地说："您连退休手续都办了，就为了小秋，又留下来多上了好多班……"

赵依曼笑笑："这是我跟小秋有缘！"她又对我说："我办退休手续这几天，有好几个同事都找我给看几个病人，我都想，算了，章都盖了，别在医院给人家挡道儿了，赶紧回家吧！结果，张大夫来了，跟我说你，说得可严重了。还说你们的关系特别好，跟亲人似的，非得让我来看看你。我心里就这么一动，就来了。你说，咱们俩是不是缘分？"

我的心里也动了一下，不是因为赵依曼说我和她有缘，而是因为她说"眼儿"和我的关系——和亲人似的。

我看了看"眼儿"，他似乎没想到赵依曼会这么说，脸上又露出了不自然的神色。我问赵依曼："咱们现在就开始吗？还是过一会儿？"

赵依曼看看表，说："你早上吃东西了吗？昨天的治疗时间就比较长，你就没吃晚饭。今天早上吃了没有？"

我说："我不饿。"

赵依曼坚决地说："那不行！医院的早饭不合胃口？"

我不好意思地笑了一下，说："我昨天晚上睡得特别好，今天一睁眼就已经八点了，早饭错过了。"

赵依曼眼睛亮了一下，说："真的？昨天我跟你的主治医生商量，把你的药停了。我心里还打鼓呢，真的睡着了？"

我点头："嗯。而且中间没醒，好像连梦都没做。"

赵依曼回头看着"眼儿"笑，说："这回不用担心了吧！""眼儿"也笑了一下，说："不担心。"

赵依曼还是坚持要我吃东西。"眼儿"过来问我，声音很温和："我去给你买杯酸奶吧。大果粒，草莓的还是黄桃的？"

他一说出来，我的嘴里就有了渴望，我答："蓝莓的，好吗？"

三十九

我醒来的时候，嘴里还有浓浓的蓝莓味道。

我仰面躺在宽大的双人床上。我坐起来，但是有点吃力。我觉得肚子有点奇怪，怎么有点大？我下意识地用手摸了一下，还挺硬。我穿着宽大的睡袍，这不是我的风格。我的睡裙一直是合体的真丝材质的，穿上去很有身段。我甚至可以随便披上一件长衫就穿着睡裙外出。真丝缎的裙子华丽丽的，有黑色的，也有墨绿色的，都是吊带款式，性感而不失优雅。现在身上这件是纯棉的，肥大得像个口袋，怎么回事？

"你醒了？"一个男人闻声走进我的卧室，是我丈夫！我定睛看看，没错！是我已经很久没见过的丈夫景明。我看见他，心里就像打翻了五味瓶。

我陌生地看着这个那么熟悉的人，竟不知道该说些什么。

他倒是很自然，手里湿漉漉地进来，正从我的床头柜上抽了一张纸巾擦手。他满眼柔情，说："难受劲儿过去了吗？还想不想吐？"

我很诧异，难道自己生病了吗？

他继续保持着难得的温柔，坐在我床边，摸了摸我的额头，柔声说："跟单位请假吧，就别去上班了。"

我环顾四周，说："我没事啊，现在什么感觉也没有，可以上班的。"

他按住我的肩膀，说："你别逞能！医生都说了，怀孕三个月是反应最大的时候，更何况你又有先兆流产的迹象，我可不让你胡来！"

我愣住了。我的右手下意识地又摸了摸我的肚子，难怪啊，我一醒来就觉得怪怪的，一直硬邦邦地仰面躺着，怎么会连个身都没翻呢？我怀孕了！

我怎么就怀孕了？我自己的未来还有那么多不确定，我怎么能在这个时候怀孕呢！我不能啊！不管景明的眼神是多么柔情，我心里一阵委屈涌上心头，难过，很快眼泪就下来了。

景明慌里慌张地赶紧拿纸巾给我拭泪，拍着我的后背哄我说："好了好了，宝宝，我知道你委屈。拖了这么久都是我不对，你放心吧，我会尽快回去解决家里的事情。我那边一离婚，咱们马上就登记！"

我彻底傻掉了。我是谁？谁又是我？我环顾四周，这个房子里到处都挂着我和景明的合影。我能确定的是，照片上的那个女人就是我，而我，绝不是他合法的妻子。他的妻子叫"小秋"，熟悉得不能再熟悉的名字。那么我是谁？

"洋洋！"景明在叫我，我确定他是在叫我。原来我叫洋洋，原来我是景明的"小三"。我心里一阵滴血，我想哭，但是却笑了出来。我的笑容和泪水混杂在一起，把景明吓到了。

景明拥我入怀，轻拍着我的后背说："好洋洋，好宝宝！我知道委屈你了，你心里一定要想开些。本来怀孕的女人就容易抑郁，你可别吓唬我！你看，我现在连家都不回了，天天都在陪你，你再给我一点时间好不好！就这几天，我一定会解决的！"

"怎么解决！"我推开景明怒斥他。我是谁都不重要了，重要的是我现在是一个孕妇，还没有名分。这算什么？考验我对你景明的爱吗？

景明面露难色地说："我本来是想跟小秋谈一谈的……而且，已经断断续续一年的时间，我们都是分居的。但是，她是那种特内向的女人，我一直故意那样对她，想让她跟我吵一吵，这样我就能顺理成章地提出来，说我们不合适，这么多年了，已经没激情了……可是她就是不吵不闹。我以为她什么都不知道，正在想着怎么跟她讲，可是她现在又……"

"又怎么了？"我强硬地问。

景明为难地说："她刚刚进医院了，她父母说吃了大量安眠药……"

我一下子怒火中烧！说道："一哭二闹三上吊是吧！你以为只有她会吗？我现在也做得出来的！你当初死乞白赖追我的时候怎么不说你结婚了啊！你这个骗子！骗我上你的床！跟你一起住！弄得我人不像人鬼不像鬼的，你现在又心软了是不是！"

景明紧着摆脱自己："不是不是！我们真的是没有感情了！其实我老婆她跟我想的是一样的，可就是……就是她不肯承认。我以为，要是她现在外面有了合适的，我也就解脱了！可是偏偏她没有！洋洋！我真的对你是百分之一百地爱！我可以对天发誓！本来我这两天就去谈离婚的，结果不是你孕期反应大，这几天我就都在陪你了吗！她现在人在医院里，我怎么也要去一下……"

"你去做什么？"

景明叹口气："怎么说，现在我们也是合法夫妻。我和她之间，已经没有爱情了，可是，毕竟她没有错！"

"那就是我错了！我千不该万不该当破坏人家家庭的第三者！当千人恨万人骂的小三是不是！"

"洋洋你别胡说！你明明知道我不是这个意思的！你也知道，我和我老婆是白手起家，我们俩中学时就认识了，她是我的初恋！认识你之前，我只跟她一个人好过！不管怎么说，她是陪着我一路打拼过来的，我们俩从无到有走到现在，也不容易！而且，这件事，怎么说也是我的责任，我不能把她往死里逼啊！"

我静了一下，一把抹去了眼泪，强努着笑问景明："那么你打算怎么逼我呢！现在是怀孕三个月，请问我什么时候才能名正言顺地跟你在一起？我的孩子生下来是不是连个爹都没有、连户口都上不了啊！你知道不知道，前几天我去医院检查，连个陪我的人都没有！医生要给我建生育档案，那上面要填父母的名字，我连你的名字都不敢填！你知道我的苦吗？"

景明又开始拍我："好好好！我怎么不知道？我就是个丧门星，我爱的女人真倒霉！我对不起你洋洋！你相信我，这一辈子我都会补偿你，我会好好的、一心一意地爱你。我怎么能让咱们的孩子是黑户呢？你放宽心，好好养着！孩子是我主张留下来的，当然我就要担起做父亲的责任来！行了，我哪也不去了。我就在家里陪你啊！我给你煲汤呢，一会就好，我马上就给你端进来啊！"

他扔下我，匆匆忙忙就跑进厨房了。我也确实闻到了鸡汤的香味。怀孕三个月，反应虽然大，但是胃口也还好，可是看着景明警惕地关上了厨房的门，我又开始不放心。他又鬼鬼祟祟地防着我！一定又有事！

我光着脚下地，蹑手蹑脚地踩在地板上，趴在厨房门口听窗户根儿。我听见景明在打电话，好像是给他的助手还是会计什么的，我听见他在说："昨天我老丈人跟我说了，我老婆住院。小李你也知道我现在的情况，洋洋这边……我走不开。昨天我跟丈人说我在外地呢，我老婆好像是……出了什么问题。这样，我一会儿把我丈人的电话发给你，你帮我去医院看一下，然后拿五万块钱过去。你看能不能给订个单间病房。你就跟我丈人说，我现在一周之内赶不回来……要不你就说我在国外吧，实在订不到机票，合同也没签完……你把钱给他们，跟他们说有什么情况先救人！钱不用考虑，随时跟你那里要……对对！好吧！那辛苦你了！我也不知道具体情况，好像是我老婆的同学发现她在家里昏迷了，又给我岳母家打的电话……对，什么情况我也不知道，好像是在洗胃……那麻烦你了……"

我听见景明挂断了电话。我又挺着小肚子一颤一颤地跑了回来，重新躺在了床上。听医生说三个月是不会有那么大轮廓的，我都怀疑自己是不是怀了双胞胎。可大夫又说不是，只说是有先长也有后长的，我可能属于前者。弄得我现在早早就觉得身上多了一块肉。

其实，这个孩子，我开始真是不想要！景明追我的时候隐瞒了婚史，可当我们正式开始恋爱的时候，我就察觉到了蛛丝马迹。我记得谈了三个月之后，在我的逼问之下，景明就把家里的情况交代了。可我，那个时候脑子已经热了，已经失去了理智思考的能力。我清楚地记得当时自己的感受，非但没有惊恐、伤心，还有那么一点点兴奋，我难道是觉得这样生活才有刺激？

景明不老，三十多岁不到四十，年轻多金，有自己的事业、自己的公司，偏巧长得也不难看，甚至还有一点小气度。对他谄媚的女人不少，唯独他就喜欢我，难道这不是缘分？我为什么就不能把握住这缘分？他说他和他老婆已经失去了情感纽带，我觉得他不是在骗我。他给我买房子、装修、买车，搬来跟我一起住，这都不像是跟我闹着玩。尤其是他要定了这个孩子，我就更相信他是想跟我过、跟我开始新生活。

那么，小秋，对不起了。虽然偷听完景明的电话，我也有兔死狐悲的感受，可是，这个男人我要定了。因为我现在已经没有退路了。

四十

晚上，喝饱了鸡汤，我心满意足地靠在床上。景明在另一间屋子里上网，我气闷了，叫他，他趿拉着鞋跑过来，耐心地问："怎么了洋洋？要什么？"

我撒娇地说："陪人家躺会儿嘛！医生说要做胎教的，你要跟宝宝开始说话了。"

景明笑了："不是吧！刚三个月，理论上还没成型呢！现在就说，是不是太早了！"

我眉头一蹙，声音提高："你就是不关心我们娘俩，敷衍了事！早点说怎么了！医生都说父子连心，说你的声音他是有感应的！"

景明迅速爬上床，卧在我身边，息事宁人地说："好好好！洋洋我听你的，让我说什么？"

我瞪着他："废话！说你是他爸！"

景明也笑了，轻轻地抚摸着我日渐滚圆的肚子，柔声说："宝宝，你听到我说话了吗？我是爸爸。是——爸——爸！你出生的时候，看到的第一个人应该不是我，那是医生啊护士什么的！不过呢！爸爸一定是第一个亲你的那个人！所以啊！宝宝你记住了！第一个亲你的人是爸爸！别人爸爸都不许他们亲你啊！"

我佯装生气："我呢！我也不许亲？"

景明笑呵呵地看着我："我先亲你！再亲宝宝！然后你再亲宝宝，最后再亲我！咱们是相亲相爱的一家人……"

这还差不多！景明絮絮叨叨地完成了任务，我还是不想放他走！谁知道一离开我视线他又会干什么！别看他在我这里甜言蜜语的，但是说真格的，现在我还真是对他越来越不放心！本来还没什么，我这里一怀孕，难免就会担心。现在我不是一个人了，做什么都得为两个人着想。以前我可以浑不吝，岁岁有今朝就是了。可是现在，我必须给自己、给孩子谋个将来！女人天生都是政治家，那都是给逼出来的。我要还是一个人，别说逼景明离婚了，我自己想不想嫁他还两说呢！

可如今不同啊！孩子一天天大了，我心里一天天地犯虚！我也扪心自问，如果景明弃我而去，不管是回归家庭还是另有新欢，我能自己把孩子抚养大吗？我有勇气当个单亲妈妈吗？答案是否定的。坚决否定！我连一分钟的思考都不用！我一定是爱心泛滥到成灾了才会干这种傻事！什么生命能让我把自己也豁进去！

所以，我必须也只能牢牢地抓住景明，绝不放手！本来景明见我一怀孕，就已经拟了计划，回去跟他老婆谈离婚的！结果呢！这个窝囊废男人，还梦想着能用冷暴力让家里的女人先受不了提出离婚！男人都是傻子吗？糊涂脂油蒙了心，谈生意时候的那些心眼儿都不知道用在什么地方了！

现在好了！他老婆先发制人！靠！吃安眠药也能吃死人的话，中国哪会有这么多人啊！那不就是吓唬人吗！不过有一点可以肯定，他老婆一定是知道了，不然，也没必要做这种事情、用这种手段！这种女人，真叫人看不起！你老公不爱你了，就好离好散呗！大不了让他多给你点财产，至于吗？再说了，景明这一年多了，不说天天吧，十天有八九天都跟我住在一起，就算我把他放了，再回去，还能过吗？真是想不开！

我缠着景明，撒娇地说："你当初怎么就想起追我了呢？还骗我说是单身！"

景明居然脸有点红，澄清说："我可没骗你啊！我压根儿也没说自己是单身！"

我嚷嚷："噢！你还有理了！你也没说你有老婆啊！一个男人出去泡妞追女孩，当然我就默认你是单身啦！你还狡辩！"

景明嬉皮笑脸："我一上来就说我是有老婆的人，那还怎么追你啊！"

我想了想，也是，反正就是一早儿地居心不良。我又问："那你怎么偏偏就看上我了？我哪招你了？"

景明想了想，很认真地回答："我喜欢你的性格。活泼、外向，有朝气！"

　　我很不满意这种敷衍的答复，跟没说一样。我说："你身边这样性格的女孩多了，你个个都泡啊？"

　　景明挠了挠头，说："其实这种事情真是说不出来的。我看见你，第一眼，就喜欢。我当时也没确定要追你，可就是不由自主地想跟你说话、聊天，请你吃饭，想在一起。我就喜欢性格外向的女孩子，心里存不住事。你一上来就跟我哇啦哇啦地说，说电影、说单位、说你们家……我就觉得真好，心里很透明，让我觉得我听着都纯净了。"

　　这还差不多，好歹夸人要夸到点上。"还有呢？没别的了？"

　　景明接着说："我还喜欢你的打扮，衣服鲜明，有线条……"我打趣他："你就直说你喜欢年轻身材好的不就得了！我警告你啊！要是生完孩子我胖了，你可不许嫌弃我！"

　　他笑："不是不是！我看着模特也不顺眼！我老婆身材也不错，跟这个没关系！"

　　我好奇地问："那你对你老婆哪里不满意啊？"

　　景明拍了一下我的头，有点尴尬地说："问这个干吗？回头你听了又不高兴！"

　　我说："你不说我才不高兴！反正我得打听清楚了，前事不忘，后事之师，我也得借鉴借鉴。"

　　景明无奈地笑笑："就算借鉴也是我来啊！什么前事后事的，你又没有，有也是我的。"

　　我怒："必须说！不然我绝食！"

　　景明又笑了："我就喜欢你这小女人的样儿！蛮不讲理，还挺有意思！

我就觉得女人不能太冷静太理性，干什么事都跟薛宝钗似的！你说林黛玉那么爱小性儿，怎么贾宝玉还喜欢她！还有史湘云，大大咧咧的，贾宝玉也喜欢。可为什么就不喜欢薛宝钗呢？因为她聪明理智！什么时候她都面无表情、心里有数，要男人做什么？林黛玉虽然耍耍性子，可从来不拿大主意。我就喜欢。"

我问："谁让你给我讲《红楼梦》呢！你老婆是薛宝钗吗？难道是王熙凤！母夜叉！"

我一句玩笑，景明竟然有点不高兴了，说："她不是！我们中学就认识，高三那年我开始追求她！当时就是觉得她真好看，声音也柔柔的，做什么都很自然。那个时候喜欢心理年龄比自己大的女孩，觉得懂事大方。因为我那时候是毛头小伙子，不自信啊！后来上了大学，也觉得身边的女孩子都不如她好。我那时候还真动过心思，这段感情还要不要维持，可是看看周围，确实没有合适的。

"后来工作了，我第一份工作做得不顺心，辞职出来自己干。她一下子就把从上大学到工作以来攒的钱都拿出来给我，你想，我能不感动吗？那么多年的感情，又有这份感激在，结婚就是顺理成章的了。

"可是这几年，就越来越觉得家里的气氛太过冷清。她还是那么静，我喜欢热闹一些，希望她能把我的生活调剂得有声有色。可是她不行，越来越安静，我就跟她没什么交流了。你让我眼前一亮啊！让我对生活又有了热情！我平时想疼疼她，没有地方使劲，她对我的要求也不多。你就不一样了，你要我陪你看电影、郊游、吃饭，还拉着我团购！多有意思！我都觉得自己年轻了。"

我笑话他："我听明白了，这不就是犯贱吗？"

景明也笑了，说："你还别说，你这个说法很准确！其实洋洋我告诉你，男人有的时候真的很贱！他想要对别人好的时候，就一定要找到这么一个渠道、找到合适的人，把这份好给用出去，要不然会憋坏的，会不开心。我就是这么多年来太平淡了。在我们家，都是她照顾我，我习惯但是不喜欢。我也偶尔想照顾照顾别人，想对别人展示一下我的好，可是在小秋那里我居然没有施展的空间。你说郁闷不郁闷！"

我很奇怪："她过生日过情人节什么的，不想要礼物吗？"

景明叹口气："你不知道。因为她是跟着我穷过来的，所以可能就把这些要求都扼杀了。我还记得我做生意后的第一个情人节，我连买一束玫瑰花的钱都没有，特拮据。我好像是从一个美容店门口经过，人家刚开张，门口立着几个花篮。我就偷偷从花篮里抽了两枝红玫瑰送给她。你想，那几个花篮都立了半天了，天又冷，花早都蔫了，送给她的时候都是蔫头耷脑、早就没样儿了。可是她还是挺高兴的。后来她过生日，知道我的经济情况，索性就跟我说，不要什么礼物，不要那些俗套。

"等后来我的日子好过了，我们开始生活了，我问她想要什么，她就说已经习惯了，什么都不用。我心里就不太舒服了。"

我打断景明："你是不是觉得你欠她的，可又无法报答，所以才郁闷？所以想逃跑？"

景明想了想，说："这种感激总也回馈不出去，慢慢就成了心理负担了。所以，我想逃离。"

说实话，我听了景明这番话，虽然觉得他有他的道理，但还是禁不住同情起小秋来。这是男人的逻辑！可是对于女人来说，这逻辑真他妈混蛋！

四十一

我又偷听到了景明的电话。这次不是故意的，我午睡醒来，听见景明在书房里窃窃私语。我起身去听，完全是因为好奇心。我再一次蹑手蹑脚地走到他的门口，我听见他在问："情况严重吗？不是说洗了胃之后就没有危险了么？什么？抑郁症？那医院是什么意思？要住院治疗还是出院？行我明白了。小李，你帮我找医生问一下，这种病是不是要去安定医院找大夫看？对啊！这也是精神病的一种吧！什么？还会自杀？你是说小秋这次吃安眠药不是吓我，是真的想死？

"好了我知道了！他们现在钱怎么样？五万够吗？还要不要追加？行，不行你再放两万到医院吧！我知道……还有一件事小李，你跟秘书说，赶紧帮我找一个可靠的月嫂，对，洋洋这边也离不开人了。我得回公司，这边我本来想把她父母从湖北接过来，可是她不干。说我们没结婚，她父母看见她怀孕肯定会大哭大闹。我想想也是，你们尽快帮我找月嫂，我也能回去上班、处理点事！对了，我岳父岳母那边没说什么吧？什么？你说他们都知道了……行吧，我先挂了，月嫂的事情抓紧。"

我重新回到床上，心里也不好受起来。难道他老婆真的不想活了？我扪心自问，就算景明现在就不要我们娘俩了，我也不会自杀啊！大不了把孩子打了我重新开始就是了，而且我还得找律师上法院，狠狠要一笔补偿金！凭什么委屈自个儿啊！

他们这些起70后人的婚恋观我真是不敢苟同，接受不了。不就是离个婚吗？有什么必要死啊活啊的！没出息！

我突然间萌生了想见见景明他老婆的念头。本来我一直对"小秋"这个人没有任何好奇。景明承诺过，我和"她"一辈子都不会有任何交集。他会使出浑身解数来保护我，不让他老婆知道我的存在。他说我是他的"真爱"，我们见面时会亲昵，不见面的时候在网上也会亲昵。景明为了我开了QQ，他喜欢这种能让他觉得年轻的聊天方式。他说MSN是专门用来谈生意的，而他的QQ则是专门用来跟我谈情的。我们跨越着空间相爱，我早已对"小秋"这个人置若罔闻。我没有70后中年妇女的浓浓醋意，一副有我没她的架势，我是我她是她，我们互不干涉。

但是现在情况直转而下。难道是因为我怀孕了，心理年龄就一下子变老了？我为她难过什么？同情她自己就惨了。但是我就是好奇，我就是想见见她，看看传说中的"小秋"到底是怎样一个人。

下午我很懂事地对景明说，我今天什么不良反应都没有，他好几天没去公司了，也该回去看看了，只要晚上给我带好吃的回来就行。景明果然很惊喜，一连在我的肚子上亲了好几下，很有点敲山震虎的意思。非说是我的宝宝乖，带的他妈也就是我都跟着变乖了。切！

景明兴高采烈地走了，还说一周之内保证让月嫂就位，好好伺候我。我笑笑，送他出门之后就打开他的电脑。我知道，根据惯例，他交代给手下的任务，手下除了要口头汇报以外，还要给他递交一份邮件，详细地描述该问题是如何处理如何解决的。他为了小秋的事跟小李和秘书都通过电话，一定能在他的邮箱里找到蛛丝马迹！靠！我太聪明了。

他的邮箱密码是我的生日。这也是我们相爱之后他特意改的。我打开邮箱，果然看见了小李的几封邮件，有汇报五万元出账方式、交到谁手、医院目前花费的单子，也有病情、医生的话，还有一封，上面写了在哪家医院、按照景明的要求，安排了哪个单间病房。

我把医院的地址电话抄在一张纸上，换上了一件桃红色的宽身裙，直奔医院。我本来想穿的低调一点，怎么说也是去偷偷摸摸地看，不想太张扬。可是打开衣柜，白色的衣服都是收身的，小肚子一下子就鼓出来，很招摇的样子，上公共汽车都能有人给让座了。只能穿这件，艳是艳了些，好歹对身材要求不高。

我打着车来到医院。我看了一下手表，下午两点多。医院里面静悄悄的，好像上午看病的人潮刚刚退去，门诊大厅里也没有排长队挂号的庞大人群。我打听到了住院楼，一路进来也是静悄悄的，应该是午睡时间吧，很多人还没有醒。

我拿着纸条问护士房间号，她的单间居然被安排到了楼道把角最里面的一间。安安静静的，还挺舒服。看来，就这间房，景明就花了不少钱。

我尽量让自己心平气和，不管怎么说，钱是景明的，说不好，也还有一部分是小秋的，花就花吧，不干我事！我偷偷地，放轻了脚步走过来。屋子里静悄悄的，一点声响也没有。

"找谁啊？"这声音和楼道里静悄悄的环境真不搭调。我回过头，一个护士端着一个药盘子正打量我呢。

我赶紧赔笑，说："这房间的病人……"

"出去了。"

"出去了？她能出院了？"

"不是出院，是她的治疗医生把她推出去了，在院子里。你找找吧！"

我怎么找啊！我又没见过她，长什么样子都不知道。我还得问："您知道她们可能去哪儿了吗？"

"那可不清楚！赵大夫带她出去了，二十多分钟了吧，每天都得治疗，今天是坐轮椅出去的嘛！要不你出去找找看吧，应该就在这附近，不可能走远。"

我只好退出来。坐轮椅的病人，年轻女子，身边还有一个大夫，这三项交集在一起，应该能找到吧。

我顺着住院楼出来，阳光很强。走在阳光底下就热的慌，站到树荫下面就清爽了很多。我的脖子上汗津津的，只挑有树荫凉的地方走。

住院楼前面有个小空场，像是个四合院似的，一边是路，剩下三边被楼围着，一个角落里还有一棵大树和一个不大的水泥砌成的花坛。

树荫之下，一辆轮椅停在那里，一个满头银发的老太太，穿着白大褂坐在轮椅的旁边。轮椅上，一个面色苍白、毫无血色的女子。

不确定她是不是小秋，我做贼心虚可有好奇地走过去，在不远处站着，从包里拿出手机佯装看短信。我跟她们的距离很近，近到可以听见她们之间的对话。但是两个人都没有看我。老太太神情专注地看着轮椅上的女子；女子的眼睛里似乎空无一物。

我听见老太太说："这里凉快点儿，要是热了就说话，咱们就回去。"

女子穿着病号服，宽大地看不出身材。再加上坐在轮椅上，也看不出身高。但是眉眼是清秀的，甚至有一点可怜，面庞消瘦，睫毛很长。她开口："赵医生，今天就在这儿治疗吧。"

老太太笑了："这里可没有病床上躺着舒服啊！"

女子说："不要紧，就在这里吧，我喜欢。"

老太太说："好吧。小秋，咱们准备开始……"

我的心里顿时哆嗦了一下。没错，我听到的就是"小秋"。我毫不怀疑我的听力，甚至觉得，从我看见那张没有血色的脸的时候起，我就应该认定她就是小秋了。我乍着胆子，把自己的视线从手机上离开，大胆地去仔细端详轮椅上的小秋。她看上去真是病了，她的眼神里没有任何内容，那是一种空洞的绝望。看见她的目光目不转睛地投射在一个地方，连眼皮都不眨一下，我觉得心里寒嗖嗖的。这种眼神，像是濒临死亡的人才会有的。她看上去还年轻，面貌也美，全然不应该是这样一副绝望的面孔。她的四肢也不动，坐在轮椅上像一具僵尸，她和老太太说话的时候甚至连眼睛都不去看着对方，只是单纯地动了动嘴唇。

我听见老太太对她说："还记得昨天的梦境吗？"

我看见小秋竟然慢慢闭上了眼睛，气若游丝："不记得了……"

老太太手里拿出一件东西，在阳光下亮闪闪的，给她看。但是她毫无兴趣，睁开了眼睛很快就又合上了。老太太还在问："昨天有什么遗憾吗？"我很明确地听到小秋在说："我又没死成。你就让我死吧！我不相信这个世界还能有别的方式能让我解脱……"

我以为那个老太太——一定是医生了，她会劝小秋。但是她没有，而是很仔细地问小秋："昨天为什么没能如愿？"

我看见小秋把头搭在轮椅的靠背上，硬邦邦的轮椅架子就硌在脖子上，那一定很不舒服。可是她好像完全没有感觉，她说："每当我的灵魂出窍、与死亡接近的时候，我就会醒来。你不要再叫我了，我真的就想这么去了。赵医生，我在那一刻，感觉真的很好。我很轻，轻飘飘的什么都不怕、哪里都能去。我求你让我走吧……"

老太太还是很耐心地说："没有啊！我没有叫你，每次你都是自己醒来的。按照佛家的哲学，也许这正是你内心的映象呢！或许就是你自己凡尘未了、不愿意离开，才会迫不及待地醒来，回到现实的世界。小秋，我以前从来没有要求过你，只要你接受这种治疗、按时打针吃药，就是最大的配合了。但是今天，我要给你提一个小小的要求，你不要带着任何主观意愿去被催眠。我要你完全放松，全身心地，什么都不要想。你放心地把你的躯壳和你的心灵都交给我，请你相信，我不会让你难过，我做的一切都是为了你能痊愈……

"你也不要有任何思想负担。我不要你想对不起谁或者你自己又做错了什么。你现在就是一个躯体，你的头脑思想要暂时离开一会儿。这种人生的体验并非人人都能尝试，你不必欣喜也不用紧张。你是一个无所谓的人，所有的东西都对你空无一物……"

我被吓住了。这就是传说中的催眠？轮椅上的小秋，一副没有表情的面孔，似乎正在等人宰割，空洞愉悦地去迎接死亡。

四十二

我扪心自问，如果现在我肚子里空空如也，没有这块肉，我也许可以考虑，是不是还要顶着这么大的心理负担跟景明坚持下去。但是现在不同啊！我是孕妇！

我都不知道自己是怎么回去的，心里一路上都恍恍惚惚，都是女人，看见小秋那个样子，即便是从来没有见过，心里也不好受。

我进家的时候，景明居然已经回来了。他惊讶地跑过来给我换鞋，嗔怪地说："跑哪去了？遛弯也要等我回来啊！现在这太阳正晒呢。"

我突然心里一阵委屈，扑到景明怀里就哭了起来。这样一个男人对我全是柔情，可为什么能把自己的老婆折腾成那样子？是他骨子里就是个坏人，还是他真的已经对小秋恩断义绝？难道没有了爱就这样可怕吗？

景明不知所措，以为我在外面受了什么委屈。他着急地问我："怎么了怎么了？洋洋你别哭，你说话，怎么了？"

我抽抽搭搭地没头没脑地问了一句："你能一直这么爱我吗？"

景明被我莫名其妙的问题给问住了，愣了一下反应过来，以为我还是在怨他，就摸着我的头发说："洋洋！我知道这段时间让你受委屈了。我上午刚打听了一下，我老婆——小秋那边，应该一周之后就能出院。据说她的主治医生对治愈她把握还挺大的。你放心吧，她一出院，我就回去跟她谈。其实，你不认识小秋，她是一个通情达理的女人，就是有时候心里的话不说，总憋着，但是我有预感，她肯定能同意离婚。"

我心里更加不好受了。我问景明："离了婚，她怎么活啊？"我今天亲眼看见了小秋的样子，不禁可怜她了。看见那样一个眼睛无光、心里面只有死的人，我真的不相信什么一周就可以治愈的鬼话。景明可能是安慰我怕我着急，可是……

　　景明很显然误会了我的话。我说小秋有可能活不下去，是因为她的精神。但是景明却信心满满地说："没关系。洋洋，我正要跟你商量。你看，我给你买了这套房子，以后咱们就住在这儿吧。我家里那套，就留给小秋。家里的存款呢，我心里有数，大部分钱都在公司的账上，那些是不可能分给她的。所以我想，一套房子，再加上三分之二的存款，这个条件可以了，小秋没道理不答应。这么长时间，我真不是有意要冷淡她，真的是已经没感情了，小秋觉察得出来……"

　　我又没头没脑地问："那她要是再自杀呢！"

　　景明居然笑了："不可能！女人嘛，一哭二闹三上吊，这些都用完了，就不会再用了。因为对我不好使啊！小秋是明白人，她比谁都了解我，知道'强扭的瓜不甜'。你放心吧洋洋，我保证你生孩子之前我把这些事情都办好！"

　　我看着眼前的这个男人，心里百感交集、滋味复杂。有感动，是因为他跟我信誓旦旦，对我百依百顺；有憎恶，是因为他表现出来的另一种绝情。我还是不放心。我知道我不是不放心小秋，是不放心自己。他能这样对待之前的妻子，今后对我会不会……我都不敢想下去了。

　　景明拉着我回到床上，看着我问："洋洋，你还有什么不开心，说出来！别憋着！"

　　我很傻很天真地问："你对我……以后不会也这样吧……"

　　景明大声地笑了出来，说："傻丫头！你们这些傻女人啊！你说，我不急着离婚吧，你这边天天给我上眼药，说的小话儿一句一句跟小李飞刀似的；我进入程序了吧，你又患得患失。你说，你让我怎么办？"

是啊！景明说的对！我希望他怎么做呢？他到底怎么做我才能满意呢？这些问题连我都不知道答案，我又怎么去要求他！

景明摸摸我的头，说："好了好了，你还没告诉我，刚才干什么去了？害我担心！"

我迅速在脑子里转了一下，说："没干什么，就是闷了，想逛街……"

景明严肃地批评我："我说你啊！怎么就待不住呢？人家医生都说了，有先兆流产的迹象，必须在家里静养保胎！挺着肚子还去逛街！人多空气差，万一有人挤到你呢？就这么耐不住寂寞？"

我抗议："那也不能天天都赖在床上啊？"

景明哄我："好好！我已经给你找了月嫂，这几天公司要谈个项目，我可能得时长去上班了，不能老在家里处埋公务。这个月嫂，负责给你做饭、洗衣服、按摩，明天就来。你看着喜欢就留下，不喜欢咱们再换。没事的时候，你就让她陪着你在小区里走一走……"

我嘟囔："小区里有什么好看！"

景明夸张地瞪着眼睛说："就想逛商场是吧！你也不看看，肚子都这么大了，那衣服再好看也穿不上啊？我看你啊，等孩子一岁以后再说吧，这些花花绿绿的漂亮衣服你就别想了。"

我撒娇地倒在景明怀里："就是嘛！干吗非要孩子啊？能不能不要啊？"

景明刮了一下我的鼻子，柔声说："有时候想想也是觉得对不起你。二十四岁，正是享受恋爱啊、自由啊大好时光。可是洋洋，你也得为我想想，我不小了，这次要是不要，我担心以后就更没机会了。"

我扑哧笑了，人家杨振宁八十多还能娶翁帆呢，景明刚哪到哪儿啊！我奇怪地问："那你和你老婆怎么不要孩子？"

　　景明把脸转到了一边，好像不太想让我看见。他低着声音说："开始是条件不允许，一直在创业，经济条件差；现在条件允许了，我们……不是一直都在分居吗？"

　　我耍赖地说："我才不信！你回家你们就一点……都没有？"

　　景明哭笑不得："小秋现在要是怀孕就好了！立马我们就可以离婚了！我用脑袋打赌那孩子不是我的！我们俩都一年多没在一起了……"

　　我喃喃："她这不是守活寡吗……"

　　景明听到了，打断我说："洋洋，我们别再提她了。我们马上就要有自己的生活了，光明正大的生活，我不会让你和孩子受一点委屈的。你一定要相信我，我爱你！非常爱你！你放心吧！"

　　这一点，我的确很放心。景明的柔情蜜意不是装出来的，是发自内心的。所以小秋，我只能说对不起了。你可以在心里恨我，但是我必须说，即使没有我，你跟景明的婚姻也走到头了。景明现在满脑子都是新生活。如果说以前他对你还多少有些愧疚的话，那现在连这一点愧疚都没有了。因为他现在有钱了，他的逻辑也跟着变了。他觉得用钱可以买回他的愧疚，他可以完全用钱来补偿你。最要紧的是，我现在有了他的孩子。这个生命，让他和我紧紧地维系在了一起，我们不可能分开了。

　　我倒在床上昏昏地睡去了，带着想开了以后的豁达和对现在生活的满足。我甚至还做了一个梦，梦见我和小秋居然脸对脸地坐在她医院的树荫下，我说她听。我的肚子也好大了，好像真的是双胞胎呢！我看不见自己的表情，但是我确定自己在笑。我摸着肚子——滚圆的肚子，幸福地示威地向小秋笑。

她的脸色还是那样苍白。

　　好像景明也站在我的身后，他摸着我的肩膀，给我有力的支持。小秋看着我们，眼神里依然无光、依然绝望。她的胳膊微微动了一下，这让我有些紧张。我下意识地护住了肚子，而此时，身后的景明也不知道跑到哪里去了。我生怕小秋会恼羞成怒地袭击我，但是居然没有。我连逃跑的姿势都做出来了，可是小秋没有！她伸手就是想摸摸我的肚子。她的手也很苍白、瘦弱，她轻轻地把手放在我的肚子上。我担心我的孩子会不会受到什么特殊的诅咒。但是小秋好像没有童话中巫婆那样念念有词，她看着我，什么也没说。

　　……

　　我是纯粹的自然醒。这个觉让我睡得心满意足。我的手好像还在触摸着什么，是肚子？我也在摸自己的肚子？我睁开眼去找自己的手，却看见了白色的被子白色的床，白色的墙壁白色的银发。赵依曼目不转睛地看着我。我的手，正牢牢地攥着她的手。

　　我又醒了。这一次，我的梦境比昨天更加清楚地映在脑子里。我清楚地知道自己去了哪里、变成了谁、做了什么。我抓住赵依曼的手，她的手想必已经被我攥了些时候了，我们两个人的手心都汗津津的。我抓着她说："我看见她了……"

　　"谁？"

　　"我老公的情人，她怀孕了。"

　　"你怎么看见她的？"

　　我有点乱，仔细想了想，又深吸了一口气，才说："不是！不是我看见她，我就是她！我叫洋洋，我怀孕了，我被景明宠着、爱着，我还看见了我自己。

我看见我坐在轮椅上跟你说话，我的眼睛里全是绝望，我看见你给我催眠。我就那么看着……"

赵依曼紧张地抓住我的手，打断我："等等小秋！你说你看见了自己？"

我肯定地回答她："是！而且这次我不像以前那样，觉得自己的视线轻飘飘地在上面。我是一个人，我站在我自己身边，我听我自己说话……天哪！这是怎么回事？赵医生！我是妖怪吗？我会变化人形吗？我……"

赵依曼赶紧过来按住了我的肩膀，安慰我说："你不是！你就是你自己，小秋。你正在以另外一种身份说服自己，你希望自己能够解脱，从这个不幸的婚姻中解脱出来。事实上，你已经找到了答案，找到了解决的办法，但是你不愿意承认也不肯相信，于是你就换位、作为另一个人去思考。你站在你情敌的位置上去设想你们三个人的结果了是不是？你想到了什么？得到了什么结论？"

不得不说，赵依曼说的对。她的话让我的惊恐情绪一点点平复下来。我重新躺在病床上，说："我想见我丈夫。"

day soon

第七天

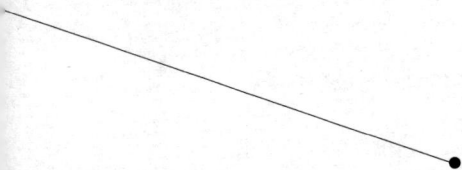

四十三

我对赵依曼说："赵医生，我好了，我确定自己没事了。你通知我父母来给我办出院吧，还有我丈夫，我要把我们之间的事情办完。"

赵依曼对于我的要求并没有觉得奇怪，她只是问我："你确定？"

我点点头，并且已经从床上坐起来。我下床找鞋，迫切地想在地上走一走。我需要重新站立、重新生活。

赵依曼看着我，有点犹疑地说："我还是关心你昨天的梦境，小秋，我对你的治疗似乎脱离了我的初衷，我有些困惑。"

终于轮到我给她答疑解惑了。我先问她："赵医生，你能告诉我，你的催眠疗法到底是一种什么东西吗？"

赵依曼习惯性地把自己的黑色粗框眼镜摘下来。她一思考就会做这个动作。之前我从来没有问过她这样的问题，她也从来没有主动给我解释过什么。她认真地给了我一个答案，很书面，我怀疑她就是从教科书上背下来的。她说："这是通过言语暗示或催眠术使病人处于类似睡眠的状态，也就是催眠状态，然后进行暗示或精神分析来治病的一种心理治疗方法。患者所具有的可暗示性，以及患者的合作态度及接受治疗的积极性是催眠治疗成功的必要条件。"

我明白了，她之所以选择用这种方法来治疗我，是因为我本身具备被暗示的可能。我又问："你困惑什么？我现在得到的不是你想要的结果吗？"

赵依曼皱着眉头，说："也不能这么说。让你痊愈是我的愿望，也是必须做到的结果。在之前我对你每一天的治疗中，我一直很有信心，因为每天都能看到你在向好的方向发展。你在住院之初，满心求死，但是从第三天就开始转变，这都是在按照我预计的治疗计划在进展。

"可是小秋，我不明白的是，你从一开始就认定我操纵了你的灵魂。我没有，真的没有。世界上任何一种心理治疗、催眠术都不可能把你的灵魂转移。我以为随着治疗的深入你会明白，所有的事物都是你自己的潜意识。包括你在梦境中遇到的人、你在梦境中的新角色，那都是你自己，他们所说的，都是你的声音。

"可是你一直这样认定，认定你自己的灵魂在另外一个时空经历了另外一种人生。我真的没办法解释，从我的角度上说，你的这种理解是错误的，但是我又无法说服你。"

我笑笑，反过来安慰她："有一个词叫作'殊途同归'。你对我最大的期望是'不死'，我现在做到了。不管我用哪一种方式说服了我自己，总之我现在知道了'活'的意义。其实，即使在此时此刻，我还是认为我的生命未来很渺茫，但是我愿意去试一试。这也是你所希望的结果吧？

"至于我对于催眠的感受，你说不服我，我也说不服你。因为只有我自己了解我这几天来的经历，我现在相信你没有操纵我什么；但是我同样相信，'我'这个人，是多时间多空间同时存在的。可能'你'也是这样呢！

"我在这个时间，在医院这个空间里接受你的催眠治疗，我在另外一个时间、另外一个空间里经历着不同的人生。但是我思想和灵魂是一样的，它让我在不同的躯壳里有着类似的思考方法和行为模式。这也是我为什么选择了'活'的原因。即使我在这个空间中终止了生命，我的灵魂还要在另外一个空间经历类似的人生。这是必然的。因为灵魂是一个，它可以同时存在，也可以分时存在。我用死亡逃避了这个人生，我的灵魂还会用别的形式经历跟这个相像的人生。这是我灵魂自己的选择，无法摆脱。即使用死亡，也摆脱不掉。"

赵依曼用惊异的眼光看着我，即使在我满心求死的时候，她也没有这样看过我。她一时语塞，实在不知道该如何答对我的"谬论"。我笑笑，说："总之，我已经达到了你期望的'治愈'的目标。赵医生，我还是要谢谢你。是你让我认识了我的灵魂，帮我感受到了其他的人生。"

赵依曼毕竟有着职业的心理素质。她恢复了平静的眼神看着我，眼睛里又渐渐有了前几天的慈爱。她笑了一下，问我："那么，你找你丈夫来，想做什么呢？"

我也笑了一下，说："我知道你不相信，但是我还是认定，昨天我的灵魂是作为另外一个人存在的。这个人就是我丈夫的情人，她叫洋洋。她怀孕了，三个月。作为她，我就很理解了我丈夫对我绝情的原因。他们迫切地需要婚姻，他们两个人之间因为有了孩子而建立了亲缘的关系。我用另外一个身体感受到了我丈夫的爱。尽管他嘴里叫的、胸前抱的都是'洋洋'而不是'小秋'，那又有什么关系？

"我体会到了一个'小三儿'的不易；我也明白了我丈夫的选择。他爱上了同一个灵魂，两个不同的身体。我想，我应该把他放了，让他在两个身体中做出自由的选择。"

赵依曼被我的言论彻底打败了。

我自嘲地笑笑："也许，过一段时间，我丈夫他的灵魂也会选择用另外一个身体出现，重新爱上我，也未可知呢！"

　　赵依曼也笑了。她是专业的医生，想必有很多种知识可以解释我目前的理论。她不再说什么，很配合地帮我去办理出院手续。她通知我的父母，告诉他们我痊愈了，今天就可以接我回家了。她甚至还从我母亲那里要来了我丈夫景明的电话，亲自通知他来医院一趟。我不知道她为什么要亲自打这个电话，她完全可以找我的母亲代劳，或者，让护士们打。但是她执意自己做。她还在电话里和景明恳谈了很长一段时间。我看见她进了医生办公室打电话，很久才出来。

　　难道她还想帮忙拯救我的婚姻吗？我觉得好笑。我自己都已经放弃了，她又能做什么？也许，她是想了解什么吧！

　　我把病房里的衣物收拾好，静静地等待。赵依曼打完电话进来，婉转地说："你先生……景明说他今天实在过不来了……"

　　我笑笑，说："没关系。本来就是想尽快谈一下离婚的事，反正他比我急。他公司有事？"

　　赵依曼含混着说："他也在医院，走不开。"

　　我笑了："洋洋先兆早产，是吧？"

　　赵依曼的眼睛里出现了一丝不可思议的眼神，即使戴着粗框眼镜，我也捕捉到了。我继续笑着说："早知道他会告诉你，我就让你对他说了，不要紧的，回家养着就好了……"

The end

结尾

両年之后……

四十四

樱花开了。我老公特地挑了一个上班时间请假出来，用车载着我来到樱花公园。我的肚子已经很大了，医生嘱咐越是临近临盆，越是要活动。今天公园里没有太多游人，老公扶着我到樱花树下散心。

樱花本身并不美，至少我不认为它比桃花梨花好看，但是成了规模就不一样了。本来淡淡的颜色还是樱花的弱项，成群结队地长在一起之后就成了强项。远处看去，樱花树像是一团淡粉色的云雾，朦朦胧胧的；近处瞧了，就能看出一朵一朵精雕细琢一般的小花来。

其实赏花还在其次。我因为身上有孕，不久就要生了，所以我就特别喜欢看孩子，樱花树下，不少蹒跚学步的幼儿咿咿呀呀地在石甬路上走着，看着他们我就开心。

老公小心翼翼地扶着我，嘱咐我别走绿色的青苔路，看别滑倒了摔着。我笑他紧张。他也笑，说，能不紧张吗！

两年前我和景明离婚，以为自己再也不会进入婚姻了，但是偏巧我就遇见了现在的丈夫。很难讲我们走到一起是为了什么，两个将近四十岁的男女，再也无法拥有十六七那时候的激情。我和他在一起，更多的时候是沉默不语，两个人分别做着不同的事，但是却始终保持在一个空间之中。我想，这大概就是我的宿命，我必须接受这样的生活吧。

景明的消息也会像冬天的雪片一样，偶尔随风地掉进我的耳朵里。我知道他和洋洋结婚了，生了孩子，一家三口、其乐融融。

当我听到这些的时候，没有恨没有怨。分开了就是分开了，两个躯体的分开不代表什么。我相信如果我的灵魂无所依，说不定还会时不时地在洋洋的身体中重现。但是我现在不会了，我为自己的灵魂找到了另外一个家，虽然还是"小秋"这个躯壳，但是整个人都已经变了。

我满足于现在的生活。我顺理成章地结婚怀孕，一点也不抗拒做母亲。我的灵魂经历了太多的母亲的人生，此时、这个空间，我也要经历一次。

我放纵着自己作为孕妇的优越感。我理所当然地享受着丈夫对我的服侍，我贪婪地吸吮着空气中花香。我看见不远处，一家四口也在赏樱花。一个年轻的男子，推着轮椅；一个年轻的女子，牵着一个小孩儿。孩子大概三四岁了吧，嘴巴里叽叽喳喳地说个不停，当妈妈的女子笑着迁就着，一会儿把孩子抱起来，一会儿又把他放在地上，自己跟在他后面小跑着。

轮椅上坐着的，应该是个老太太。满头银发，半长，那银白色的头发丝即使是从后头看过去也是很显眼的。我老公说，瞧那老太太，头发真白！

我心里动了一下，狠狠地盯着看。我甚至快走了几步，想绕到轮椅的前面去看。老公叫我慢些，慢点走。我不听，继续加快了脚步，颠着、喘着也要绕到轮椅的前面。

我绕过来了，也看见了轮椅上的人。我认识她，很清楚很深刻地认识她。她还是那样，满头银发，穿着熟麻的长裤，上身穿着一件粗布面料的中式棉衣，豆青色的。我慢慢走到轮椅跟前，不顾推轮椅人的奇怪注视。我哈不下腰，只能蹲下来，说："赵医生！赵医生！"

　　轮椅上的的确确就是赵依曼。但是她看我的表情是木然的，看样子她甚至已经把我忘记，完全不认识我。我有点失望，也有点伤心。我叫她："赵医生！您不认识我了？"

　　年轻的女子拉着孩子走过来，推轮椅的男子也蹲下来揽我。我看看他，眉眼和轮椅上的赵依曼如出一辙。我解释说："赵医生给我看过病，我们认识的。"

　　男子的眼睛中划过了一丝伤感。他还是勉强笑着说："你好。我妈妈她现在，可能不认识你了。"

　　"为什么？她怎么了？"

　　"她得了老年痴呆，很多人和事都已经不记得了。"

　　我也看见了。赵依曼的胸前，像孩子一样围上了一个硕大的围嘴，上面还有斑斑点点，像是牛奶渍、饼干屑……

　　我觉得自己的心被撞击了一下，难过地问："为什么会这样？"

　　她的儿子安慰我说："去年就病了，医生说，治不了，无药可医。但是我很欣慰，我妈妈她生活得很快乐。以前她太苦了，我爸爸抑郁自杀，我也得了自闭症，她转行学心理学，就为了把我治好。我好了，她却再也回不去了。当心理医生快二十年，她治好的病人不计其数，但是她一点也不开心。那些病人的忧愁痛苦全都倒给了她，她只能端着、呵护着，自己却无处倾倒。

　　"尤其是两年前，她治疗了一个女病人，因为丈夫出轨有严重的自杀倾向、抑郁症中期。接诊的时候她都要办退休手续了，结果她说，一看见那个女病人她心里就有了一种怜爱，好像似曾相识。她兢兢业业地治好了她，可是回家以后我妈妈就越来越沉默，总是在思考，却又总说想不明白。我们问她想什么，她又说'说不清楚'，很痛苦……

"现在好了，她解脱了，每一天都会笑。之前有病人来看她，我都这样安慰大家，作为心理医生，我妈妈现在过得很快乐，很简单。你也不用这么伤心……"

我的心里重重地疼了一下。我知道，她现在的一切都是因为我。但是我连自责的勇气都没有。我看见赵依曼好像笑了一下。她的鼻子上已经没有了那副黑色的粗框眼镜，她眼角周围的老年斑也越发明显。但是她看我的眼神却是宁静安详，甚至有了孩童般的纯真。也许，她真的回归了宁静，找到了快乐。

我的老公过来搀扶我。我忍不住还是摸了摸赵依曼的手。我用她苍老的手摸了摸自己的脸。我跟她只共处七天，但是我们的灵魂，像是相知了一辈子。

我的眼泪掉在了她的手上，在她苍老的如同树皮般的手背上炸开了水花。我听见她含混不清地说"小秋……"我赶忙说："我是小秋！您还记得我吗？"赵依曼的脸色依然安详宁静，她看着我头上的一束烂漫樱花，叫："小秋……"

图书在版编目（CIP）数据

七日涅槃 / 宗昊著.
—— 北京：中国青年出版社，2017.6
ISBN 978-7-5153-4762-2

Ⅰ.①七… Ⅱ.①宗… Ⅲ.①长篇小说 – 中国 – 当代 Ⅳ.① I 247.5

中国版本图书馆 CIP 数据核字 (2017) 第 132701 号

责任编辑：李　凌　段　琼
书籍设计：龙丹彤

书　　名：七日涅槃
作　　者：宗昊
出版发行：中国青年出版社
社　　址：北京东四十二条 21 号
邮　　编：100708
网　　址：www.cyp.com.cn
编辑部电话：010-57350520
门市部电话：010-57350370
印　　刷：北京中科印刷有限公司
经　　销：新华书店
规　　格：880×1230　1/32
字　　数：190 千字
印　　张：8.25
版　　次：2017 年 9 月北京第 1 版
印　　次：2017 年 9 月北京第 1 次印刷
定　　价：32.00 元

（如有印刷、装订错误，请寄本社发行部调换）